编委会

主　任　庄桂成　张　贞

副主任　刘　波　肖　敏　陈　澜　徐　迅

委　员　庄桂成　张　贞　刘　波　肖　敏　陈　澜
　　　　　徐　迅　李　田　赵亚琪　陈怡憬　邢嘉璇
　　　　　田　晗

2020

Hubei Literature Development
Annual Report（2020）

湖北文学发展年度报告

主　编◎庄桂成　张　贞

中国·武汉

图书在版编目(CIP)数据

湖北文学发展年度报告.2020/庄桂成,张贞主编.—武汉:华中科技大学出版社,2021.12
ISBN 978-7-5680-7911-2

Ⅰ.①湖… Ⅱ.①庄… ②张… Ⅲ.①当代文学-文学研究-研究报告-湖北-2020 Ⅳ.①I206.7

中国版本图书馆 CIP 数据核字(2021)第 275334 号

湖北文学发展年度报告(2020)

庄桂成 张 贞 主编

Hubei Wenxue Fazhan Niandu Baogao (2020)

策划编辑：周晓方 宋 焱
责任编辑：吴柯静
封面设计：原色设计
责任校对：张汇娟
责任监印：周治超

出版发行：华中科技大学出版社(中国·武汉) 电话：(027)81321913
　　　　　武汉市东湖新技术开发区华工科技园 邮编：430223
录　　排：华中科技大学惠友文印中心
印　　刷：武汉科源印刷设计有限公司
开　　本：787mm×1092mm 1/16
印　　张：10　插页：2
字　　数：191 千字
版　　次：2021 年 12 月第 1 版第 1 次印刷
定　　价：59.90 元

本书若有印装质量问题，请向出版社营销中心调换
全国免费服务热线：400-6679-118 竭诚为您服务
版权所有 侵权必究

内容提要
Abstract

  2020年是一个特殊的年份,湖北文学在这个充满历史意义的年份中收获了许多有价值的文学创作和文学评论。研究这一年的湖北文学创作和文学评论,梳理湖北文学的年度发展状况,可以总结这一年来的成绩和经验,反思其中的不足。本书分为小说(包括长篇小说和中短篇小说)、散文、报告文学(非虚构)、诗歌、文学评论五个部分,对湖北2020年度文学发展情况进行了全面的调查和分析,不仅系统研究了重要作者、作品在全年的文学版图中的价值和意义,而且从全局出发,对目前湖北文学存在的问题和不足进行了反思,提出了建议。同时,本书节选了部分小说(包括长篇小说和中短篇小说)、散文、报告文学(非虚构)、诗歌、文学评论,附在每个部分的评述之后,以期读者对2020年度的湖北文学收获有一个更为直观的了解,既方便文学爱好者阅读,也为当代文学研究者提供资料,同时具有保存当代文学文献的史料价值。我们希望,通过本书的出版,为建设湖北文化强省,促进当代湖北文学的发展,甚至是中国当代文学的发展贡献绵薄之力。

目录
CONTENTS

/1 — **第一部分　小说**

/3　　●　**特殊年份的文学亮点**
　　　　　——2020 年湖北长篇小说创作综述

/3　　　　一、诗性话语、宏大叙事和个人历史
/5　　　　二、打捞历史深处和挖掘文化内涵
/7　　　　三、侦探、武侠与"好看"元素
/9　　　　四、优秀长篇小说作品选

/31　　●　**现实关怀与人性探微**
　　　　　——2020 年湖北中短篇小说创作综述

/31　　　　一、直面疫情：现实关怀与人文忧思
/34　　　　二、现实书写：价值批判与人性拷问
/36　　　　三、乡土叙事：乡村纪实与想象虚构
/38　　　　四、女性书写：精神困境与命运抗争
/41　　　　五、优秀中短篇小说作品选

/57 — **第二部分　散文**

/59　　●　**大时代的多样化在场视角**
　　　　　——2020 年湖北散文创作综述

/60　　　　一、疫情中的生活直击与现场还原
/62　　　　二、常态防疫时期的生活再发现
/65　　　　三、在场视角的优势与局限
/66　　　　四、优秀散文作品选

第三部分　报告文学

/81

● 全景、在场与审美表达
——2020年湖北报告文学（非虚构）创作综述

/83

/83　　一、时代命题的全景式记录
/86　　二、深入生命的在场式书写
/88　　三、社会生活的审美化表达
/90　　四、优秀报告文学（非虚构）作品选

第四部分　诗歌

/101

● 在时代审视中通向自然与文化之境
——2020年湖北诗歌创作综述

/103

/103　　一、疫情、现实与诗的审视
/106　　二、日常书写传统的再发现
/109　　三、文化意识转向与难度写作
/112　　四、荆楚青年与诗歌新力量
/115　　五、优秀诗歌作品选

第五部分　文学评论

/127

● 文学评论的时代性与地域性
——2020年度湖北文学评论综述

/129

/129　　一、疫情与贫困：对现实的关心
/131　　二、历史与文体：对传统的关怀
/133　　三、楚地与汉味：对地方的观照
/135　　四、海外与民间：对民族的关注
/137　　五、优秀文学评论作品选

/154　　● 后记

第一部分

小说

特殊年份的文学亮点
——2020年湖北长篇小说创作综述

湖北的长篇小说在全国一直备受重视。2020年,湖北长篇小说发表和出版的数量有所下降,或许是因为新冠肺炎疫情影响了创作和出版环节。当然,长篇小说的创作和发表(出版)本身也周期较长。从作者来看,除陈应松有《森林沉默》先后发表和出版、刘诗伟有《每个人的荒岛》发表(见《当代·长篇小说选刊》2020年第1期,尚未出版)之外,湖北基层作家和网络作家发表和出版的长篇小说相对较多,成为一个特点。检视现有的作品,我们依然可以看到该年度湖北长篇小说创作的诸多亮点。

一、诗性话语、宏大叙事和个人历史

处于楚地文化核心区域的湖北,承接了屈原《楚辞·离骚》而来的文学传统,诗性话语可说是湖北文学历久弥新的艺术底色,这一点,在2020年的湖北长篇小说创作中亦得到确证和彰显,陈应松的《森林沉默》是这方面的代表作品。

陈应松的《森林沉默》2019年发表于《钟山》杂志,于2020年6月公开出版。陈应松的创作曾长期浸染于神农架的奇幻自然的氛围中,作为一位典型的"神农架之子",陈应松在数年后终于携长篇小说《森林沉默》重新回归了神农架诗性话语的写作疆域,可谓意义重大。

《森林沉默》集中描写了咕噜山区的自然环境和这里的普通人的生活,咕噜山区即现实生活中的神农架山区。在《森林沉默》中,作家勾勒了咕噜山区奇绝诡艳的自然风光,植物书写和动物书写是其重要特征,作品集中写到了郁郁葱葱的树木,如拍

手树、头发树等,也以浓艳的笔墨写到了与自然和谐共生的各种草。"紫色飞燕花、醉鱼草花、醉醒花,红色的迎春花,黄色的蕙兰花……恣肆开放,无拘无束。"这些植物是大自然的神奇馈赠,也是祖孙三代的命运守护神,即使白辛树被祖父做成了家具,树魂依然穿透空间的羁绊来到家具所在的县城,来守护孙子。小说中还描写了各种有异常禀赋的动物。在这部作品中,森林不再是作为人物活动的场所而存在,森林本身成为独立的、鲜活的、诗性的生命体,成为作家的主要描写对象,这超越了一般意义上的生态书写,对于陈应松过去的创作,这亦是一个重大的突破。

同时,《森林沉默》不仅延续了作家自己过去擅长的底层写作,而且有所突破。来咕噜山区修建机场的城里人,悍然推倒大片绝美的森林,无情抢夺咕噜山区的各种奇花异草,破坏森林的生态环境。獥外表独特,是一个未经城市文明教化的自然之子,因其奇异的长相被旅游公司打造为红毛野人,成为被游人观看的玩物。这些描写其实揭示了底层写作的一个重要侧面,即现代化的城市文明对于乡村文明、森林文明的残酷掠夺。不过,《森林沉默》有所突破的地方是,它并没有一味渲染底层生活的痛苦,而是将咕噜山区作为一个文化高地和精神故乡来加以描写。花仙子是一位女博士,被师兄欺骗、委身于师兄,在目睹师兄种种令人瞠目的丑行后,她想象中美好的爱情楼阁轰然坍塌。花仙子退居咕噜山区,在这片奇幻土地上,她获得了治愈。整体来说,《森林沉默》是一部兼具生态描写和底层写作,同时又有所超越的诗性长篇小说。

另外,2020年的湖北长篇小说创作还延续了湖北文学一个一以贯之的传统,即现实主义传统,而对于宏大叙事的关注和个人历史的讲述,则可视为其艺术表现的两极。

郑局廷《红色特派员》是一部典型的红色主旋律的长篇小说,它以抗战史上著名的胡家台战斗为背景,描述了沔阳老百姓在新四军的带领下抵御日本帝国主义侵略者的传奇故事。小说特别塑造了以新四军特派员白荷和游击队队长胡水生等为代表的一大批智勇双全、个性鲜明的革命者形象。作品对于革命者形象的塑造是立体的、多方位的,白荷有着成熟革命者的气质,在她身上可以找到类似江雪琴、银环等女性革命者形象的影子,但她又具有娇俏活泼的特征。作者也塑造了成长中的游击队队长胡水生的形象。和一般意义上的红色经典小说中成熟稳重的男主人公不同,胡水生恰恰有很多不成熟的地方,急躁、蛮干,有点看不起女性革命者,但在白荷和上级领导的帮助下,他逐步克服了自身的缺点,逐渐成长为一个坚定的共产主义战士。这部作品既是一部弘扬红色主旋律的正剧式的长篇小说,也借鉴了十七年英雄传奇小说的某些元素,如写到了军民抗击日寇的秘密武器——"背西瓜"这种具有浪漫主义色彩的方法。另外,小说比较突出的地方,是在弘扬革命主旋律的同时,也注意对地域性文化的挖掘,描绘了沔阳的旖旎风光,再现了沙湖地区的风俗人情。

2020年的湖北长篇小说中,岳朝蓉的《早春的世纪人生》是以普通人的人生为线索勾勒20世纪中国社会历史的一部作品,它描写了一个名叫早春的女性横跨大半个世纪的跌宕起伏的人生。早春为生活所迫,于解放前夕早早结婚,历经人世的苦难。婚后又连遭不幸,在艰难岁月中痛失爱子,女儿发烧贻误病情而成为弱智;妯娌夫妇英年早逝,早春不仅接下了他们所欠的全部债务,且敞开母爱的博大胸怀,将侄儿们视如己出;她还悉心照料着朋友托付给她的五个孤儿,一直关照到他们成人。同时,早春还成长为一个农村基层干部和"女强人",以小草般的坚强和韧劲抗击苦难并超越了苦难。我们可以将这部作品视为"一个人的史诗"。

倪霞的《玉竹谱》是一部厚重的女性生活史。作品描写了一个家族三代女性的经历,第一代女性玉儿出生于民国初年,因时代的落后和重男轻女的社会氛围,她不能把握自己的命运,生产、生活、死亡,像浮萍一样过完坎坷的一生。第二代女性玉竹经历了战乱的童年、窘迫的少女时代,又在青年时期经历了"三年困难时期",经历了"文革"等极端的政治时期,并迎来了改革开放。在繁重的家务劳动和抚养子女的过程中,她度过了平凡的一生。第三代女性书礼出生于"文革",成长于改革开放,成为一个基层乡村干部。小说细致描写了20世纪80年代初期百废待兴、欣欣向荣的时代气息,个人成长史中又贯穿着时代的大事件,如包产到户、对越自卫反击战、"严打"、商品经济全面铺开、市场化浪潮等。所谓个人融汇进时代,时代推动个人的人生,在这部小说中得到体现。这也提示我们,永远不要忽略那些时代巨轮下的普通人,正是普通人的凡俗人生构成了国家和民族的全面复兴。

小河(原名王爱平)的《金草》是一部乡村少女的成长史,这部作品衔接起新世纪以后裂变中的乡村和城市书写。而黄春华的《我和小素》是一部儿童小说,以儿童的视角展现了武汉的伟大抗疫斗争。

总之,2020年的湖北长篇小说创作在挖掘现实、反映时代等方面,确实交出了一份合格的答卷。这也显示,湖北文学是不会丢弃反映宏大叙事、展现个人历史的良好传统的,且会将之发扬下去。

二、打捞历史深处和挖掘文化内涵

2020年的湖北长篇小说创作有一个重要的趋势,即历史小说的全面回归,这或许是一个偶然现象,但也折射出湖北作家钩沉历史、构建文化内涵的努力和成果。李家祖、杨茂云的长篇历史小说《翰林王万芳》对于打捞晚清湖北文化名人的历史,有重要的意义。王万芳是清末襄阳著名才子,光绪《襄阳府志》总纂,著名诗赋家、书法家,与宜都杨守敬并称"湖北二杰",与吴庆焘、单懋谦以"清末襄阳三名士"而誉满天下。但随着时代的变迁,较少有读者了解王万芳了。幸而有李家祖、杨茂云的这部小说,使我们能如此鲜活地接近这一晚清湖北文化名人。

余耀华所作《范蠡》是一部全面展现春秋末年吴越争霸历史的长篇小说。这部长篇小说一方面叙述了范蠡联合文种,共同辅佐勾践卧薪尝胆、消灭吴国、逼死夫差的传奇故事;另一方面,小说也描述了范蠡急流勇退、挂印辞帅,携美女西施泛舟五湖的豁达经历,并重点描写了范蠡发挥经商特长,先在渤海湾做买卖,继而在陶地经商积资成巨富,终成巨贾陶朱公的故事。小说中的范蠡形象在中国历史长河中之所以独树一帜,在于他自觉抛弃富贵,得以摆脱"飞鸟尽良弓藏、狡兔死走狗烹"的悲惨结局,并能冲破古代社会对于商业经济的鄙视怪圈,通过获得经济地位继而获得人生超越。

2020年的湖北长篇小说,还有一个值得注意的现象,就是密集地出现以古代文人为主人公的长篇传记小说。这些古代文人本身创作有大量流传后世的诗文,其传奇人生和诗文作品的结合,融合成这些小说氤氲摇曳的历史文化氛围。余丁未的《斜阳独立:圣朝名士苏东坡》是一部关于北宋大文人苏轼的长篇传记小说。苏轼作为"唐宋八大家"之一,在诗、词、散文、书、画等方面都取得了很高成就,被认为是全才式的艺术巨匠。这部小说围绕苏东坡的创作生涯,以其仕宦经历为主线展开情节,小说以苏东坡因"乌台诗案"被贬,任礼部尚书,出知杭州等地,晚年被贬,徽宗时北还,常州病逝等作为线索,描写了苏东坡波澜壮阔的一生。同时,司马光、王安石、欧阳修、苏门六学士等知名北宋政治家和文学家亦逐一登场,这些文化人物串连起的北宋历史风云在书中得到了细致的展现。

杨武凤的《陆游诗传》是一部描写陆游一生经历的诗传,小说从陆游的出生着笔,到最后抱憾离世终结,以陆游书写的大量诗词穿插其中,记载了他在民族的矛盾、国家的不幸、家庭的流离中,虽壮志难酬、心愿未了,却激昂一生的经历。《陆游诗传》的写作倾注了作家大量的心血,不论是对南宋政府的历史钩沉,还是对陆游戎马半生却不能建功立业的苦楚的描写,或是对陆游、唐婉爱情的描写,都下足了细节的功夫。

2020年湖北长篇历史小说除了诗传,还有词传。词奴儿(原名高志文)的《纳兰容若词传》可与杨武凤的《陆游诗传》对照研究,与陆游戎马一生终无所获的人生不同,纳兰容若的人生是另一种悲剧。作为当朝重臣明珠的长子,纳兰容若注定荣华富贵、繁花着锦。康熙南巡北狩,纳兰奉命参与重要的战略侦察,因称圣意,多次受到恩赏,是帝王器重的随身近臣,但这都不能冲淡容若巨大的悲剧感。容若的悲剧来自对于人生诗意的追求与现实名利和家世的樊笼不可避免地产生了冲突,加上发妻卢氏离世,更是加剧了这种冲突的悲剧性。这部小说以容若悲剧性的人生作为主要线索,人、词交相辉映,形成了一种醇厚悠长的艺术氛围。

中国古代历史源远流长,杰出人物层出不穷,足可以成为作家们不竭的取材来源。而近现代又是中国历史上十分独特的年代,其波诡云谲、变幻复杂的时代格局可谓是"三千年未有之大变局"。在中国近现代历史上涌现了很多承接新旧文化的优秀人物,他们的故事有时会被作家用长篇小说的形式重新讲述。高志文的两部描写民国时期文人的作品就为读者提供了了解近现代文化的路径。

高志文的《天上风吹云破 月照我们两个》描写的是胡适和江冬秀的爱情故事。作为五四新文化运动主将之一的胡适,在文学、哲学、史学、教育学等各个领域都多有建树。胡适的一生,融汇中西方文化,在西方国家接受当时世界最先进的教育,却娶了旧式女子江冬秀。婚事并非胡适所愿,但两人能相守一生,实属不易。《天上风吹云破 月照我们两个》中既有大的时代风云,也有人物的内心描写,可以说较好地还原了历史现场,艺术细节也能经得起推敲。同年出版的《我等着你,天边去,地角也去》则描写了徐志摩和陆小曼的爱情故事。徐志摩作为著名新月派诗人、散文家,其文学创作、人生经历、爱情经历广为人知。这部小说描写了徐志摩的求学过程,更以细腻的笔触、多方位的视角剖析了徐志摩和陆小曼爱情悲剧的成因,余味悠长。作品中还塑造了胡适、郁达夫、王映霞、杨杏佛、余上沅等诸多民国名人人物形象。这两部作品在还原民国文化氛围方面都做出了努力。

三、侦探、武侠与"好看"元素

近代以来,侦探、言情、武侠小说尽管未能进入主流文学的行列,但在读者眼里却一直有较高的接受度和美誉度。如民国初期鸳鸯蝴蝶派小说的兴盛,显然与现代大都市的崛起、出版业的繁荣和市民阶层的壮大,有密不可分的联系。从早期的徐枕亚到后来的包天笑、周瘦鹃、张恨水,无不名满天下。诚然如范伯群所言:"在中国现代文学这棵大树上分叉出'雅''俗'两大支干,一支是受外国文学影响的所谓'雅'的支干,一支是继承中国固有民族传统的所谓'俗'的支干。"(《外译〈中国近现代通俗小说史略〉两篇》,《现代中文学刊》2018年第2期)

可以说,2020年湖北长篇小说,也秉承了"好看"的元素。李晓梅的《300探案组》是一部好看的侦探小说。《300探案组》中的探案组,由代号为301的探长龙腾、代号为302的探员詹友和代号为303的探员乔鸽羽组成。他们精诚合作,克服重重困难,拨开重重迷雾,终于破获了骷髅系列疑案、清水山庄别墅董氏兄妹被杀案和大河公司董事长遇害及轿车被劫连环案等。《300探案组》的时间跨度很大,尽管是侦探小说,仍具有一定的时代厚重感。

《300探案组》着力于描写公安干警侦破大案的过程,沈嘉柯的《慈悲的法则》则可归类为悬疑小说。小说取材于心理学真实罪案,书写了人性的阴暗,亦彰显人性光明的一面。小说营构了几重诡秘莫测的心理迷宫,主要人物在佛法的庄严前得到救赎,这就是"慈悲的法则"的来由。

说到"好看",我们显然不能忽视网络小说的发展。实际上,湖北网络文学知名写手辈出,多年以来有很多传播度很高的作品,如匪我思存的《寻找爱情的邹小姐》、猫腻的《将夜》《择天记》、吱吱的《金陵春》《慕南枝》、罗晓的《大宝鉴》、郭怒的《奔跑吧足球》、当年明月的《明朝那些事儿》、心在流浪的《护花高手在都市》等,猫腻还在2020年结束了《大道朝天》的连载。这里不专门论述湖北网络文学,只提一部网络长篇小说《庚子疫》。《庚子疫》的作者田昌富,笔名君鉴日月,在抗击新冠疫情期间,作者历时三个月,创作完成22万字的长篇新作《庚子疫》,2020年4月于中文在线上架。《庚子疫》情节主要由三条线索构成:第一条线索是抚民医院参加一线防疫抗疫决战,第二条线索是景和街万家社区基层防疫抗疫人民战争,第三条线索是省防疫指挥部巡视督导全省防疫抗疫。围绕这三条线索展开主要情节,涉及近六十个人物形象,全景式地展现了这场中华民族前所未有的抗击疫情的画面,既有抗击新冠的英雄浪漫主义,也有现实的还原感。这部作品也足以证明,网络文学中依然可以诞生关怀民生疾苦、具有浓重现实主义情怀的作品。

湖北作家东海龙女2020年连续出版了两部长篇小说《三眼神捕之神目如电》《三眼神捕之人间幻影》,此前曾在杂志上连载,也在晋江文学网上连载,此次出版很有"看相"。两书共计八个故事,以佛教所言人间八大苦恼生、老、病、死、爱别离、怨憎会、求不得、五蕴炽盛为主题,包括《长生梦》《不老人》《病死疑》《爱别离》《怨憎会》《求不得》《五蕴》及番外篇《白头》八个故事。小说描写了双目失明的缉捕司神捕杨恩在助手苏兰泽的协助下屡破奇案的故事,尽管杨恩看不见,但他有着敏锐的听觉、触觉,有感知幽微人性的能力。小说情节跌宕起伏,迂回辗转,融武侠小说、公案小说、侦探小说于一炉,语言华艳奇崛,作品风格绮丽。

无须讳言,2020年湖北长篇小说尚有一些不足:一是受新冠疫情影响,长篇小说创作和出版的数量还不够,未能达到和湖北省厚重的文化气息相匹配的程度;二是创作的题材还不够多样,特别是少有反映时代巨变、宏大叙事、思想性和艺术性都很高超的巨制;三是较少有在全国范围内产生巨大影响的作品。相信在以后的文学发展中,湖北作家将继续发扬关注时政、深耕现实、敢于创新的优秀文学传统,贡献出更多更好的长篇小说来。

四、优秀长篇小说作品选

森林沉默[①](节选)

◇ 陈应松

（一）

一头熊的手在拍打竹笋。这只手被砍过,叫熊掌。已经砍过一千次。这只手,依然掰断竹笋,在岩石间,发出噼噼啪啪的声音。

美丽的春天。森林美丽的春天。大门敞向山谷,那里腾起的白雾像一口大蒸锅。哦,多少热气腾腾的柴火呀。山下的人说,这就是云。水淋淋的山冈,它们洁净,一尘不染。一只动物张着尖利的牙齿在吃松果。它只有一个白森森的头骨,它的肉和身子随白云去了。这个头骨搁在曾祖母的坟上。

丽燕穿梭,狐狸乱跑,蜜蜂乱撞。冷杉和香榧的树脂被露珠擦亮,闪闪发光。

一只蜂箱在大门前,草把路又遮断了。有铁藜芦、商陆,开着暗紫色或亮紫色的花,像是一条条蜈蚣昂着头。它们的毒蜜害死了多少苍蝇、虻蚊和野蜂。连凶狠的旱蚂蟥爬上去,也会疼得哇哇大叫。绿草和树叶像尖刀一样钻出。山蚂蚁在映山红的花蒂上笑着,捋胡须,打饱嗝。还有飞燕草,嗯,飞燕草,一串串高挑着小小的燕子,它们随时准备在春风里展翅飞去。大片的石韦和鸢尾都开着紫色的花,一直延伸到水沟边,水沟里有红尾水鸲在那儿叼水中虫子。大丛开满白花的大叶杓兰,还有茂盛的龙须菜和钉耙苋——我们叫救命草,这两种嫩叶用开水焯了下火锅,再蘸点辣椒酱,真是清凉爽口。还有酸米草,在走路饥渴难忍时,嚼一把,又酸又甜又止渴。还有马兰头,还有鸭脚板,它们都是下火锅的好野菜。

森然肃穆的群山在阳光下解开了冬天不值一谈的记忆,开始深厚地绿着,不管不顾。蚱蜢活跃,石蛙歌唱,地下河水猛涨,山洞涌泉,盲眼鱼唰唰往下掉——饿雀子吃不完就朝地上扔着,腥臭满地,花香满坡,雨水充足,万物花开。

商村长给我们说,天音梁子和孔子沟的庄稼都没有了,改革总是要牺牲一部分人的利益,要舍小家,顾大家。那里的山尖要变成平地,要变成比大海还平的平地,要一望无涯,要修一条可以伸展到天边的水泥大道,要建候机楼,来不及挖完的款冬花和种下的党参你们赶快刨起来,不刨也有青苗补偿费,我给大家多争取点儿……

石头从地底下被掘出,互相倾轧。百鸟哀鸣,百兽逃亡。九个山头的月亮山精

[①] 陈应松：《森林沉默》,译林出版社,2020 年 6 月版。

魂飞魄散,夺路逃亡。藏在山洞的燕子、蝙蝠、野人都将另择新地,推土机的履带像巨人的脚板,一层层碾过这片肥沃的森林和土地。所有埋伏和潜藏在地底的树根都将裸露在太阳下任人欺辱,炸药将山体碾成齑粉,白雾变成黄烟,翻滚在天空。鹰巢与狼窝,发出焚烧之后的臭味。斧头劈杀着乌鸦满天的喊叫。咕噜群山的脊梁被劈断,它们奔腾在这片大地和森林的矫健身影,从云端中跌落峡谷。石渣被推入落豹河,卷起滔天狂澜。炸裂的天河,窒息的航道,漂浮在水上的房舍、鸡窝、树木、柴垛和落叶。新鲜的枝条是最后的青翠。在晚上,整个群山因为砍伐而出现深沉的"醉木"。人们动弹不得,在浓郁的树脂香味中呼吸困难。九个月亮山精的败鳞残甲化作萤火虫在空中飞舞,千千万万颗凝固的松脂在空中跳跃。兰花、朽木、溪河、鹿獐……它们的魂魄在月光下,噙泪抽搐,无家可归。

(二)

"这猴儿,这猴儿!……"

"獿!"村长突然喊我的名字。

我已经越过了黑暗的屏障,拉开了舱门。

那两个壮汉的怒吼和惊呼都没有天空的狂风迅猛,星星有几颗,天空之上的夜更黏稠,像一锅鱼汤。风和打在脸上的云呼啸扯着我。

"喂,回来!"

谁喊的,我已经听不清,风云要将我的脸皮扒下,将我一身羞耻的红毛撕扯下。整个世界被厚毡子似的黑暗笼罩住,我感到置身旷野,想起与叔叔在猸子峡的经历,我们的飞机莫非被黑帐精罩住了?

闪电像钢鞭劈头盖脸地抽打我们,我们在一个雷区。又冷又饿,我扯了一把黑云放进嘴里,十分缠绵难咽,浸透了苦味。我听见有村妇的声音在引诱我们:"来呀,热腾腾的鲜人奶,一百元一杯,买两杯送一杯再九五折。"这是魔鬼的诱惑,在黑暗的深处,伸出的手,端着的杯子,我必须忍住不接。这是翼人的伎俩,这是毒鸩,是黑帐。一个乘客听到了,跳出机舱,交了钱,咕噜咕噜地喝下了香喷喷的人奶,顿时翻着白眼,呻吟一声,栽下云端,他留在天空中哀号的尾音久久不散。

"魔鬼!魔鬼!"

我踏着滚滚的乌云,像一片树叶寻找翼人,红毛倒竖,像一团金黄色的火焰。我的眼里也喷射出通红的火焰,眼珠子膨胀在外,挥动着谁给我的一把斧头——那是我祖父的斧头,我们叫开山子。开山子砍山。我的后头又冲出来两个人,加上村长拿着杀猪刀。只看得见那闪烁的眼睛和刀刃的精光,天色现出了血红如火烧云的模样。那些翼人竟然骑着隐隐约约的云马,周围是滚滚的黑烟,这就是恶魔的坐骑。

而我身上的红毛火焰变成了霓霞般的锦缎,我后面的人也身着坚硬透明的铠甲,就像是冰雪附身,器宇轩昂,威风凛凛。我们佩戴着鲜花,我们的帽子上是红腹锦鸡、寿带鸟和火尾太阳鸟的尾翎,比起它们的戴胜冠饰,漂亮威武,胜过百倍。

"滚开!滚开!魔鬼!"

我们的刀斧挥舞着砍杀过去,那些惊恐万状的翼人撒开了手上的缰绳,有的吓得落下马来,滚进乌云深处。我们刺中了翼人,它们流出的血是黑的,挖出它们的心肝,心肝也是黑的,像污水一样黑。它们在云端爬滚着,黑血涂抹在机翼上。我们的飞机机翼像翅膀一样扇动起来,是豹子的魂魄,将那些趴在机翼上的翼人抖掉,再迎面飞去,将它们切割成两截,让它们掉落下去。

渐渐地,飞机驰骋的方向亮了,天亮了。一个巨大的环形双虹出现在面前,我们的飞机正飞在它的中间。是双虹,一为虹,一为霓,七色斑斓,冲破了乌云的苍穹,廓开了层层黑暗,到处沐浴着霓虹的清辉,就像佛光一样。这神秘奇异的天空中,像有万条溪流滚动,晶晶闪闪。雪白雪白的云和雪白雪白温暖的棉花重现了,晒棉花的村妇出现了,她们的乳房在霞光中跳动着,赤褐色的乳头像秋天成熟的浆果,装饰着她们美丽的躯体。

哦,这钢汁般的黎明,比爱更深广的光芒,湿漉漉的白云,激荡的云海,这玫瑰一样盛开的天空,有鸟鸣到处飞舞……

我回到了机舱里,所有的乘客都在欢呼我们的凯旋。我坐下了。

"请问我们究竟要去向哪里?您手机上有GPS导航吗?……"

广播里村长用带着咕噜山区方言的普通话说:"各位乘客,各位乘客,我们打败了龌龊凶残的翼人,打败了那些天空中无耻的怪兽,应该感谢我们的大英雄獴!现在,我们的旅程战胜了许多艰难险阻,终于顺利地来到了天空中的第二村:云水村。在这里,所有的愿望我们都可以满足,但只能一个人满足一个愿望。你所有的亲人都在这里,只要是他生前善良,诸恶不作。大英雄獴,猴娃,给你一次机会,在天空的云水村,你最想见到谁呢?"

"娘。"我说。

每个人的荒岛①(节选)

◇ 刘诗伟

(一)

我们是赵春、钱夏、孙秋和李冬。

---

① 原载《当代·长篇小说选刊》2020年第1期。

诚然，作为刘虹女的追慕者，"我们"实际上有很多人，简直不计其数。但我们四人姓赵、钱、孙、李，名字叫春、夏、秋、冬，因了姓和名的机缘，早已建立兄弟般的友谊；虽说在爱情问题上彼此也是宿敌，可面对全社会雨后春笋般的新生对手，必须民族矛盾优先——结成战略同盟而合力对外。

何况刘虹女跟我们四人是江城大学同届毕业的，即使她一直拿我们当普通同学，但到了南平和北原，大家也算自己人。当年，赵春和钱夏落户南平，孙秋和李冬去到邻县北原，坦率讲，是刘虹女决定了我们的毕业分配，如果不是她，四人何以投奔这远离都市和故乡的小城？我们甘愿把青春献给她！刘虹女自然晓得，只是她对我们都好，向来平分秋色。那是风声鹤唳的日子，我们无法判定谁将最后胜出，但每个人都在争取做最后胜出的那个人。

我们的竞争一分一秒都不能停歇。

（二）

跟小虹女分手时，孙秋要李冬的电话号码，小虹女说我爸我妈生活工作都在学校里，不用电话的。

离开桂苑，他满脑子尖锐问题：小虹女再过5个月年满17，也就是说，她是1983年9月出生的，但1983年9月李冬还是单身汉，正跟我们在一起寻找刘虹女的下落，怎么可能有小虹女这个女儿呢？那么，小虹女分明不是李冬亲生的——除非李冬是一个无比狡猾的特务，曾经背着兄弟们干了秘密勾当？然而，怎样的想象才可以合理修改李冬的形象呢？此外，小虹女的生母是谁？至少可以肯定不是刘虹女吧？因为1983年汉江春汛之际她已投江而去——再说，即使上一年秋天那个罪犯施暴得逞，在汉江春汛到来之前，也未满孕期呀？而且小虹女显然晓得刘虹女，不然怎么会申明"我妈不叫刘虹女"？是李冬和刘姓妻子收养了这个女孩，特意取名刘虹女吗？可如果是这样，刘虹女在李冬家又是以怎样的身份存在？难道刘虹女一直活在李冬家？

看来，李冬那里发生了大事！

而且必定跟刘虹女有关……

孙秋边走边想，不知不觉出了江城大学南门。阳光迎面，大街上车辆如梭。他转身望了望南门的双面牌坊，掏出手机，给老赵打电话。

老赵，我是孙秋。

知道，我在开会。

他说：老赵你别挂，听我说，我刚才见到了小刘虹女，你知道她是谁吗？她是李冬的女儿！李冬还在南平师范学校教书！

电话那头,老赵禁不住"啊"了一声。接着,他把想到的许多问题告诉老赵,对老赵说:所以,现在我想约你和钱夏,一起去南平见李冬!

可是……老赵只说了可是。

他问:怎么呢?

老赵说:脱不开。

他诧然不语。

老赵说:我忙完后主动联系你和钱夏吧。

他拿着手机愣住:倒不是不相信老赵的"急事"多么急,只是突然间觉得,如此重大的情况竟然遭遇了如此公事公办的回应。他想,既然老赵"脱不开",钱夏也不必约了,即便钱夏有空和他一起去南平,那也是"四缺一"——17年前的往事属于四个人共有咧。

离开牌坊走了几步,他还是停下来打通钱夏的电话,把见到小虹女和邀约老赵的情况报告钱夏,请钱夏和他一起等待老赵的"主劲"。钱夏倒是热烈响应,只是有些荒腔走板。钱夏说:哦,有这样的爆炸新闻呀,好啊好啊,我的"小事"已经搞定,人在江城,去吧,等老赵有时间了一起去,去看看我们青春的荒唐嘛。他在心里苦笑:那是荒唐吗?

他像一个不合时宜的人游走在大街上。

街面的景象是无所谓的:车辆、行人、楼宇、广告牌以及无边无际的时光都与他毫不相干。他感到越是具象的事物越是失真,一切都轻微而空无……昔日的老赵、钱夏和李冬就在这空无之上。

早春的世纪人生[①](节选)

◇ 岳朝蓉

麦穗黄,镰刀响。转眼到了夏收的季节,漫山遍野,田间地头,到处是一片金黄。空气中夹裹着浓郁的麦香、豌豆香、油菜香,还有石榴、香樟花的味道。

在月落星稀的清晨,随着一声声清脆高亢的鸡啼,把人们从睡梦中叫醒,各家门前就响起了一阵磨镰刀的声响。今年是个丰收年,人们迈着轻快的脚步,唱着欢快的歌忙碌在田间地头。

早春更是将快乐如这麦穗般,在心里装得满满的,活不离手,歌不离口:东方红太阳升,中国出了个毛泽东。分了土地和农具,自己种田自己收。政府想着贫苦人,减租减息真正好。

---

① 岳朝蓉:《早春的世纪人生》,武汉出版社,2020年8月版。

早春除分得的几亩田外，自己还开了些荒地。她看着妯娌家稀稀疏疏的麦粒，再看自己田里压得弯了腰的麦穗和肥厚饱满的豆荚，不禁生出无限感慨来，在他们手里真是糟蹋了这些肥沃的土地。

早春和妯娌他们商量决定先给婆婆收碾两亩田的小麦。

夜观星象、仰望天空也成了早春的习惯，她能把晴雨天看个八九不离十。

二娃的胃疼、哮喘病，在早春的调理下，也基本康复，能干些粗重活了。趁着天晴，早春鸡叫就起床，喊了妯娌夫妇，她和二娃就去婆婆田里割小麦，手脚快点四个人一天就能割碾完成。

天亮时，早春夫妇已割了一亩田，婆婆和妯娌他们才慢吞吞地走来。

早春直起身，手拿镰刀，擦了一把额头上的汗，拉了拉汗湿的花布衬衫和李家才商量道："么弟，要不你和你哥挑麦捆回去，我和弟妹割剩下的。"

李家才眼一瞪："你凭什么指使我？"

早春那个气呀，镰刀一甩，吼道："好！我不指使你！两亩田，我们也割了一半，余下的是你俩的了。"

妯娌嗲声嗲气对婆婆道："妈，你让二嫂他们和我们一起干吧。"

婆婆立刻发话道："二娃媳妇，你们就一起收完，一起挑吧。"

早春边拿扁担挑，边指着他们："你们吃得肚胀腰圆的，我们干了这大半夜加一大早。饿得前胸贴后背，渴得嘴唇开裂，你们就不晓得带口水，带个红苕来？"

她甩开膀子，挑着麦捆，噔噔地走出麦田，又转身对还在弯腰割麦的二娃吼道："你不跟我回去吃饭，再饿得胃疼打滚叫，别说我不理你啊。"

婆婆又心虚道："你们年长些，照顾下……"

早春数落道："照顾得还少吗？您还是不是二娃的亲娘？"又吼二娃道："你回不回去吃饭？"

二娃看了一眼低头捆麦的李徐氏，才和早春一起挑着麦捆往家走去。

李徐氏声如蚊虫般，嘀咕道："连我的话也不听，敢顶撞我啊。"

李家才挖苦道："人家是干部！能干！听你的！"

二娃在灶门口拉风箱加柴，早春抽面条下锅里，挖苦道："我说妈她还是你亲娘吗？不疼我也就算了……"她只管叨叨叨，二娃只会望着她，无奈地嘿嘿憨笑。

早春说归说，气归气，吃完早饭后，还是去田里帮婆婆收割小麦了。

晚上，煤油灯下，早春去和任嫂纳鞋底，商量着："嫂子，我们两家加照芳，三家一起收割，从小照芳开始，接着是你的，我们放在最后，你看行吗？"

任嫂感激地望着早春："只是辛苦你和二娃兄弟了！"

雄鸡啼鸣，晨曦中，远处山崖还若隐若现时，早春他们就到田里割小麦，二位婶子"嚓嚓"割得快,小照芳拼命追赶着,将二娃远远甩在后面。早春割一把麦子欢喜地说道:"今年小麦颗粒真是饱满啊!"

三人兴奋地附和道:"今年收成好,大丰收了。"笑声、镰刀声和布谷的叫声在山谷中欢快地回荡。

玉竹谱①(节选)

◇ 倪 霞

大雪纷飞。

纷飞大雪。

雪花一片一片,一朵一朵,如花似絮,一丛丛地聚集;它轻轻若无,无声无息,却如千军万马,来势汹汹;它狠着劲儿地下着,从天庭飘到人间,把一股赤寒,撒落。撒落在旷野,撒落在河岔,撒落在山峦之间的皱褶里;撒落在枝丫,撒落在挤挤挨挨的叶片之间;撒落在溪流卵石中,撒落在炊烟飘起的屋脊,撒落在篱笆错落的竹扉上……来势凶猛的雪花坠落,瞬间堆积,令大地白头。

这是一九六〇年的春节前夕。

一位佝偻着的男人,在雪花飘舞的山间吃力而行,他吃力地,走走停停。越来越密集的雪花,落满他破旧的棉衣,他像一个白色的物体,在浓密的雪间移动。

这是玉儿的男人。中午从修水库的工地出发,往大湖村家的方向前行。几天几夜了,他几乎没有吃什么,一点儿米汤水在肠道里饥肠辘辘地叫唤着。几个月来,他把自己的口粮一点一点地节省下来,托人带回家,捎信给玉儿,再难也要保住孩子的性命。而他自己,全身浮肿,气若游丝。他想赶在春节前回家,看看儿女和老婆。他知道自己快支撑不住了。一个信念支撑着他,那就是一定要见一见家中的老婆孩子。如果老婆孩子还活着,能见最后一面,再离开这个世界,也就无憾了。

从工地出发时,正是吃午饭的时间,他等着喝了一点米汤水,接接力气,那样才能勉强着加快速度,一步步地往前赶。从工棚出来时,欲雪的天空阴冷压抑,走出不过几里路,天空便飘起了细碎的雪花。他想在大雪下来之前赶回去,平常半天可以走到家的路程,这一天走了半天,路程却不到一半儿。雪越下越大,迷茫了他的双眼,阻碍着他前行的步伐,加之肚子空空,体力不支,每移一步十分艰难。

他于雪花飞舞中艰难前行,雪花一片片组成团向他袭来,扑向他的脸他的头,扑向他那已力不从心的躯体。他一步一翘首,一步一趔趄,一步一踉跄,一步一停歇。他捡了一根木棍,支撑自己不要倒下去。他知道,一旦倒下去就起不来了。心里只

---

① 倪霞:《玉竹谱》,天津人民出版社,2020年10月版。

有一个念想,那就是要回到家里,要死在家里,要回到老婆孩子的身边死去!

破旧的棉衣上,雪花越积越多,加重了他双脚的负累,抬不动的脚如灌了铅一样沉重,只能一步一拖地往前移。越过一座山路,天已经开始暗沉。好在前方看到了村庄,想着,这样下去也许就要死在路上了,得先找个地方歇一歇脚,讨口水喝,然后等过了雪夜再走。他拖着疲惫的双腿,来到路边的一户人家,敲开了屋主的门。只见一位瘦弱的妇人,低沉着声音,头都没抬,埋怨道:

"这大雪天的从哪来的人呢?如今饭都没有吃的,还有劲在雪天里走山路,这不是找死嘛!"

玉儿男人边喘气边说:

"大姐行行好,想赶回家看老婆孩子,可实在走不动,赶不回去了。想借屋躲一下大雪,明早再走。"

金草①(节选)

◇ 小 河

连绵千里的大别山,屹立于华中平原东侧。天堂寨是大别山的最高峰。这里是中国两大水系长江与淮河的分水岭,山北的水辗转往北经皖中大地注入淮河,山南的水一路向南沿鄂东诸县汇入长江。天堂寨古称多云山,山上云松雾瀑奇石飞泉巧夺天工,春花夏荷秋柏冬雪更迭变幻,神奇美景犹如天上瑶池洒落人间。

在天堂寨以南大山的褶皱里,散落着星星点点的农舍。季节已入秋,天气依然火热。蝉不厌其烦地在林间鸣叫着,似乎要拽住夏的脚步,不让其匆匆离去。天堂寨峰顶上偶尔飘来几片白云,仙风道骨般悠悠然掠过蔚蓝色的天空,然后消失在遥远的苍穹深处。山野里,一位十七八岁的姑娘戴着白草帽在太阳底下割青草。许是太热的缘故,她身上一件翠绿色衬衣几乎被汗水湿透。她的额上也满是细密的汗珠,不时地有一两颗汇聚在一起顺着她的脸颊滴落下来,没入她脚下的泥土里。每隔一段时间,她便要拿过放在一旁的白毛巾揩拭一下脸上的汗。当她直起腰来时,可以看出这是一位身材苗条容貌俊美的女孩。柳眉弯弯,眼神清纯,白里透红的脸蛋犹如两朵刚刚绽放的玫瑰花。这是一位让人看过便不会忘记的女孩。

也不知过了多久,太阳已经将女子的身影缩至很短了。她终于放下了手里沙镰,并将一排排割下的青草收拢捆好。不远处的山坡上,她家的母黄牛在低头啃食着满地的霸筋草,神态专注而安详。这是一头温顺的母牛。平时,女子家犁田耙地全靠它。它干农活儿时,几乎可以顶上一头大牯牛。放牧时,它却温顺听话,从不发

---

① 小河:《金草》,长江文艺出版社,2020年6月版。

飘乱跑。此刻,它依然安静地在山坡上觅食着青草和嫩树枝,不时地甩动一下长长的尾巴,一副散漫悠闲的样子。

女子挑起青草担子,在离她家母牛不远处的一棵大香果树下歇了下来。在太阳底下割草又闷又热,可在这枝叶繁茂的大香果树下歇荫却让人感觉舒适而凉爽。女子半倚在靠山的斜坡地上,随手掐了根小草在指间毫无目的地缠绕着,双眼却盯着远方的群山出神。自从高考过后,她几乎每一天都是这么度过的:放牛,割青草。双手干着体力活儿,大脑里考虑的却是高考以后的事情。

一想到高考后的结果,她便有一种矛盾的心理。她自小读书用功,成绩也一直在班上排名前列。中考时,她便以优异的成绩被凤城县第一中学录取,只因家境贫寒,她毫不犹豫地便放弃了那个令同学们羡慕的进县一中的机会,毅然决然地留在了家乡天堂高中。三年时光一晃便过了,今年的高考一过,她的心里便是喜忧参半,更确切地说,是忧大于喜。当然她担心的不是她的成绩,还是她的家境。

山间吹过来一阵风,风里夹杂着一丝水的湿润与清凉。女子的目光移向了她身旁的一条山溪。这是从天堂寨深处流淌下来的一条小溪。细细的溪流顺着山势蜿蜒而来,流经她的身旁时,发出细微的撞击溪中小石的潺潺声,并溅起一些小小的浪花。然后,便静静地、悄无声息地向远方流去。

一只蓝翅小蜻蜓从山野里飞来,金鸡独立般站立在溪边的一块大青石上。它转动着两只圆鼓鼓的黑眼睛,然后伸出长满细密绒毛的长腿,旁若无人般摩挲着自己那细小的头脸。小蜻蜓刚刚飞走,又有两只粉色小蝶翩然而至。它们飞到女子的青草担子上面,时而驻足轻展粉翅,时而翩跹追逐耍玩。就在女子出神地盯着这些可爱的山间小精灵的时候,前面山岭上忽然传来了一声稚嫩的小牛哞叫声。

翰林王万芳[①](节选)

◇ 李家祖　杨茂云

出了贯市村,到处都是一片荒凉景象:老百姓听说洋鬼子打到北京了,连太后和皇帝都逃难走了,个个也顾不得秋庄稼熟了,都去逃难了。况且那年大旱,秋庄稼大多数绝收。一路走来,既看不到饭店餐馆,也看不到乡间炊烟,饿了,就让随从挖野菜充饥,遇到某处有地瓜,那就是美味佳肴,一个个抱着地瓜啃得"咔嚓咔嚓"直响。这些东西弄来之后,还得先供给慈禧、光绪和王公大臣们享用,其他随从,有就吃一点儿,没有就饿肚子。王万芳幸亏把书童九娃带在身边,为他挖野菜,刨地瓜,方才免了挨饿。他虽被慈禧太后点名陪驾,但在心里却对慈禧并不恭敬,每当没饭吃,他

[①] 李家祖、杨茂云:《翰林王万芳》,团结出版社,2020 年 7 月版。

都会在心里暗暗骂慈禧：这些都是你这个老寡妇一手造成的，如果不搞戊戌政变，列强咋会再度侵犯北京？现在害得百官都跟着你这个老寡妇受苦！王万芳也知道，此时此刻，绝对不止他王万芳一个人在背地里骂娘，他敢保证，只要还在挨饿的那些三公九卿、随从宫女，都会骂慈禧太后这个老混蛋的。

其实，慈禧太后的日子也不好过。这天傍晚时分，李莲英领着一行人，摸索到了一座荒村，住了下来。慈禧太后连着吃了好几顿地瓜和玉米，这种反胃冒酸水的食物，让她实在吃不下去了，便静等着李莲英为她找回可口的食物。过了一会儿，李莲英终于连跑带颠地回来了。他告诉慈禧，村子里，只剩下一个半瞎的老太太。可是李莲英用银子向她买东西，这个瞎老太太就是不卖。慈禧太后听李莲英讲完话，她就嘿嘿一笑说："知道老太太为何不卖你东西吗？因为她没见过银子！"这个半瞎的老太太，一辈子都没见过银子，她只认铜钱。李莲英一听，急忙找八旗兵要了几十个铜钱，然后领着慈禧太后来到老太太家。李莲英走进黑咕隆咚的房子，先把铜钱放在老太太手里，然后就说买东西的要求。

"你们个瓜皮，早拿铜钱不就有吃食了呗！"老太太一接过铜钱，就用陕西话骂道。土炕前站立的慈禧太后听不懂陕西骂人的话，但李莲英是听得懂的，老太太这句话是骂他们几个人是傻子，因为他在宫里有个徒弟就是陕西人。要是让慈禧太后知道了，那慈禧太后一恼火，还不把这个老太太给杀了哇？这个老太太不能杀，杀了他们到哪里弄吃的去！老太太笑着骂完，就伸手一指破柜子，李莲英赶紧走近破柜子，手伸进破柜子，从里面摸出了一个圪袋，里面装了大约有两三斤米的样子。慈禧一见米，当时眼睛放光说："这位老人，借用一下你的锅灶，让我们熬碗粥喝！"

"你们都是二锤子！米都煮掉了，想饿死老太婆啊？"谁知那老太婆一伸手，一把夺过米圪袋，倒了一半的米给李莲英。

"二锤子是啥意思？"李莲英命手下的小太监煮粥的时候，慈禧低声问道。

"启禀太后！奴才也不懂，但奴才觉得，这个瞎老太太说的应该是本地土话……"李莲英见太后问他，就转弯抹角说他也听不懂，他生怕说出来了，太后发火，就说了他也不懂的话。

慈禧太后见问不出个所以然来，也就不问了，因为此时她已饥肠辘辘，也没精力刨根问底了。看着灶膛中柴火熊熊，李莲英又让小太监们找来了几十文铜钱，塞到了老太太手里，对老太太说："老太太，你家里还有啥好吃的呗？"老太太接过铜钱，用手往墙洞里一指，李莲英竟在里面摸出了两个鸡蛋。鸡蛋上面还巴着鸡屎呢！李莲英赶紧命小太监拿出去洗了，下到锅里和粥一起煮，正好给慈禧太后补补身子。

一炷香后，粥稠蛋香，饥肠辘辘的慈禧太后又借用老太太家的饭桌，一边喝粥，一边吃蛋。那老太太见慈禧太后饕餮的样子，她又骂道："桑年底很！桑年底很！"

"桑年底很"是个什么东西,慈禧太后只顾忙着吃饭,已经没工夫追究了。她吃完饭,转身离开,对李莲英一挥手说:"赏给老人十吊钱!"李莲英一听慈禧还要赏钱给老太太,心里那个别扭哇,真有点儿不甘心!挨了人家三句骂,还得给人家打赏,今天真是够倒霉的!但太后已经发了话,他敢不执行呗?!

慈禧太后当然不知道李莲英的苦衷,她只知道自己是世上最尊贵的人,在哪儿也要摆谱,咋会体会他人的苦衷呢?

王万芳可没慈禧太后这么好的运气,他这一晚上,吃得可是书童九娃给他挖的地瓜。锅也没得,灶也没得,不过那九娃脑筋还灵活,在住户人家找了把锹,在房屋旁边挖了个地窖子,找了些柴禾,把他挖来的地瓜放到地窖子里,用柴禾烧了吃,虽夹生半熟的,但总比饿肚子强多了。

别人饿肚子她慈禧太后管不着,她的谱儿还是要摆的!这天走着走着,她对跟在轿子旁边的一个宫女说:"哀家要更衣!"

那宫女放眼一看,四周皆是空旷田野,连个遮身的地方也没有,咋伺候太后更衣呀?

"就在此更衣,人围起来可矣!"看来慈禧内急了,她见宫女着急作难,还没等宫女搭话,就说。

众人一听,立马遵从命令,四周全站满了人,围成了一道人墙。就这样,太后、皇后、格格们轮流方便。方便后没便纸擦拭,众人只好在旁边摘了野麻叶子让她们擦拭。也不知后来是否有人将这野麻叶子视为"圣用",拿出来招摇过市,招徕生意,成为该地特产加以炫耀。

范蠡①(节选)

◇ 余耀华

范蠡站在窗前,看着天上的月亮,唉声叹气,百里淑琴拿出一件衣服披在他的身上,安慰他说:"如此伤感,别愁坏了身子!"

"明天就要离别,计从我出,我被计困,我这是作茧自缚啊!"范蠡叹了口气说,"刚刚新婚,又要离别,都是由我逞强好胜所致。"

"话不能这样说,大丈夫为国,理当效命,理当尽职,你只管陪大王入吴,我回老家去,等你归来。"

"你哪里也去不了。"范蠡说,"王后说,你今后的生活起居,由她派人照料,名义上是关心,实际上已经被当作人质了。"

---

① 余耀华:《范蠡》,新华出版社,2020年3月版。

"为什么会这样呢?"

"大王、王后虽然倚重我,但对我也不放心。"范蠡看着窗外的夜空说,"自古君王都如此,平庸嫌弃无能,才高又怕盖主。此次入吴,大王不让你同往,是担心我弃他而去,另攀高枝;也不允许你回南阳,你只能在此苦守。"

"别说了。"百里淑琴泰然地说,"我已知道其中之意!"

"伴君如伴虎啊!"

"想不到宫中之事,竟然如此险恶!大王、王后这样待你,你为何还要为他们设谋效力呢?"

"我并不是全为他们。"

"为了谁?"

"为百姓,为楚国,为自己。"范蠡解释说,"吴国与楚国是世仇,扶越为了助楚,人生一世,总要做些事情,才无愧于家乡父老。百里老师教我韬略,我自恃胸中谋略,不亚于孙武,胜于诸侯,总得有个施展的平台,如果越国适合我,我就会像孙武那样,在越国干出一番大事业。我没有称王封侯的野心,可有引导君王的志向。入吴,一是情急所迫,无路可走;二是可借伴君之机,摸清大王的脾气,取得大王的信任,成就我振兴越国的大业,验证我治国的本领。"

百里淑琴点点头说:"既然这样,相公尽管放心前去,百里家的后人,不会给你丢脸。再大的苦,我也能承受。"

范蠡将百里淑琴紧紧地搂在怀里,激动地说:"百里老师教我本领,又派你来帮助我,我不知道怎么感谢才好!"

好久好久,范蠡轻轻地推开百里淑琴,抱歉地说:"你先睡吧!我还要同文大夫商量些事情!"

"去吧!"百里淑琴说,"我等你回来!"

纳兰容若词传[①](节选)

◇ 词奴儿

五月底的园子,花已开败。宋人任拙斋诗曰:"一年春事到荼蘼。"春天,曾经五彩斑斓的喧嚣,都让位给即将到来的夏天。唯有那一架蔷薇,白的如飞雪,粉的似胭脂。

容若一直以为,这架蔷薇就是荼蘼。苏轼有诗曰:"荼蘼不争春,寂寞开最晚。"荼蘼的寂寞,是最深沉、最独特的。因为,荼蘼花开过之后,人间再无芬芳。

---

① 词奴儿:《纳兰容若词传》,中国文史出版社,2020年7月版。

人间再无芬芳。

如雪躺在床上,眉目温婉,嘴角噙着浅浅的笑意,似熟睡一般。只是脸色惨白得犹如雨后凋敝的梨花。

半个月前,如雪生了个男孩儿。容若给儿子取名海亮。

冉儿生的儿子富格是长孙却非嫡出,海亮才是叶赫那拉氏嫡孙。明珠很是快慰,为孙子取名为富尔敦。比"海亮"这个汉人名字更具有天潢贵胄的高贵和庄严。

可是,如雪永远地去了。

容若守在床前。他不相信他的雪儿已经离开了他,离开了这个温馨的暮春。雪儿只是累了倦了,他要等她睡足了醒来了,带她去看蓝天外飘逸的云朵,看湖那边青青的芦苇,看那一架蔷薇。对了,那一架翠绿屏障上的花朵儿,白的如飞雪,粉的似胭脂。

如雪再也不会醒来。她走得这般仓促,来不及告别,来不及说一声儿子海亮,甚至来不及看他一眼。

突然之间,是谁剥离了他的心,又把他的心摔在地上,碎成一堆琉璃?如果,人世间的缘分是冥冥之中早已注定了的,那么,是不是在缘起时缘就灭了?只是,从此,那温馨的过往,那刻骨的念想如同一柄锋利的刀子,在他心头刻着深深浅浅的伤痕,鲜血与泪水逆流。

初夏的夜,竟如此凉薄而寂静。那欢快的虫唱呢?那窗前的明月呢?那昼开夜合、洁白芬芳的夜合花呢?那灯前的笑靥,手中的热茶呢?茫然回首,原来,她不在身后,所有的一切都幻成了眼底的空。

柳絮落入水中,尚能化成浮萍。泥藕从中折断,还有丝丝缕缕牵连纠缠。可是雪儿,你怎能如此无情,走得如此决绝?我纵使痛断肝肠,哭干眼泪,也换不回你的一颦一笑,一嗔一痴。原来,世间最真切的情,最炽热的爱,到最后,不是相亲相伴,不是白头偕老,竟是痛和绝望。

纵使世间一切皆有因果,只是今生,我如何忘得了你?唯有拈香一瓣,燃于这如水之夜,请不要忘了前生的点点滴滴,来世再续前缘。

风絮飘残已化萍,泥莲刚倩藕丝萦。珍重别拈香一瓣,记前生。

人到情多情转薄,而今真个悔多情。又到断肠回首处,泪偷零。

天上风吹云破　月照我们两个①(节选)

◇ 高志文

他们行至山脚,远远地就看见有人在摘柿子。

---

① 高志文:《天上风吹云破　月照我们两个》,中国文史出版社,2020年7月版。

春柳道："记得那边山坳有几棵柿子树,不知有人摘不?过去看看。"

一路行来,果见岗下的杂树丛中散落几株野柿子树,枝上密密匝匝地挂着柿子。向阳处的已经红透,背阳处的黄中带青。

孩子们欢呼雀跃。春柳从篮里拿出一块旧布,江冬秀与两个孩子各拎一头,在树下牵开。

春柳拿了长竿,专拣那红彤彤的柿子,朝那细小的果柄轻轻敲打,柿子便掉在摊开的旧布上。换了两棵树,便有满满一篮子红柿子了。

秋天的山风是强劲而冷峭的。或许,山风是带着三分秋霜在山林间行走的。你听那松涛,一波未息,一波又起,似大海的浪头,一浪盖过一浪。

江冬秀看着两个孩子："篮子满了,回罢。"

忽听得林中有嘈杂人语,一阵山风过后,听得更分明。

"那不是江家的老闺女么?"一个女人的声音,"听说胡家的糜先生从外国回来了,她也该盼到头了罢。"

另一个声音笑道："不是说糜先生在外国娶了个蓝眼睛红头发的洋婆子?生了两个小洋人么?"

"糜先生少年时来过江村的,生得眉清目秀,极斯文的一个人。如今留洋回来,更是一表人才了。"

"可不是。听说糜先生叫她母亲劝江家老姑娘不要缠脚了。你说,那缠了十几年的脚,放开了,还能是原样的么?这两人不大般配呢。"

"般配不般配由不得你说。月老牵了红绳的男女,就算一个在天上,一个在地下,也是能结成夫妻的。"

江冬秀脸色煞白。她明知这随风吹到耳朵里的话,有些不是真的,但一颗心似被呼啸的、冷峻的山风卷住,在山林中肆意摔打。能呼天抢地、能说得出的痛,往往不是真痛。真正的痛,是说不出的悲楚与委屈,是心的沉寂与荒芜,是无声无息的。

春柳自然也听见了这些话,见江冬秀变了脸色,忙提了篮子,催两个孩子快回家。

第二天午后,江冬秀正在后院的树荫下绣鸳鸯枕头,忽见春柳匆匆跑来,笑眯眯地："大姑娘,胡家姑爷来了。"

江冬秀心跳骤然停了,绣花针刺破手指也不觉,忙问:"他人在哪儿?"

"大少爷陪着,在堂屋喝茶呢。"

江冬秀忙收了绣花绷子,出了院门,又从西厢房溜进自己的闺房,再也不肯出来。

江冬秀的哥哥江耘圃请了族中长辈陪新姑爷饮酒。直至饭毕,佣人收拾了饭桌,胡适也未看到未婚妻。

"大哥,我想见见冬秀。"胡适向江耘圃道。江耘圃起身道:"你随我来。"

二人来至江冬秀的房门外。江耘圃说:"你先候着,我进去跟她说说。"

胡适见窗下的茶几上有本书,便坐下,拿了书漫不经心地翻着。隐约看见楼梯口、门边挤满了人。这些人是来看他这位洋博士新姑爷的,这个场面他倒是不在意,一双眼睛只盯着房门。

一会儿,江耘圃出来,看着胡适期待的眼神,面露难色。扭头对门外的一位老妇人说:"舅母进去劝劝罢。"

江耘圃的舅母正是胡适母亲的姑姑,胡适称其姑婆。

姑婆进去片刻又返身来到门边,招手叫胡适进房里去。

胡适放下书,跨进门来。

江冬秀见胡适进来,一时慌乱,又无处可躲,竟上床把蚊帐放下,躲在里面。

姑婆见胡适僵立在床前,进退不得,上前就要撸蚊帐。

胡适忙拉住了姑婆,摇摇手,示意她不要撸蚊帐。转身出门时,听到帐内有低低的泣声。

300探案组[①](节选)

◇ 李晓梅

那栋砖木结构的三层小楼正是张杏芳家的老宅,门窗已经拆掉,最高层也已扒开,好似没有墙壁的四楼平台。邢安手抓着那个被他劫为人质的女子,对着楼下越包围越密集的警察们叫喊着什么。而那女子被高楼上的风吹得长发舞动,也向下张望着。

突然她大喊了一声:"龙腾——!"

天哪!被劫的竟然是云鸥,龙腾如被雷击一般呆住了。如果董小溪真是邢安所杀,如果董大河真是他撞到河里,那么他就是个比下奎毫不逊色的恶魔!

"云鸥——!"丈夫摒弃了所有的前嫌。

"龙腾——!"妻子倾泻了全部的情感。

哪知这对夫妇楼上楼下这一应一答的呼喊,倒让陷入绝境的邢安高兴了。他实在没有想到偶然抓住的这个女人竟然是龙探长的夫人,这是一个比任何一个人质都有用的人质。"再喊!"邢安一搡云鸥,"让你老公上来,其余的人不准动!"

"我不喊!"云鸥反抗。

"你不喊,老子打死你!"邢安照着云鸥的脑袋就是一拳,又给了她一脚,将她踢倒,接着又把她拎起来。下面的人见了一阵惊呼。

---

① 李晓梅:《300探案组》,四川民族出版社,2020年9月版。

"邢安,你不要乱来!"龙腾捏紧了毫无用武之地的拳头。

邢安又给云鸥下命令,但云鸥均置之不理。无奈,邢安自己喊起来:"龙腾,你听着,你要老婆呢,就放下枪,一个人上来,其他的人不能动!"

"龙腾——!"邢安刚说完,云鸥就叫了起来,"你不能上来,他手里有枪,还有刀!"

"是的,我有枪、有刀!"邢安也向下喊叫,"龙腾你上不上来?你不上来我就用刀割你老婆了。"

"邢安你不要乱来!我把枪放下了。"龙腾将枪搁到地上,但人仍站在原处。

"我叫一二三,你还不上来,我就割了!"邢安拿着刀晃着,"一、二、三——"

"啊——!"云鸥一声尖叫,她的手被邢安高高举起,鲜红的血便汩汩地往下淌。

"云鸥——!"龙腾一声喊叫,向破败的楼梯冲去。

旁边的詹友和乔鸽羽抓住了他。围捕的领导也道:"小龙你冷静一下,我们想想办法,看能不能拿出一个更有效和更安全的方案。"

"来不及了!"

"龙腾你不要上来!"云鸥带着哭腔在楼顶上用另一只手边摇晃边叫喊。

"一、二、三——"邢安又在云鸥的手背上划了一刀。

云鸥见龙腾又向楼梯冲过来,她哭喊着道:"龙腾,你要是上来,必死无疑!"

"你不用管我!"龙腾停下来,仰起脸道。

云鸥又大叫:"你要是上来,我就跳楼!"说着就挣扎着往边上移。

邢安也道:"龙腾你要是不上来,我就把她推下楼!"

"邢安,你不要乱来!你把她抓紧,我上来了!"龙腾说着就冲进了楼梯。

趁邢安的注意力集中到龙腾应该出现的楼顶的楼梯口处时,詹友、乔鸽羽和另几名警察闪到楼内。龙腾与他们汇合了,从乔鸽羽手中接过一把子弹已上膛的七七手枪。

詹友道:"我们一起冲上去!"

"不行!"龙腾反对,"邢安让我上去,这比不让任何人上去要强,不管他是什么动机。但他要求的是我一个人上去,你们都冲上去了,他会狗急跳墙把云鸥掀下楼去的。"

"那你——"

"你们在后紧紧跟着,尽量不要发出声响。然后见机行事。"

"是!"

邢安知自己已插翅难逃,他负隅顽抗,只是想拖延自己灭亡时间的来临,并想多杀死几个警察。同时他也知道,龙腾死了,下面一定还会上来人。那么上来一个,杀死一个。

龙腾出现在了楼梯口,大声道:"邢安,你放开她!"

邢安也道:"你过来!"

龙腾向这边走来:"有话我们俩说,你放开她!"

云鸥挣开邢安抓她的手,向龙腾奔去,紧紧地抱住了他。龙腾一边把她向自己身后拉着,一边将早已在裤兜里握住了枪的那只手往外拔。

突然,云鸥两眼的余光看见了邢安异样的动作,她大叫一声:"龙腾!"猛地转过身,挡在了邢安与龙腾之间。这时,枪声响了,云鸥像被谁使劲推了一下似地向龙腾一晃,然后便软软地向地上坠去。这枪是邢安向龙腾发射的子弹,而云鸥挡住了它。

"云鸥——!"龙腾一手搂妻,一手拔出枪来。

这时一根长条木板从天而降,狠狠地打击在了邢安的头上。邢安"嗷"一声嚎叫,枪掉了,从裂开的楼板空隙中掉到下一层楼里去了。他疼痛着大叫着,抱着脑袋跪到了地上。

持木板处,站着两个人——孟佩艺和金丹;地上,跪着两个人——抱着脑袋喊叫的邢安和搂着妻子的龙腾。

慈悲的法则①(节选)

◇ 沈嘉柯

"李老师,并不只是你调查我,观察我。我也可以调查你,了解你,对吗?"

李善扬端起杯子,但杯子触手冰凉,她有点儿慌乱,想离开,但身体却坐在原处,没有起来。

"你,李老师,李善扬,一个优秀的大学教师,曾经有过一次婚姻,这次婚姻失败了,你和前夫不欢而散。你的前夫,也是一名大学教授,在担任了博士生导师后,与一名女学生发生了不伦之恋。最令你伤心的是,这位教授选择了跟你离婚,与女学生同居,并且双双出国。法庭的判决当然支持你,孩子也判给了你。那是一个可爱的女儿。

"虽然离婚了,但你还是很坚强,跟女儿一起好好生活,并且换了一所大学任教。学校给你分配了教师宿舍,同时,你也买了房子。就在附近的山水小区,距离美岛社区很近。

"你跟女儿的生活安定平静,没有再组织家庭,而是全身心投入到学术研究和教学中。直到两年前,你的女儿在抢劫银行的爆炸案中意外被炸死……"

李善扬霍然站起身。

---

① 沈嘉柯:《慈悲的法则》,西南师范大学出版社,2020年1月版。

"这件案子不到半个月就破案了,犯罪人被捕之后,按照爆炸罪和抢劫罪两项罪名从重判处死刑。李老师,你的女儿就这样被害死了,而你只能旁观着,什么都做不了。那个害死你的女儿的人,就这样被判处死刑了,你恨他,你恨不得将他碎尸万段,但是你无法这么做。现代社会是法治社会,法律代替被害人来维护公平正义,法律来惩罚犯罪者。而你,作为你女儿的至亲,你什么都做不了,你只能等着,看着,观望着,然后……"

"你,你住口。"李善扬听见自己的声音,只觉得极为陌生,又尖又细颤抖得厉害,仿佛风中的寒鸟鸣叫。

"你的仇恨早就变成了火山,但是现实却让你的岩浆你的怒火,统统被压抑着,变成了一座看似死火山的活火山。李老师,你找不到时机爆发,你也没有理由,没有对象爆发,所以你才选择了转移,对吗?"

支撑双腿的力气像是被什么怪兽抽走了,李善扬只觉全身发软,瘫倒回沙发,她想说点儿什么,但是舌头和喉咙内的扁桃体都失去了控制。

"你觉得做一个志愿者去帮助同样受苦受难不幸的人,你就会好过,能够心安理得地活下去。你主动去找那些需要帮助的人,你之前帮过好几个人,然后你又找上了那孩子的妈妈,你又找上了我。但是这些根本就是欺骗自己。你想亲手复仇,为你可爱的女儿复仇,你却没有复仇的对象。最后你选上了我,我。"

李善扬全身剧烈颤抖,抓起手提包和外套,往门口走去。

"李老师,根本就没什么袖子布块吧!也没有什么铁锈,更别说什么保留了防水粉底的香味了,对吗?你不过是以此来诱导我承认而已。尤其是隔了几个月,还能闻到香味这种事,纯粹是你的捏造。"

李善扬打开门,头也不回,如同遇到了老鹰的兔子。

"李老师,你别走,你必须听我说下去……"

她连门都顾不上关好,冲到电梯口,"啪啪"连按电梯的按钮。电梯门合上,她才闭上眼睛,心跳得几乎要破开胸口飞出去。

直到她走出了老远,才发现自己胸口抱住手提包的位置,痛得厉害。松开手提包,往身体露出的部分看,因为手提包金属拉链太用力而压进皮肤,出现了瘀血痕迹。

钱中鹤的声音和话语像是无边无际的黄蜂,在脑袋里遮天蔽日地轰鸣着。黑沉沉的蜂群里面浮现出钱中鹤的脸和嘴巴,那张位于扭曲古怪的面孔上的嘴巴,仍然在继续说着:"复仇……复仇的对象……

"复仇……

"你选上了我,我……"

而同时,另外一张苍白无血色的小脸,叠加在钱中鹤的脸上。李善扬记得,在梦中,一再出现过的,女儿上云的脸。从温热变成僵硬冰冷,脸和身体,最后都化成了灰烬。世界上再没有上云了,没有女儿了。

"我的女儿……"

李善扬坐到地上,再也起不来。

她一直说不清楚自己的心情。但此刻,似乎内心深处的某一团黑暗,被照亮了,她心里,有一头面貌黝黑狰狞的怪物。

三眼神捕之神目如电①(节选)

◇ 东海龙女

忆兰嫣然一笑,将骨瓮紧紧搂在怀里,竟然坐入那雕花大椅之中。椅下安有滑轮,可以自由行走,想必是来到此间后,忆兰临时改装,供茹姬出入代步所用。

她驱动车轮,车声辘辘,向前滚动,径直撞开门扇,压过门槛而出。

外面果然空无一人。那男子,还有众甲士,如潮水般退得无影无踪。

泉水潺潺,白气腾腾,藤萝低垂,花木扶疏。檐下灯笼的光照在那琵琶形的小潭上,泛出柔和的光晕,好一处静谧的世外洞天。

但是杨恩知道,就在离开这洞天的甬道之中,甚至是外面的梅苑和浴金殿两处入口,都会有无数的甲士,将此处围得水泄不通。

明照清跟在忆兰身后,随手从檐间取下一盏红绡灯笼。

绡色有些旧了,但那团光仍然温暖,一如当年在如烟桥时。

众人都走出门来,怔怔地目送着他们。

洞天内没有星和月,岩顶墨蓝如夜色。隔着藤萝的空隙望出去,外面那真正的夜空,却如深不可测的浩渺江水,被风轻轻推开层层涟漪,颜色一层深、一层浅,越往后去,终于在天际化为淡白的晨曦。

是天快亮了吗?

曦色映入洞天,墨蓝与淡白的相互晕染,仿佛有一支看不见的苍穹巨椽,饱蘸鲜墨,于虚空之中,绘出这风走云行、气象万千的一片幽暗。

明照清和忆兰一站一坐的身影,就缓缓行在这幅水墨画卷之中。明照清手提着红绡灯,一手推着车背,时而低下头去,向车中的忆兰说些什么,忆兰也抬起头向他微笑。

红绡灯的光发出一团柔和的橙红,清晰地映出两人的笑容——那是画卷中唯一的亮色。

---

① 东海龙女:《三眼神捕之神目如电》,北岳文艺出版社,2020年6月版。

多少年前，琵琶湖畔，是否也曾有过这样相似的场景？

眼前的忆兰，似乎幻化成另一个淡淡的女子的身影，冥冥中看不清相貌，唯能觉出她深情凝视的眸光、唇边温柔的笑意，像琵琶湖畔的春风，若有似无，却又无所不在。

如烟桥、凤陵渡、琵琶湖、邦家巷。有时候短短的一程，却是长长的一生。

他们转过院中曲折的小径，透过玲珑的假山、石洞、树丛和花草的阴影，那团柔和的橙红灯光，却依然清晰。

苏兰泽看了张勇一眼，他呆呆地站立着，望向二人行去的方向，竟像是有些痴了。

不知多久的沉寂中，忽然传来一声大叫，随即便是无数脚步声从甬道抢出，夹杂着兵器的交鸣。

几乎来不及多想，苏兰泽扶起杨恩，与众人一起抢步而出。

那盏半旧的红绡灯笼就挂在旁边一株白兰树上，似乎烛头将尽，橙红的灯光已微弱下来。其实就算烛火尚盛，在周围一片林立的刀光和火把映照下，也微不可察。

那里已围了一圈人，忽有一人排开众人挤了进来，他气喘吁吁，鬓髻散乱，形容着实有些狼狈，竟是不知何时已醒转过来的陈骏。

此时他牙关紧咬，恨恨地瞪向人圈中的地面，他失去了昔日冷静，露出难得的气急败坏的神色。

地面上安然沉睡的，赫然正是当朝宰相明照清。哪怕只是静静地仰卧，哪怕头枕着卑贱的尘土，他也自有一种肃穆威严的气度。他口鼻间渗出的黑血和紧紧握住的拳头，手腕上突出的青筋，似乎预示着他临死前经受过毒药带来的痛苦，但他脸上的肌肉神情却相当舒展自然，带着前所未有的轻松。

鲁韶山只看一眼，道："是逍遥散……自杀……"这不奇怪，王公贵族，甚至宗亲，即使是荣耀万分时，哪个的袖中不备着这样一剂看似是毒药的解脱良药？

张勇急道："公主……不……忆兰呢？"

忆兰不见了。

显然她根本无法从甬道尽头的两个通道口离开，当然甲士们严密地搜查过院中四周，依然没有她的踪迹。仿佛她蓦然钻入地底深处，像土行孙一样，带着贞慧太妃的骨殖，永远消失了。

抬起明照清尸身的一个甲士，轻声地惊叫起来："明相……明相身下……"

以前被明照清手臂压着的地方，现在移走后，才看清那里留下了几个歪歪扭扭的血字，显然写的时候正经受极大痛苦，但仍认得出是明照清的笔迹："挫骨扬灰金水河。"

金水河，这条拱卫京都的护城河，下游可抵清江，而清江顺流而下八百里后，最终汇入之所,正是明照清故乡的琵琶湖。

琵琶湖之约,纵然他在三十年前曾亲手决绝地将其破灭,但在三十年后,哪怕只有他独自一人,也终于履行。

火光忽然自茅舍中腾起,势头极快,那些甲士们仓促间舀起泉水来想要浇灭,却毫无作用。熊熊烈焰,顿时映红了整个一洞天。

鲁韶山夹在众人之中,飞快地向甬道逃去,只听身后爆炸之声不绝,想必是那些茅舍竹篱,正在大火中飞快地坍塌。

三眼神捕之人间幻影[①](节选)

◇ 东海龙女

"砰!"机关合拢,四下里一片静谧。

轻微的足音,响在这空旷的地方,如同水滴落入玉盘,微弱得那样不真实。

那竟是一片广阔的世界:清风从未知的空隙中穿掠而出,带来夜的清凉气息。四壁和地面都铺有琉璃,望去幽蓝如海,苍茫缥缈。"海"上升起两个月亮:一如银盘,一如金钩,对映相照,颇为奇观……不!那只是形似满月和弦月的两片琉璃嵌在穹顶之上,透过真正的月光,便宛若重生的月亮。

琴追阳张大了嘴巴,简直不敢相信自己的眼睛:有碧玉雕成的一只画舫,临"海"而泊,似乎正要扬帆出海。舫身虽只有丈许,却舟楫齐全,栩栩如生。唯舱中空荡荡的,别无一物,只停有一具黄金棺椁。月色如水,透过琉璃墓顶,落在那黄金椁盖之上,将那些镂刻精美的花纹,都映成一片耀目的金光。

舫中竖有白玉桅杆,粗如儿腕,桅上无帆,却挂有一幅长约七尺的美人图,素墨勾勒,远望如桅帆。图中的女子净额低髻,此外别无簪饰。女子身着雪白束腰长裙,外披极短的挑绣菊纹衣衫,素帛裙裾在腰前系成繁复花形,打扮有些怪异,不类中土。然而虽是画笔,遥遥观之,仍可见那女子容貌艳丽,特别是一双明眸,水光流溢,仿佛穿越画面而来,脉脉视之,柔情无限。

琴追阳不由得赞道:"这里有海,有月亮,有碧玉画舫,还有美人……虽然都不是真的,可是真美!"

杨恩忽然冷哼一声,回身跃起!他虽不能看见此处情形,却能感知到对手的存在。当下,他只将手腕一伸,竟仿佛压缩了空间,将身形生生拉近数尺,指尖便险些触到那"影子"边缘!"影子"包裹在一团流动不定的雾气里,真如模糊不可触的幻影般,飘然闪开,却又挥袖上拂!暗色花朵,自袖中纷飞满天,一时间光芒大盛,蓬然绽

[①] 东海龙女:《三眼神捕之人间幻影》,北岳文艺出版社,2020年6月版。

开,却有无数暗绿光点,自花间蓦射而出!

杨恩似已感知到了周围的变化,蓦地剑光挥起,宛若虹霓的光芒,顿时席卷了这一片天地!所到之处,花朵尽数熄灭。剑锋上真气激荡而出,反向空中卷去!

"轰!"那些暗绿光点,被真气反激之下,非但没有熄灭,却当空一晃,化作一朵朵绿荧火焰,悄无声息,飘忽不定!那些火焰,映着那幽蓝的"海",如同是天空的万千繁星,照亮玉舫的归乡之路。

然而这毕竟不是真正的繁星,当它再次蓬然绽放的时候,便是这世界上最令人生寒的暗器!琴追阳急切中叫了一声:"当心!"猛地向地面扑倒!杨恩却将掌中长剑一拂,缓缓收回来,斜斜指定了那团飘移不定的"影子":"幽冥寒花是一种奇怪的冰晶凝就的暗器,因为太容易在常温中化掉,所以一向要依傍幽冥门独有的寒凉真气而生。方才灌输其间的寒凉真气,已被我的剑气破掉,如今这些绿焰便再不能伤人。"

"真气的强弱决定了你们驱动幽冥寒花的功力。当初玉琳琅一案中的张银娘也是你们幽冥门人,却只能驱动三朵,而你此时却能驱动如此之多的幽冥寒花……"

他闭上眼睛,仍然感觉到那些花朵所独有的寒凉,从四面八方幽幽投射而来。

"那么,谁能有这样深厚的功力,能同时驱动如此多的花朵?你自称幽冥主人,应该正是幽冥门的门主罢?你三十年如一日散出黄金宝库的流言,引诱江湖人绵绵不绝地入内!才有了那些人鱼白骨灯和那些曼珠沙华!"

"影子"冷哼一声,不置可否。那"影子"与他们二人中间隔开十余步的距离,在浓重雾气的缠裹下,琴追阳根本看不清对方的形体高低,只感觉那人微微地飘离地面,似真似幻,如鬼如魅。

现实关怀与人性探微
——2020年湖北中短篇小说创作综述

新时期以来,湖北省的中短篇小说创作在全国文坛都产生了较大的影响,《心比身先老》《父亲是个兵》《挑担茶叶上北京》《松鸦为什么鸣叫》《琴断口》等获奖作品,是湖北中短篇小说的代表之作,在某种程度上鼓舞和推动了湖北中短篇小说的创作。近年来,湖北作家沿续了这一优良的文学传统,立足现实,关注世道人心,书写当代中国的现实生活,在艺术探索上呈现出多元开放态势。2020年湖北中短篇小说创作有诸多亮点,由中国小说学会主办的2020年度中国小说排行榜上,湖北四位作家的作品榜上有名,除网络文学作家猫腻、吱吱上榜网络小说排行榜外,晓苏的《泰斗》、谢络绎的《一只单纯的野兽》荣登短篇小说排行榜榜单,是2020年湖北中短篇小说创作可喜的成果。此外,资深的实力派小说家在2020年也依然保持了旺盛的创作力,贡献了不少中短篇力作,展现出独特的艺术魅力,如池莉的《封城禁足99天脑子闪过些什么》、陈应松的《青麂》、於可训的"乡人传"系列、普玄的《生命卡点》、曹军庆的《纸上的父亲》、韩永明的《大事》等。同时,湖北的青年作家也奉献了不少佳作,以其先锋姿态与探索精神,使湖北的中短篇小说创作呈现出新的生机与活力。

一、直面疫情:现实关怀与人文忧思

2020年是极不平凡的一年,年初一场突如其来的新冠肺炎疫情,在湖北武汉暴发。面对新冠肺炎疫情的全球大流行,人类面临着共同的危机与挑战,也大大激发了小说家的现实关怀与创作冲动。不少处于新冠疫情风暴眼中的湖北作家,更是亲历了疫情的发生,耳闻目睹了疫情下个体生命的呼喊与细语。疫情折射出当下生活最真实与本质的一面,全民抗疫中生死悲欢、可歌可泣的故事,"逆行者"和志愿者们身上散发出的人性光辉,面对这些,湖北作家没有缺席。他们在情感激荡之中,从自身经历出发书写了不少直面疫情的中短篇小说作品。还有一些小说看上去虽与疫情没有直接关联,但充满了对社会、生命、自然的终极关怀与对人类生活的反思。

池莉的纪实性中篇小说《封城禁足99天脑子闪过些什么》(《北京文学》2020年第7期),以2020年冬春之交新冠病毒暴发的武汉为背景,以作家本人长达99天的居家隔离生活的亲身经历为蓝本,从个体经验出发,真实记录了疫情暴发之后池莉在武汉的所见所闻、所思所想。小说记录和见证了疫情肆虐的严峻时刻,灾难之下的世道人心、人性冷暖,坐困愁城时武汉市民们的守望相助。小说兼具社会价值和文学价值,一方面对疫情进行了真实记录与再现,展现了武汉在新冠病毒暴发之后的社会情态,另一方面将个体命运放置在群体命运中书写,展示了人类在面对席卷全球的瘟疫时的苦痛与坚强。小说虽然没有宏大场景的描述,也没有塑造特殊时期下涌现的英雄人物,而是从亲历者、平民化的个人视角出发,表现出在疫情防控措施下,武汉市民与新冠病毒的顽强搏斗与生死较量,人们之间相互鼓励、共同坚守的抗疫故事。小说更将作者对生命与自然的反思贯穿其中,对疫病和人类社会病相的关注与表现,以独特的方式表达了对人类处境的深邃思考,在真切的个人的生命体验中包含了对人类群体命运的关怀和体察,在自省中表现出面对宇宙与自然,人类这种生灵的渺小与伟大,使小说更具哲学韵味。

普玄的《生命卡点》(《人民文学》2020年第10期)则聚焦新冠疫情下的"正面战场"——武汉某医院的隔离病房。小说以章医生三年休假(陪伴自闭症儿子)结束,回到医院岗位就进入发热门诊,继而来到隔离病房开始"战疫"为开端,通过章医生的眼,讲述了隔离病房里面对疾病与死亡,在生命"卡点"上各种各样的生命故事,其间穿插着章医生艰辛养育自闭症儿子的所感所悟,展现生之艰难与生命的韧性。小说开头着重书写了"寂静"这个意象,并用多层次的感觉手段去表现"寂静"。"寂静"既是武汉全员"战疫"时"见不到人"的城市的真实情形,也是隔离病房里客观世界的状态,同时也是身处隔离病房里章医生听不到患者家属哭声的"比死更静""心酸""可怕"的主观感受。作者将这种寂静与自闭症儿童的寂静的世界相关联,而章医生同时作为自闭症儿童家长与"战疫"医生,是见证这一切的"处在两个世界之间的人"。寂静一方面暗示着来势汹汹的疫情下充满压抑的医院和社会,同时也表现了寂静背后涌动着的生命与激情,正是章医生这样的与病毒赛跑的白衣战士,在寂静之中"一直在捕捉生命",表现出"逆行者"的精神境界,弘扬着向上的精神力量。作者巧妙地将自闭症患儿与新冠病人的行为遥相呼应,章医生的自闭症儿子总喜欢手里攥着一包纸巾,一名年轻的新冠患者也成天抱着手机不放,虽然他生命体征尚好,却总怀疑自己要死了,因为成天盯着手机,"被过多的信息干扰得无所适从,只会大哭"。而另一名年迈的退休教授,却主动关闭了手机,与病毒殊死一搏,最终战胜病魔,治愈出院。"手机"在小说里成为一个隐喻,手机是人类现代文明的象征,然而面对巨大的灾难与可怕的疾病,手机就像那包纸巾,毫无用处,甚至会带来负面影响。这促使我们反思人类的行为与观念:人类面对自然的灾害、疾病与死亡时,高度发达的科技与现代文明亦是脆弱的,面对"生命卡点",只有迸发出生之渴望,激发出强烈的生命意志,才能渡过难关。小说表现了人类在面对困境时生与死的搏斗,体现了作家对生命的悲悯意识与人文关怀。

吕金华的《抗疫团》(《民族文学》2020 年第 9 期)讲述了抗疫的另一个战场——湖北乡村抗疫的故事。庚子年春节前,刘核桃从工作的恩施州回到家乡农村过年,不料因疫情暴发,在武汉读研学医的儿子滞留在汉。刘核桃按捺住内心对儿子的担忧和焦虑,和村里的发小儿们一起组成了乡村抗疫团,共克时艰、共抗疫情,用热情与智慧在乡村筑起一道坚固的抗疫生命防线。刘树成《武汉爱情》(《长江丛刊》2020 年第 10 期)讲述疫情时期人间的美好情感:外地来武汉的快递小哥曾峰,原本最高的人生理想只是在武汉娶个本地姑娘买房安家落户,但突如其来的新冠疫情改变了他的命运。他的女友周英是医院护士,在抗疫一线战斗,受女友的感召,曾峰勇敢地挺身而出,为隔离在家的人们送快递、当志愿者,自己却不幸染上新冠肺炎。小说通过一个爱情故事从侧面表现了疫情之下普通人物的情感纠葛与内心变化,展现出凡人英雄身上散发出的人性光辉与人间温情。彭定旺的《寻蝉》(《荆江》2020 年 8 月创刊号)以疫情暴发中的武汉为背景,讲述了祖孙三代一家四口处于病毒肆虐、生命关口时的生死困境,以及在社会关爱下,家人互相勉励共渡难关的脉脉温情。周娴的《猫年》(《啄木鸟》2020 年第 12 期)将疫情与一系列失窃案联结在一起,表现了人性的善与恶。鸽子的《一身冷汗》(《长江丛刊》2020 年第 4 期),则通过秋生"妻女共染新冠肺炎并不幸去世"的南柯一梦,表现了对动物生命主体价值的尊重与人的自我忏悔。

还有部分小说并不直接写新冠肺炎疫情,而是以疫情为起点,进而对生态危机进行反思,将社会生态、自然生态、人文关怀等综合起来思考。在庚子大疫之中酝酿产生的《青麂》(《上海文学》2020 年第 4 期),是陈应松在 2020 年完成发表的一部中篇小说作品。《青麂》应归入陈应松最负盛名的"神农架"系列小说,小说讲述了山民姚捡财为了给儿子治尿床的毛病,听信算命先生的话,决计打一只黑狗来给儿子补肾。黑狗是村长家的狗,要打黑狗不能让狗叫,以免惊动人。作为山民,他们知道只有山中的青麂叫,狗就不敢叫了。为此,姚捡财和表弟进山打了两只青麂。青麂在传说中为山神爷的坐骑,性情刚烈,一只当场自杀,另一只被带回村里。为了让它不停地叫以堵住狗的口,这只青麂被活活折磨而死。颇具讽刺意味的是,两人花大力气捉回来了青麂,但去村长家找黑狗时,狗却不见了。两人为泄愤,对着村长家的大门和酱盆里撒尿,不想被村长家门口安装的监视器全程录像,在村民大会上曝了光。姚捡财被派出所拘留十天出来后,羞愧难当,跳天坑而死,也应了青麂叫会死人的民间传说。陈应松延续自己的自然和生态写作,在《青麂》中继续书写着人与自然的关系这一主题。青麂是神农架的山中神兽,一种美丽而有灵性的动物,代表着天地之灵、生命之美。而人类为了一己之私欲,将其捕捉、折磨、杀害。人已不是人,变成了恶魔。而人终究因自己的残忍、贪婪遭到反噬。小说中还描写了人对动物的迫害,致使动物报复,自然环境发生变异。山中竹鼠的肉煮汤味道鲜美,于是被人类疯狂捕杀而食。竹鼠本来在地下吃竹根,是不吃荤的,为了报复人类,就开始逮着石蛙疯狂噬咬。石蛙为躲避竹鼠只好"假死",并从身体里发出一股浓郁的尸臭味,让竹鼠赶紧走开,致使原本秀丽的山谷臭气熏天,人畜不能踏入。这个寓言一样的故事喻示着,人类并不能凌驾于自然之上而存在,而只是自然生态链中的一环。人类中心主义让人面对大自然一直肆无忌惮地攫取和掠夺,人类文明高速发展到今天,已对自然生态造成巨大的危害,而大自然必会对人类进行复仇和惩罚,最终会影响人类的生活与生存。在新冠疫情仍在全球肆虐的现实下,《青麂》如同一则"警世通言",告诫人类必须敬畏自然,善待其他生物,牢固树立生命共同体意识,与万物生灵和平共处,才能走出困境。2020年陈应松发表的应归入"神农架"系列的小说还有《声音》(《长江文艺》2020年第5期),讲述打匠(猎人)赵日红因为孩子哭夜吵闹,相信了游医喝野鸡汤治夜哭的方子,和小舅子钱蹦儿到山中打野鸡。打猎过程中,赵日红的耳边总响着一个神秘的声音,这个"司命菩萨"的声音让他心绪不宁。赵的枪声响了,没打到野鸡,反而错把钱蹦儿打死了。

二、现实书写:价值批判与人性拷问

除了关注社会重大问题,湖北作家也继续着现实主义传统,关注当下的现实人生,关注人们的生存困境和精神困境,剖析人的心理成长历程,展现社会纷繁的众生相。晓苏的《泰斗》(《清明》2020年第5期)属于他的"大学"系列小说,继承了《围城》的知识分子书写传统,以大学校园里知识分子为主要书写对象,表现了面对物欲横流的社会,在消费主义与享乐主义观念的冲击下,当今某些知识分子的精神蜕化和灵魂堕落。《泰斗》以商人吴修为自己的新书召开的一场新闻发布会为中心,发布会如同一个舞台,某高校的办公室主任张不三、院长熊究究、副校长任德卿等各色人等粉墨登场。他们顶着高校知识分子的名头,实际上背叛了知识分子的良知与守则,在欲望的旗帜下,早就向金钱、财富、利益等缴械投降。每个人背后与商人吴修都有着不可告人的交易,各自暗怀鬼胎,演出了一幕讽刺喜剧。办公室主任张不三像一个学术掮客,为吴修到高校混文凭和搭上进一步的关系牵线搭桥、出谋划策,只是为了那"鼓鼓囊囊"的红包;院长熊究究解决了吴修的博士文凭,作为交换,吴修解决了他侄子的工作问题;副校长任德卿将学校的基建任务差不多都给了吴氏集团,原因是他的老婆被吴修高薪聘请为集团法律顾问。小说题目中的学术"泰斗"章涵教授,似是小说主角,却没有正面出场,而是通过众人的讲述,拼图一样拼出高洁正直、不屈从于权贵的"泰斗"形象。这样的"泰斗"如何会与庸俗不堪、不学无术的吴修同谋?"泰斗"会不会为吴修的新书发布会站台?小说在反高潮中戛然而止,令人在会心一笑时又思索良久。

《泰斗》匠心独具地以小说中唯一一位女性"我"作为叙事者,"我"是吴修的秘书黄衣,美丽能干、八面玲珑,也是贯穿小说、推动情节的人物,从商人吴修到高校知识分子们,他们的一言一行都在"我"的目光之下。通过"我"的视角可以观察到小说里的所有人物和行动。他们的面目随着小说的层层展开而彻底暴露,整个知识圈层的卑微的精神状态也显露无遗。通过塑造这些灵魂溃败、人格卑琐的知识分子,晓苏对学术腐败、权钱交易,学术与资本相勾结等校园乱象与时代病灶进行了尖锐而有力的讽刺与批判。

曹军庆的《纸上的父亲》(《长江文艺·好小说》2020年第5期)讲述了一个谎言与真相的故事。余世冰在强制戒毒所戒毒两年,他的妻子林美芬为了给儿子余万聪创造一个完美而高洁的成长环境,决定掩盖这个不光彩的事实。她编造出了一套说辞,将余世冰"塑造"为见义勇为的英雄。他们所在的小镇有一名男子,为救一名遭受街头小混混打劫的女性,身中数刀后被歹徒抛入河中,落水后下落不明。林美芬用了移花接木的方法,将这个故事安在余世冰的头上,把他"包装"成了一位为正义献身的人。自从余万聪有了"英雄父亲"后,原本最头疼的作文马上有了突飞猛进的进步,每一篇作文都成了范文,都被老师在班上朗读。其原因是林美芬源源不断地为他提供有关父亲的各种英雄事迹的"素材",把余世冰过去的事情美化一番后讲给儿子听,就像手机的美颜功能对人的面容的美化过程一样。余万聪不仅能驾轻就熟地在作文中书写"英雄父亲",而且整个人都发生了"化学变化","他的仪表和谈吐变得无可挑剔,既优秀又得体。成绩也好,各门成绩都好。还能主动去做一些公共事务。他当上了班干部,也是全校的学生会干部。被老师带着到处演讲……"。为了儿子,两年后余世冰从强制戒毒所出来时决心做一个"新人""好人",然而他回到家中,发现人去屋空,妻儿早已离开,不知所踪——为了将余世冰的完美"人设"继续下去,妻子早就携子离开这个知道他们底细的小镇,远走高飞……当人们陷入生活的迷雾之中,是愿意选择充满善意而慈悲的谎言,还是赤裸而痛苦的真相?余世冰活着,但是他在妻子的讲述、儿子的心中已经是个"死者";在家人的心中他死了,然而在儿子的作文中,他却又以不同的面貌栩栩如生、英勇无畏地"活着",如同平行时空中的另一个自己。人们常说渴望生活在一个真实、纯粹而简单的世界里,然而人真的喜欢真相吗?还是喜欢如同自我催眠一般被"讲述""塑造"出来的真相?小说没有直接做道德评判,而是在检视人物内心时试图理解人物,并冷峻地剖析了生存本相,窥探了生活中隐秘的角落,揭示了人性的复杂和幽微之处。

精神的创伤和存在的迷茫,死亡的阴影和生存的艰辛,生命中难以回避的沉重和痛苦,人如何去面对?青年作家丁东亚的《生事弥漫》(《天涯》2020年第4期)中,年近七十的老杨头,生活的主旋律就是独自照料中风的老伴,默默忍受照料病人的琐碎和老伴古怪暴躁的脾气。儿子在十二岁那年落水死亡,是他心头隐秘的痛苦。在丁东亚的笔下,原罪永恒存在,老杨头也是一个背负着原罪十字架生活的人:年轻时的他因醉酒和妻子发生口角,恼怒中踢向妻子的孕肚,导致妻子差点流产,夫妻感情破裂。老年的他似乎屈从于无奈的日常生活,有部分原因是对自己过往的赎罪。人的肉身在现实的深渊中无法挣脱与逃离,只有在老盲子讲述的流浪经历里,老杨头的灵魂才能随之一起出走,仿佛找到了生活的美好与诗性。小说带着先锋文学的余韵,在现实、回忆、幻想与梦境之间游走,在叙述中不经意地道出人性的内蕴,文字间氤氲着浓浓的诗意,充满着神秘与感伤。

三、乡土叙事:乡村纪实与想象虚构

湖北有着较为浓厚的乡土文学传统,过去一年中乡土题材的中短篇小说也是精品迭出。湖北作家中有不少曾在乡村生活,现在则大多在城市里工作生活,这让他们一方面有着乡土情结,熟悉乡土题材,一方面又带着"他者"眼光审视现代化、全球化的进程中商品经济大潮冲击下乡土社会的变迁。同时,作家们也在艺术形式上做出了种种探索和创新,或借鉴中国古典小说叙事方式,或采用魔幻现实主义手法,丰富了乡土题材小说的面貌。

著名学者於可训在学术研究之外从事小说创作已有三十多年,近年来文学创作成果颇丰。2019年於可训教授在《长江文艺》开设《临街楼》专栏,陆续发表多篇小说,先为乡村教师书写立传,2020年又以"乡人传"系列接棒。从《看相细爹传》至《博士外公传》,"乡人传"系列去年已在《长江文艺》发表九篇,是一组表现鄂东地域风情、农村民间生活及奇人异事的笔记体小说。"乡人传"系列小说用虚实结合的方式书写了时代变迁中乡土社会中的芸芸众生相,历史的风云变幻和人物命运的跌宕起伏在小说中交相辉映。叱咤"扒"界的"贼王"、能通鬼神的阴婆、懂医会武的江湖"教师"(教头)、参加革命多年却身份特殊的"遗烈"、儿子变成鱼的饭铺老板娘、巧手雕花的"细博士"(细木匠)……组成了一组鄂东乡村的"俗世奇人"画卷。於可训教授自陈,他笔下这些乡人传奇,"不是英雄传奇,也不是历史传奇,而是普通人的人生传奇或生活传奇"。他们是乡村手艺人、江湖游医,甚至就是普通的村夫村妇,他们的传奇来自他们所具有的超乎常人的技能,如描龙画凤的技巧、神奇的接骨医术,也来自他们在乡村社会中保留下来的自然纯真、朴实善良的品格,这让他们在沧海横流的年代中历尽劫波也依旧保持着人的尊严,顽强地活着,将凡俗的人生过成了传奇故事。如《看相细爹传》,孤儿细爹被村人带出村后,孤身一人流落到九江码头,在饭铺干活时拾到一个装满银圆的钱袋,忠厚老实的细爹见财不贪,将钱袋交还失主,原来失主是大名鼎鼎的九江贼王金钳子。金钳子收他为徒弟,细爹虽入"扒"界,但一直奉守"盗亦有道"的准则。如《伤心三姨传》,三姨是一个被始乱终弃却朴实贤惠的乡村女性。家境良好的三姨不嫌三姨父家贫,不顾家人反对要和他相好,珠胎暗结后家人无奈,同意二人成婚。三姨父当兵离村之后步步高升,当上了省城的领导,却背叛三姨,和秘书恋爱,逼三姨离婚。运动中三姨父被贬回家乡,贫病交加,新夫人马上与之离婚。三姨父几起几落,新夫人的态度也随之时好时坏,只有三姨不计前嫌,照顾三姨父的生活。最后三姨父官复原职,又将三姨抛在脑后,立马和新夫人复婚。三姨读书不多,却保留了传统中国女性的美德,她孤身一人,吃苦耐劳地拉扯一双儿女长大,侍奉公婆,为他们养老送终。如《饭铺冯奶传》,冯奶在大沙河河堤边开饭铺为生,一日饭铺前出现管涌,威胁河堤。堤坝如果裂口,堤内几个村子将面临灭顶之灾。冯奶唯一的儿子为堵涌洞而死,心痛欲绝的冯奶认为儿子死后变成了河里的报子鱼,守护着堤内村民百姓的平安。数年后又发洪水,村里通知要紧急分洪,大沙河两边的堤坝都要炸开。冯奶听从号召,收拾东西离开,眼看着苦心经营多年的饭铺在分洪中被冲垮。在别人的心疼叹息中,善良的冯奶却坦然认为,救了别处的人,也是积德行善。透过作者笔下的乡村人物群像,我们看到了时代变迁的诡谲,触摸到历史的温度,感受到平凡乡土生命的厚度。"乡人传"系列小说取法唐人传奇,接承中国古典小说叙事传统,令人想到汪曾祺和林斤澜的小说。当然,於可训先生对他书写的家乡黄梅的奇人异事和乡土意识有着与他人绝不相同的艺术感受和文学体验,形成了自己独特的叙事趣味和文学风格。

　　以散文著称的舒飞廉,擅长用质朴温暖的笔触回忆过往的乡村生活,他的小说《温泉镇》(《西湖》2020年第2期)依旧描写的是作者热爱的"蛋白质乡村"。不同于一般湖北作家乡土小说的现实主义特征,《温泉镇》没有完整的故事情节、鲜明的人物形象,只是描写"我"带女友回到老家度过夏天,在这个江汉平原上的村庄里进行漫无目的的游历。小说通过魔幻与现实的交汇，碎片化与梦呓般的叙事，使民间传说、神话故事、童年回忆和现实生活相互交错和联结，以此来抵抗乡土的荒芜和凋敝，建构出一个奇幻神秘、亦实亦虚、诗意盎然、万物有灵的乡土世界。

作为湖北乡土文学的重要组成部分，晓苏的"油菜坡"系列在2020年也推出了数篇佳作，《过阴》（《红岩》2020年第6期）借一种农村丧葬习俗，表现了在欲望与金钱腐蚀下亲情与人性的深刻变异；同样关注乡村葬礼礼仪，韩永明的《大事》（《长江文艺》2020年第11期）则从许子由这个走出乡村的知识分子的"外来者"角度来观照，表达了作家对市场经济冲击下乡村文化伦理秩序的崩坏，农村"空心化"等问题的深刻思考，表现了传统与现代化的尖锐冲突；异曲同工的是叶牡珍的《还礼》（《长江丛刊》2020年第6期），以德明和匡子叔侄两代人对乡村丧礼的不同态度，表现了传统民俗在现代社会的逐渐没落及乡村伦理的演变。

四、女性书写：精神困境与命运抗争

湖北有着一批优秀的、活跃的女作家群体，她们在文学书写中发挥自身的性别优势，以女性为书写主体，敏感而细腻地捕捉女性的独特情感体验和生活经历，自觉关注女性生存状态与生命经验，探讨女性人生价值，表现时代巨变下不同背景、不同阶层的女性生存命运。

谢络绎《一只单纯的野兽》（《钟山》2020年第3期）通过对年轻女孩胡桃的创伤书写，表现了"逃离"与"等待"的主题，展现了转型期家庭伦理失序与人的精神困境。小说中"我"的姐姐在未成年时糊里糊涂生下了女儿胡桃，甚至不知道孩子的父亲是谁，这让她中止了学业，影响了自己的前途，只能当个卖菜的摊贩。结婚生子又离婚后，她憎恨男人，对人生从来没有什么美好渴望。"我"的姐姐没有让悲剧在自己这一辈终结，反而将创伤向下一代传递，她成了一个"只会愤怒的人"，"生活的核心是缺斤少两和打骂孩子"。大专毕业刚刚上班的胡桃因为工作上的失误被公司要求全额赔付损失，只好"逃走"。走投无路之际，胡桃从未谋面的爸爸突然出现，胡桃跟随爸爸来到兰城，被安排独自住在某个小区里。胡桃日复一日地等待爸爸，爸爸没有再来，却等来了一只忠诚的流浪狗，在每日的喂养中，胡桃与流浪狗之间产生了深深的眷念和信任。《一只单纯的野兽》里的几个人物都是有血缘关系的亲人，然而每个人之间都无法沟通理解，相互之间漠不关心，孤独、隔膜似乎是他们每个人的宿命。胡桃的母亲一生都没有真正关爱过她，对女儿人生中的困难和离家出走都毫不在意，只扬言"找回来我打死她"。"我"听闻外甥女胡桃出走，姐姐向"我"求助，请我帮忙寻人,"我"也一拖再拖,不愿动身。"爸爸"找到自己的私生女胡桃,没有给予她爱和关怀,只想拉她去做亲子鉴定。庸俗暴躁的母亲、长期缺席的父亲、破碎无爱的家庭,让每个人都在"逃离"。胡桃内心的真实想法是"任何地方召唤我我都乐得前往"。胡桃的弟弟住校几乎不回家,很大程度上是出于对家中恶劣环境的逃避。"我"也有意考取远在北方的大学并留下来工作,母亲去世后更常常推托说忙而不回家,目的是远离姐姐家一地鸡毛的生活,对他们"不闻不问"。造成胡桃一家生存困境的原因是现实的残缺、亲情的缺失、人的异化。现代社会虽然物质生活极为繁荣,但人们的精神世界却陷入一片荒芜,现代人与人之间充满着疏离与隔膜,信任难存。等待爸爸的胡桃,如同等待戈多的孤独者。爸爸什么时候来?爸爸的到来真能给胡桃带来希望和救赎吗?带着些荒诞感的情节,让文本跳出了一般的女性书写,上升到对人终极命运的拷问,也让小说散发着现代主义文学的色彩。小说中唯一一抹亮色是胡桃与流浪狗之间的温情,而作为理想符号的流浪狗,对人忠诚、信任,人与动物的温暖关系更折射出人与人之间关系的淡漠疏离。流浪狗也是胡桃个人情感与命运的影射:孤独无依、遍体鳞伤,内心还保留着人性中的单纯与美好,渴望着爱与亲情。小说最后,疲惫至极的胡桃将身体浸在浴缸里,泡澡休息,像婴儿一样不受惊扰地睡去。盛满水的浴缸象征着人类的母体子宫,充满羊水的子宫是人的第一个温暖的家。自我无处安放的现代人,面对着精神的荒原,只有回归到最初的母体中,才能找到自我的存在感、安全感。

胡雪梅的中篇小说《后皇嘉树》(《北京文学》2020年第9期)讲述了一个寻求真相的女人的故事。监狱女警刘善喜的丈夫是一座小城市的市长。某日,市长突然出车祸而亡,车内除了市长还留下一个来历不明的年轻女植物人。这个与丈夫同遭车祸的陌生女人是谁?是情人,二奶,还是无关的陌生人?市长夫人刘善喜在失去丈夫的同时,也沦为众人的笑柄。为证明死去的丈夫的清白,她费尽全力要救活这个成为植物人的陌生女人,千方百计想揭开女人的身份。小说一开始立下的悬念贯穿全书,而真相到底是什么?寻找真相的过程,也伴随着刘善喜时起时落的心理波动,她一会认定女植物人是女囚王满满的姐姐王清清,在被否认后又怀疑是王满满与丈夫有染……《后皇嘉树》塑造了一个类似《秋菊打官司》里的"秋菊"、《我不是潘金莲》里的"李雪莲"这样有点"轴",一心要"讨公道"的女性刘善喜。虽然刘善喜不是农村妇女,还曾是个官太太,但在市长丈夫去世后,阶层地位的滑落、拜高踩低的人群,让她同样感受到了人情的冷暖、命运的虚无。中年丧夫本就生存艰难,女植物人被众人认定是市长的"二奶""情人",更成为她和过世的丈夫洗不去的"污点"。只是她无法走法律途径"讨说法",只能寄希望于女植物人苏醒开口,为此不惜掏空家底医治女植物人,甚至亲自动手伺候她,以致女植物人容颜焕发,自己却面黄肌瘦。在众人的不解与嘲笑中,刘善喜执拗地坚持自己的想法,把所有的时间和金钱都耗在了治疗女植物人上,为的只是两个字——"清白"。她在流言蜚语编织的牢笼里执拗地突围与寻找,寻找自己生命的尊严,然而正是这种寻找让她陷入孤独之境。刘善喜抗争路上的无助和孤独不仅折射出了个体生命与社会秩序、伦理道德之间的冲突和抗争,也体现了作家对人类的普遍生存状态的哲学思考。《后皇嘉树》得名于屈原的《橘颂》:"后皇嘉树,橘徕服兮。"《橘颂》借橘树赞美坚贞不移的品格,《后皇嘉树》化用此意,以刘善喜工作的女子监狱中的一棵老橘树为象征,喻示着女主人公"苏世独立,横而不流",敢于独自与命运、环境抗争,自尊、自强的精神。

此外,赵丽的《穿旗袍的老女人》(《解放军文艺》2020年第5期)、菡萏的《好婆》(《朔方》2020年第12期)都将女性命运放置在20世纪中国社会的历史变迁中进行考察,围绕着抗战、革命等一系列波澜壮阔的重大历史事件,表现了历史背后生命的尊严,书写了人世沧桑。

除上述作品之外,2020年还有不少中短篇佳作,如叶梅的《碧云天》(《边疆文学》2020年第9期)将历史真实与当代精神融为一体,表现出作者的审美追求与个体意识;朱朝敏的《倒立》(《作品》2020年第2期)通过对苦难的书写来诠释生命的坚韧与可贵;梁爽的《双胞胎》(《莽原》2020年第3期)用巧妙的构思描写了一对互为镜像的双胞胎兄弟,用善与恶、强与弱的对比道出人性真相。此外,樊芳的《药引子》、李菊的《牵手》、吕先觉的《石桶麦田》、吴远道的《村民小组长》、宋离人的《难以启齿》、李伟的《哪边高,哪边矮》、周莹的《掐一把兰花给你》等,都有可圈可点之处。限于本文篇幅,本年度还有很多精彩的中短篇小说不能在此详述。

纵观2020年湖北中短篇小说创作,虽然取得了不错的创作实绩,但放在全国的版图中来看,优秀、亮眼之作并不算太多。从创作观念来看,不少作品仍略显陈旧、简单,写作手法相对单一,题材也需要进行深度的开掘。此外,推出湖北中短篇小说扛鼎之作的,仍以50、60后作家为主体。放眼全国,近年崛起的以双雪涛、班宇等为代表的80后"新东北作家群",周嘉宁、张怡微、王占黑等80、90后"上海青年作家群",他们尤其擅长中短篇小说创作,并以集中化的叙事主题与独有的美学风格受到了国内更多的关注。湖北作为中国文学的一方重镇,青年作家还需继承文学前辈的优秀传统,在中短篇小说创作中继续前行,努力耕耘,创作出更多的精品佳作。

五、优秀中短篇小说作品选

生命卡点①（节选）

◇ 普 玄

如潮一般涌来的不是水，而是生命，是一个一个活着的人。潮水一般的人从社区、从单位、从车站、从商场、从出租车、从自驾车、从公交车、从地铁，从四面八方，朝医院涌来。

二〇二〇年一月中下旬，对整个武汉来说是一个特殊而诡异的时段。往年这个时候大多数人都在做总结和规划，在做过年安排，但今年的这个时段，人们不断被各种有关传染病的消息所冲击。在医院工作的章红天，请假陪自己患自闭症的儿子三年后，刚好在这个时候重返工作岗位。

她从医院成立发热门诊的第一天就被抽去工作，后来又到隔离病房，一共七十多天。她看见了人如潮涌，也看见了生命的运行。

/ 寂 静 /

寂静和黑夜没有关系，和声音也没有关系。在白天，在有声音的地方，到处都是寂静。这里是隔离房。一进隔离病房大门，里面是一个世界，外面是一个世界。

一月十二日这一天，章红天印象深刻，她接待了一位老病号。病号是一位退休的大学老师，过去常来看糖尿病。这个病人住院后连续发热高烧，科室里以为是糖尿病综合感冒发烧症，给他打针吃药，但连续三天教授都不退烧。他肺部拍片呈毛玻璃状，这把医生们都吓住了。

这个时候章红天每天还回家，她还没意识到她正处在危险之中。

但是很快，情况就不同了。

章医生从一月十九号医院成立发热门诊当天就开始租房，她不敢住家里了，怕传染给老公、孩子和母亲。随后几天，形势更严峻，武汉封城了。

章医生从寂静的隔离病房走出来，朝她租住的出租屋走去。她们是三班倒，基本上每人八个小时，加上衔接的时间，有时候会有十个小时。每个人都有可能上白班或夜班。病房到出租屋步行二十分钟。出了医院，外面的世界给人的感觉也是寂静。这一带是大学城和中国光电子产业集中地，是年轻人的天下，往年这个时候都车水马龙，白天热闹，晚上是不夜城。但是今年这个春节却见不到人。

---

① 原载《人民文学》2020 年第 10 期。

街上还有声音，夜间还有灯光，但这些反而让城市更寂静。

很多个日子以后，在这个城市经历了无数生生死死，历经了无尽寂静之后，章医生想到她为什么刚好在这个时候结束请假回医院，她觉得这是一种命运的安排。生命中的很多安排都会用一种特殊形式，需要敏感的心灵去参破它，包括眼前的大片大片的寂静。

章医生租的房子只有二十多平方米，她回来后屋里有了一些声音，最主要的声音是她和家人的视频通话。他们在视频里研究如何教孩子说话，如何训练孩子的生活技能。

章医生有一个九岁的孩子，九岁是一般的孩子上小学三年级的时候，但是她的孩子却不能正常上学，因为他得了一种病。这种病影响人说话，影响人行为，是一种发育障碍类疾病。它的名字叫自闭症。

这种病是一种终身性精神疾患。

这个病将她的孩子拦在了学校门外。

很多人说，自闭症孩子是星星的孩子，意思是说这类孩子似乎不是生活在地球上，而是生活在另一个寂静的星球上。但是自闭症的家长们却大多都懂得这种寂静，很多家长都是处在两个世界之间的人。他们在两个世界的连接处，却毫无办法，他们只有站在那里，眼看着孩子陷入无声的寂静之中。

章医生就是其中的家长之一。

在疫情最初期的发热门诊里，章医生只留了一张照片。那段时间她天天坐在门诊看病，耳朵里天天都是潮水般的声音。有一天下午五点多钟，她耳边突然安静了。她那刻忽然产生了错觉，认为所有的病人全部都好了，再也没有问询的声音了，再也没有各种揣测、分析的声音了。

但是一瞬间她又清醒了。

她明白这是个千载难逢的时机。

她立即喊值班的护士用手机给她拍照。她听到了手机咔嚓的声音。这张照片后来是疫情期间章医生唯一的留影。

寂静是一种什么感觉？

章医生七十多天在隔离病房体会到的寂静是无法用语言形容的，很多书上描写寂静用"死亡"，说"死一般的寂静"，但章医生觉得还不够。作为一名医生，面对死亡是一件很正常的事儿，通常医院里没有抢救过来的人，遗体处理的时候会有很多人，护士啊、家属啊，会在旁边帮忙。如果家属太难过了，就会在旁边大哭。大哭是有声音的，它是一种生命和力量的标志，但是疫病期间的七十多天里，家人和朋友是不能进隔离病房的，里面有很大的传染风险。如果有人去世了，是没有家属在身边的，是不会有家属在身边哭的,这个时候的世界,似乎比死亡更静。

寂静。太寂静了。

寂静得让人心酸,甚至有点可怕。

在这七十多天里,在隔离病房里,每天都能体会到这种寂静。接收病人,查房,给病人输液、输氧、抢救、上呼吸机,一切都在寂静中进行。章医生有时候在房间或走廊里走动,她会忘记时间,不知道是上午、下午或者晚上。

在这一片寂静中,她一直在捕捉生命。

青麂①(节选)

◇ 陈应松

这一天,姚捡财决定跟表弟毛钢去嗡嗡谷。

嗡嗡谷可不是个地方,跟狗屎一样,是一片箭竹林,还有许多山芦苇。这里面特别多的石蛙,也有更多蓝色皮毛的肥壮竹鼠。因为听说竹鼠能治肝炎,连城里都来了许多人在这里下套子逮竹鼠,何况竹鼠的肉特别好吃,汤鲜香酽浓。这竹鼠不是鼠,学名叫竹鼬,咬合力强,两排牙齿只要咬到你的手,必不松口,咬断为止。且只有三两口,你的手指就折断了。那些逮竹鼠的人不知道这个,可吃了不少苦头,无辜地丢失了许多人的指头。问题是,竹鼠本来在地下吃竹根的,因为人的疯狂捕杀,它们在这里就疯了,疯狂地报复人畜。因为这里植物好,什么石蛙和竹鼠都藏在里面。竹鼠本来是不吃荤的,可盯上了石蛙。为了报复人类,逮谁是谁,就开始报复石蛙,疯狂噬咬。石蛙过去与竹鼠相安无事的,完全弄不清楚如今竹鼠为什么跟它们过不去,又没有还手之力,但石蛙有一个特征,就是假死。竹鼠一来,它就翻出白花花的肚皮"死"了,并且从身体里发出一股浓郁的尸臭味,让竹鼠赶紧走开。因为每天都有数以千计的翻着肚皮的假死石蛙,整个嗡嗡谷臭气熏天,像死了几千只野兽一样,像个大尸场。野牲口也好,人也好,都不想进峡谷。

可是青麂在这里,青麂是神农架的一种灵兽,它们发现了臭味是石蛙假死带来的,把人熏跑了,于是就来到这里躲避。村里好几个人都说在嗡嗡谷出现了几只青麂,还有黄麂、明鬃羊。

两个人老远就闻到了峡谷里飘来的臭味,蹚进去一看,果然看到了许多假死的石蛙。见人来了,翻过身子就跑,跑得无影无踪。人比竹鼠更厉害,知道它们是假死,就会把它们捉去吃了。人可是躲不过的,人要吃石蛙,石蛙比竹鼠还好吃,当地人叫"绑绑",用石蛙做火锅太奢侈,卖得很贵,吃得人五红六紫哈辣气。

---

① 原载《上海文学》2020年第4期。

这里虽然是峡谷，但在高处，听到嗡嗡的响声，那风就卷过来了，风跟千万条鞭子一样，铺天盖地地袭来，天昏地暗，人要吹倒了，箭竹倒向一边，发出折断的咔嚓咔嚓声，就像一群野兽骨折。下铁猫子的地点是要有水，就在一个深坑边，那里有许多翻着肚皮的石蛙，臭不可闻。因为这个臭味，那些偶蹄类动物就藏身其间。

两只狗因为追过青麂，胸有成竹，静静地卧在主人的身边。这次下铁猫子没有下在石崖和树下，怕青麂自戕，至于青麂叫狗就不敢叫，这个原因姚捡财和毛钢他们都没弄清楚，也不必弄清楚，就算是卤水点豆腐，一物降一物吧。

他们下了两个铁猫子，不仅在周围撒了些盐巴，还各自屙了泡尿，青麂爱舔人尿，尿里有盐。今天姚捡财还把盐炒了，更香。因为风大，毛钢就掏出"麂子哨"来吹，吹麂子哨模仿小麂叫唤的声音，那声音是走失了的声音，显得很无助，很可怜，这时有母爱的青麂就会出现，以为是自己的小麂在求助呢。那些游荡的公麂听到小麂的声音也会来，是来咬小麂的。公麂虽是草食动物，但可以咬死尚在哺乳中的小麂，咬死了小麂子，催母麂尽快发情好交配。

两个人躲在灌丛中，固执地吹着麂子哨，可除了轰轰的大风，没有任何回声，也没有其他响动。两只狗冻得筛糠一样发抖，把头扎进草丛里，身上像被刺扎着一样。

云雾又上来了，怕要下雨，天很暗。这嗡嗡谷一年四季都有瘴气弥漫，秽物横行，人来过这里大多会打摆子。这里像是有巨大的妖怪在峡谷里跑来跑去，恶风一阵比一阵猛，没有尽头。那些动物在这里活着，不冻死就算是奇迹了。姚捡财感觉自己身上的所有热量都被风搜刮走了，只剩下一个跳动的心脏。心脏最后也会停止，血脉凝滞，无法流动，就要成冰块。手上额头的血管平时像大蚯蚓一样的，现在全都没了，细得像几条小皮筋，趴在皮里，血管都吓傻了。

毛钢打着呵欠，让姚捡财吹一会儿，他说："好想抽支烟。"可是不能抽烟，野牲口的鼻子都灵，几里外的烟也能闻得到，还有汗味。姚捡财对他说："先忍忍。"姚捡财鼓足劲吹了一会。他睁大眼睛看到小水潭那儿有团黑影，以为是石头，可在动。一个野牲口的头和两只尖角出现了，那就是青麂。虽叫青麂，却是黑黝黝的，两个小獠牙有亮光，头上的角插在冠毛两边，就像两个挂钩。这只公青麂的冠毛是靠两边长着的，中间像是被人修剪成一个时髦的发式，白下巴，黑唇，两只夜视眼。可它虽然支棱起耳朵听着这里逼真的麂子哨，身子却移动得很谨慎。麂子凡事都胆小，也许是它们祖先的亡魂告诉它们了，无论是人类还是野兽都会欺负它们，吃它们。可它们不知，人类并不爱这些青麂，它被称为"火闪肉"，就是一堆肉。"火闪肉"是说它们像火一样在林子里闪去闪来，而且肉生火，肉质粗，只有汤鲜，说它的汤是天下第一鲜也不为过。这只落寞的青麂，是来喝水舔盐，还是想来咬死小麂子，不得而知，反正它来了。两只狗不敢轻易造次，只等那青麂踩上铁猫子，一切OK了。

离这只青麂不远,还有一只黄麂,不过黄麂不是姚捡财他们想要的,他们只盯着青麂,只希望黄麂不要在青麂之前踏上铁猫子。

可这时,那只狗白蛋不知是不是在做噩梦,突然叫了一声,声音有些恐怖变形,听起来像是单位的锅炉爆炸,"轰"的一声,并且开始抽搐,估计梦中在受虐,在受那个叫鼎锅的狗欺负。这一声叫,棒打一般,姚捡财转过头一看,分明是一只凶狠的竹鼠,从箭竹根部的一个洞里爬出来,咬住了白蛋的爪子。这竹鼠见什么咬什么,因为狗没想离箭竹远一点,姚捡财他们还是找没鼠洞的地方蹲下的,否则沾上竹鼠你的脚就会没了。白蛋的前爪被咬得鲜血淋漓,嗷嗷大叫。姚捡财和毛钢忙去摁狗,狗因为疼痛就顾不了这么多。青麂是多么灵巧的动物,反应神速,就奋力往安全的地方跑,可安全的地方早被姚捡财他们控制了,青麂几秒钟就踩到了沉重的铁猫子。那个挣扎的响声,就像是狂风吹折了大树。可是,这只是求生的剧烈反应,毫无作用,那铁猫子跟山一样重,就像钉在石头里一样。只见这青麂猛力地拉、拽、扯、上下摇撼,全力想摆脱。它的内心已经彻底崩溃了,像疯了一样蹦跳,拉得叮咣直响。一只青麂的绝望就这样在山林中突然发生,但山林保持了沉默,忍看着一个动物陷入绝境,死亡就在眼前,但命运就是如此,不管是谁安排的,老天总是缄默不言。

泰斗[①](节选)

◇ 晓　苏

第一个到来的嘉宾叫张不三,目前是这所大学史学院的办公室主任。他虽说年纪不大,职务不高,但精明过人,八面玲珑,特别擅长牵线搭桥。我们吴氏集团和这所大学之间的关系,基本上都是他帮忙建立起来的。尤其是章涵教授,如果不是张不三从中巧妙斡旋,不断地给我通风报信和出谋划策,我即使搭着梯子也高攀不上。不过,吴氏集团也没有亏待张不三。他每次为我办事,我都会神不知鬼不觉地送他一个牛皮纸信封。信封鼓鼓囊囊的,像一条怀孕的鱼。

吴修和张不三见面后没有握手,只是相互拍了一下肩。他们已经是老熟人了,再也不需要那些繁文缛节。张不三拍完吴修的肩,马上就将他晾到了一边,然后迅速转过身来面向我,似乎有重要的事情与我商量。

"黄秘书,泰斗搞定了吗?"张不三开口就问。

我说:"托张主任的福,已经搞定了。"

"我给你出的那个点子不错吧?"张不三又问,边问边得意地笑了一下,把牙龈都笑出来了。

---

① 原载《清明》2020 年第 5 期。

我赶紧翘起一根大拇指,伸到他的鼻子下面说:"不错,张主任出的点子,都可以称为金点子。"

这时,吴修亲自端来一杯茶,直接递到了张不三手上。张不三接过茶杯,正想跟吴修说点什么,吴修却转身走了,说要去贵宾室外面打一个电话。快走到门口时,吴修突然回过头,给我递了一个眼色。我明白吴修的意思,他是要我把今天的报酬及时付给张不三。其实,吴修离开贵宾室,并非真要打什么电话,而是不想让张不三当着他的面收我的信封。虽然他俩熟得不能再熟,但有些细节从来都是回避的。这好比窗户上的那层纸,本来一指头就能捅破,但捅破了毕竟不好,那样容易露风。

张不三随身带着一只小皮包,黑色,一看就是真皮的。我把牛皮纸信封递给他,他捏了一下,二话没说便装进了小皮包里。他的动作是那么娴熟,轻轻一捏就知道是五千,真可谓业精于勤。

吴修很会把握时间。张不三刚把信封收好,他就回到了贵宾室,并特意和张不三坐在了同一张沙发上,看起来亲如兄弟。坐定之后,他们一边喝茶,一边不约而同地说到了章涵教授。吴修感叹说,章涵教授的架子真是大啊,我以前请了他四五次,居然一次都没有请动。张不三用鼻孔哼了一声说,他如果架子不大,能被称为泰斗吗?

吴修听了若有所思,正不知道如何接话,张不三扭头盯着我问,你知道泰斗是什么意思吗?我还没来得及解释,他自己却抢先回答说,所谓泰斗,就是泰山北斗,泰山乃五岳之首,北斗乃七星之冠,总而言之一个字:牛!

接下来,张不三接二连三地讲了一大串章涵教授的故事,有的像传说,有的像神话,有的像段子,尽管内容各异,但都离不开同一个关键词,那就是牛。他还频频使用大师、大腕、大咖这些词语,充分证明章涵教授架子大。

张不三首先讲了一个照相的故事。他说,凡是章涵教授参加的学术会议,无论是上主席台,还是吃招待宴,或者是拍合影照,最中心的那个位子,一定是章涵教授坐,非他莫属。有一次,荆楚文化研究会开年会,章涵教授作为会长也出席了。开幕式结束后,全体与会者从学术报告厅移步到门口拍合影。前排摆了十三把靠背椅,工作人员直接把章涵教授请到了最中间的那把椅子上,也就是第七把,从左到右,从右到左,都是第七。那天雾霾严重,天空阴沉沉的。章涵教授讨厌雾霾,因此心情十分不爽,刚坐下不久便起身返回了报告厅。他离开得有点匆忙,连拐杖也忘了带走。章涵教授走后,他那个座位就空下来了。摄影师在按下快门之前,考虑到画面美观,就建议移一个人到第七把椅子上去坐。然而,摄影师的建议却无人响应,没有谁敢去坐那个空位。空位两边的几个副会长也不敢去坐,拉也没用,推也没用。后来,那个空位便只好空着。有意思的是,合影洗出来后效果却非常好,因为那个空位上竖着一根很别致的拐杖,大家一眼就能看出是章涵教授的。

听完这个故事,吴修显得很兴奋,一边拍腿一边咂嘴说,牛,真叫牛,难怪他的架子那么大!张不三马上卖个关子说,更牛的还在后面呢。说完,他猛劲地喝了一口茶,然后又趁热打铁讲了一个喝酒的故事。

某个元旦前夕,省长在东湖宾馆举办了一次迎春酒会,宴请各界社会名流。章涵教授也应邀出席了,并且与省长同桌,还被安排坐在省长旁边。宴会开始后,省长首先举杯起立,给大家一一敬酒,祝福各位新春吉祥。省长敬完酒,满桌的人都纷纷起身离位,依次排队等着回敬省长。可是,章涵教授却一个人坐着没动,仿佛无动于衷。大家都回敬了省长,他仍然一动不动地坐着,丝毫没有给省长敬酒的意思。坐在章涵教授身边的,是一位表演艺术家。她好心给章涵递了个眼神,暗示他该给省长敬酒了。章涵教授却并不领情,对表演艺术家的眼神视而不见,只顾自己埋头吃菜,看都不看省长一眼。

吴修听到这里,忍不住有些激动,忿忿地说,他的架子也太大了,居然连省长的面子都不给!张不三斜视吴修一眼说,你生什么气?人家省长都没生气呢。吴修愣愣地问,省长真没生气?张不三眉毛一挑说,省长不但没生气,而且还在许多场合赞扬章涵教授。吴修迫不及待地问,省长是怎么赞扬他的?张不三模仿省长的口吻说,当今的知识分子,差不多都不像知识分子了,只有章涵教授,还保持着知识分子的那种气节。

纸上的父亲[①](节选)

◇ 曹军庆

林美芬让余世冰相信,自从余万聪有了英雄父亲,不管真假,都已经变成了事实。从此他的生命就像新打开了一扇窗。新打开的生命之窗里透进了别样的光亮和能量。光照进来——各种美好的事物也跟着照进来。于是,他所有的事情都在向着好的方向转化。不是说以前就不好,而是现在变得更好。他的生命被装上了某种看不见的东西,就像是精密仪器那样的东西。或者就像是某种"指令"那样的东西。一个小学四年级的男孩,因此自动获得了克制能力、奉献能力和进取精神,懂得趋利避害。仿佛他所有的行事,都暗合各种"指令"和"条例"所做出的规训要求。这对一个尚未长大成人的孩子该有多么不容易。他的言行总是那么值得称道,堪称完美学生。

"关键是儿子有了那样一个父亲!"林美芬说。

---

① 原载《长江文艺·好小说》2020年第5期。

父亲是余万聪的导师,"精神之父"。父亲在儿子身上"附体","寄身"儿子体内。当然是那个被母亲讲述的父亲,那个被儿子写进作文里的纸上的父亲,不可能是戒毒所里的这个父亲。戒毒所里的这个父亲不可能为儿子打开那扇窗。

林美芬每次来探视余世冰,带来的都是喜讯。余万聪身上的变化不是"物理变化",而是"化学变化"。他的生命一定是完成了某种化学反应,否则无法解释。他的仪表和谈吐变得无可挑剔,既优秀又得体。成绩也好,各门成绩都好。还能主动去做一些公共事务。他当上了班干部,也是全校的学生会干部。被老师带着到处演讲,在本校讲,也去外校讲。

余世冰对林美芬所提到的儿子的变化目瞪口呆。他思考的问题是:如果我出去了,余万聪怎么办?但是,余万聪的每一篇作文几乎都是范文,都会被老师在班上朗读,差不多成了惯例。林美芬源源不断地为他提供有关父亲的各种素材。她把他过去的事情讲给儿子听。讲述的过程就像手机美颜功能对人的面容的美化过程一样,她尽力美化余世冰。美化的目的既是在完善余世冰作为英雄的"人设",也是在怀念往事。比如余世冰脑袋被人砸破并被缝合了21针这件事,林美芬告诉余万聪,也是父亲勇斗歹徒,在夜宵大排档被人所伤。余万聪据此也写成了一篇范文式的作文,他现在对于书写父亲早已驾轻就熟。

可是余世冰看完这篇作文后,非常无辜地对着林美芬摊开双手说:"你知道事情不是这样的。当时我在夜宵大排档强行推销啤酒,和来自黄陂杨店的啤酒商打了一架。那不是勇斗歹徒,是在争夺地盘。"

"那是你的说法。"林美芬眯缝着眼睛,额头那里一片光洁。

"我记得是这样。"

"那么,我们有另外的说法。"

余世冰进戒毒所的头三个月,林美芬没去看他。快要离开戒毒所的后三个月,林美芬也没去看他。中间一年半,她每个月会见日会去。她一直在虚构余世冰,为儿子虚构一个英雄父亲。余万聪接受并在后来也参与了对父亲的虚构。林美芬把他们的虚构内容毫无保留地告诉了余世冰。

两年后,当余世冰从强制戒毒所出来的时候,他事实上已然是个"新人"了。他向往并愿意做那样一个"新人"。即使以前不是那样一个人,如果以后有机会,他一定会那样做。比如忠义桥,假如再次发生那种事,他一定会毫不犹豫地冲上去,并乐于被歹徒推入河中。他背着简易包,怀着这样朴素的念想往家里走去。

近乡情怯,该以何面目和儿子相见?

但是他想多了,余世冰马上就知道,他已是无家可归。

门上依然挂着锁,余世冰还有从前的钥匙。打开锁,家里已是人去屋空。林美芬和余万聪早就不在了。他搬走了,家具和电器也都不见了,屋子里落满灰尘。

邻居告诉他,他进了戒毒所之后,林美芬只住了一个星期就搬走了。搬到哪里去了?没人知道。

"是不是投奔了你们家哪个亲友?"他们这样猜测。

一个星期就搬走了,余世冰记得,林美芬第一次去探视他时好像说过,她是在一个星期后开始虚构他的。这就对了,她虚构他就得离开这里。这个镇子太小了,谁家的事情大家不清楚?想想看,他们要在这里把余世冰当作一个英雄来讲述,岂不是笑话?就像把他吹成了气球,却又到处都是针刺,碰到哪里都会被戳破。他们避开了这个地方,也避开了他。这大概就是林美芬所说的"办法"。她的办法就是搬迁,搬到另一个地方去。他不再是余万聪的父亲,他不是"那个"父亲。那个父亲已经被写就了。他停留在纸上,是个纸上的父亲,他不能再去儿子的作文里改写他自己。换句话说,就算他知道他们在哪里,他也不能出现。他不能揭穿他们,也不能揭穿自己。

饭铺冯奶传[①](节选)

◇ 於可训

听我妈说,冯奶原来有一个儿子,和黑皮叔差不多大。那年大水,堤外的鱼庐穿了个大洞,在堤这边冯奶的饭铺前翻起了一片萝卜花。萝卜花就是现在说的管涌,不堵住的话,就会越开越大,等到连成一体,堤坝就要裂口,堤内几个村子就要遭殃。冯奶的儿子那时已有二十多岁,常年在堤外的沙河里打滚,仗着水性好,对水下的鱼庐情况熟悉,就抱起一床棉絮,钻到水下去堵洞口。结果洞口是堵住了,自己却被吸了进去。等到大水过后,村人把他从鱼庐里挖出来的时候,发现他竟被棉絮包裹着站立在涌洞之中。

冯奶儿子的事迹,后来上了报纸。村人还在堤上立了一块石碑,记其功德。但从那以后,冯奶就再也不到堤上去看一眼。有人说,那是冯奶的伤心之地,冯奶不忍心再看。也有人说,冯奶的饭铺开在堤下,没事跑到堤上去看个么事。但冯老实不同,有事无事,总往堤上跑。有人看见他常常在儿子出事的地方,一动不动地看着水面,一蹲就是大半天。越是刮风下雨的日子,跑得越勤。有一天,外面雷鸣电闪,暴雨倾盆,还有人看见老实蹲在堤边上,身子蜷成一团,像一尊泥塑木雕的土地菩萨一样。知道的人都说,老实这是想儿子得了疯魔症,都觉得他可怜。

只有冯奶知道,老实没得疯魔症,他是看见自己的儿子了。儿子已变成了一条

[①] 原载《长江文艺》2020年第19期。

鱼，头上长着角，身子圆滚滚的，肚子上还有四条小腿，游动起来，头摆尾巴摇的，就像自己的儿子平时走路一样。老实说，他第一次看见这条鱼的时候，就见它朝他点头。老实就问，你认得我，鱼又点头。老实又问，你晓得我是你爹，鱼还是点头。老实接着问，你晓得你娘想你，鱼这次连着把头点了两下，又张大嘴，好像要说些什么。老实知道它说不出来，就说，我知道，你也想你娘，我这就回去告诉她。这鱼听罢，泼喇一声一摆尾巴，就钻到水底下去了。老实想，它一定心里难过，一个人躲到水底下去哭去了。儿子小时候也是这样，他想哭的时候，总是一个人躲在房里，从来也不愿意让人看见。

这以后，每天向冯奶报告儿子的情况，就成了冯老实的日常功课。渐渐地，老实发现，自己的儿子不但能通人情，还能预报水情。老实家饭铺门前的大沙河，因为通着长江，所以每到汛期，水涨水落，就成了长江水位的一个重要信号。老实发现，水要涨的时候，自己的儿子会在水面上蹦蹦跳跳，水在落的时候，就趴在水面上一动不动。也像他小时候一样，高兴时一蹦老高，不高兴时就闷在一旁生气。河堤上没有正式的水文站，像这种水涨水落的情况，只能靠一些原始的方法预报，老实的儿子于是就成了汛期水情的一个义务的预报员。为了准确预报水涨水落的趋势，老实有时在堤岸边插上一根树棍，测量儿子跳起的高度，有时又蹲在堤岸边上，观察儿子趴在水面上不动的时间，结果竟与水涨水落的趋势和幅度，大体相同。这不能不让老实感到十分惊奇，觉得老天爷当年把自己的儿子收去了，原来是要他去学本事，学了本事好回来搭救我们。这样一想，就觉得自己的儿子已然长大成人，造福一方，渐渐地，也就放下了这些年来对儿子的那份刻骨铭心的思念。

消息传出之后，村人都觉得新鲜。有的还禁不住要跑去观看，回来后也都啧啧称奇。但也有老人说，这原也不奇，早年间就曾有过，还说自己小时候就亲眼得见。这种鱼叫报子鱼，多半是在河里淹死的孩子投胎转世。不过这种报子鱼应在谁家，却要看这家人的德行。这条鱼既是老实的儿子投胎转世，就是老天爷对他两口子平日里积德行善的一点回报，是他两口子修来的福分，我等也跟着沾光。老人这样一说，村人就更信以为真。所以，每到汛期，堤内几个村子的村长就禁不住常常要到冯奶的饭铺来坐坐，向老实打听一下他儿子最近几天的表现。老实也如实汇报，连儿子蹦多高，趴多久，也说得清清楚楚。听了老实的汇报，这些村长对河水的起落消长，才觉得心里有数，才感到踏实。出门的时候，还要感叹说，幸亏有老实的这个宝贝儿子，要不，我们还得日夜趴在堤上查看水情。

这事后来越传越广，越传越神。虽然人们将信将疑，但每年的汛期预报，基本准确，却是事实。这事传到县水利局的领导耳朵里，还特意派人下来做了调查。调查的结果说，这纯属封建迷信。汛期水流变化大，水涨的时候，水下有暗流推动，鱼儿受了压迫,就会上跳,压力越大,跳得越高。反之,水流回落,压力减小,鱼儿会随着回落水流的吸力,趴在水上静止不动,这都是自然现象,与老实的儿子无关。至于那条长相奇特的鱼,不过是一个杂交的变种,老辈既有人见过,说明不足为奇。不过,调查的人又说,我们现在的条件有限,不是长江干堤的汛情预报,还得依靠群众,只要不搞成封建迷信就好。

生事弥漫①(节选)

◇ 丁东亚

午后,他上了楼,在躺椅上小睡了片刻。敞开的房门,时有凉风吹入。这个二月将尽的日子,他心静如水,平和地进入了梦中。梦里,他蹲在河边垂钓,一旁站着女儿和外孙女。女儿凝视着河面,想着心事;外孙女忽然挣脱她的手,去追赶一只蝴蝶。他把钓钩从水中抬起,再一次抛向更远处的水面,她们已不见了。已经多年,他不再来河边钓鱼,也不再吃鱼。他心有余悸。相信儿子那日下河摸鱼,就是被一条大鱼咬住,才无法脱身,同时认定它还吸食了儿子的六魄七魂。

老盲子出现时,他已不知身在何处。向秀玉牵着老盲子,二人衣着整洁庄重,像是去赶赴一场隆重的聚会。他喊他们,他们像是没听见。他跟着他们,迎着风尘走了一段,穿过一片空旷的野地,眼前是水流湍急的黄河。下一刻,黄河岸上便聚满了人。老盲子仿佛一下嗅到了同类的气息,甩掉向秀玉和手里的拐棍,喊叫着向他们奔去。那是何等神圣的欢聚!他难以形容。他们怀着一颗颗纯净澄明的心,彼此拥抱,一起仰天呼叫,声音直冲云霄;脸上的光亮犹如一道道锐利的刀光,向着山河砍去。他远远看着,像是受到了莫大的震动,心跳加速,不由哭出了声。

"那是我这辈子最幸福的时刻嘞。"老盲子告诉他,说他走了好多年,才有幸与他们在西北的黄河边上相遇。

"你们为什么要喊啊?"他不解道。

"我们是在向天发问嘞。"老盲子说,"河在流,风在走,我们为啥就看不见光明嘞?"

他点点头。

"我是在跟黄河对话嘞。"老盲子又说,"黄河十八弯,弯弯都有人家,活了这些年,我咋就成了没家的人嘞?"

"老盲头,你是个可怜人。"

"老杨头,我现在不觉得可怜嘞。你和秀玉妹子都是好人……"

---

① 原载《天涯》2020年第4期。

说不上为什么,他心里酸酸的。

醒来时,他有些恍然。眼角竟真挂着泪。

他把眼角的泪水擦去,缓缓起身,更为奇妙的事情发生了。

他看到玻璃花房里的盆栽花,枝叶间开出了花朵。上面落满了蝴蝶。它们扑扇着翅膀,静静采吸着花蜜,丝毫没有为他所惊。他揉了揉眼睛,以为是错觉,但手臂落下时候,虚幻越发变得真实:落在不同花色上的蝴蝶,突然有了变色龙的功能;白色花朵上的黄蝴蝶变成了白蝴蝶,紫色花上的黑蝴蝶变成了紫色……他盯着一朵黄花上黑蓝相间的一只,等待着它变幻,但它们忽然像听到了呼哨的鸽群,一下飞起,陆续穿过玻璃,聚集在花房上空。等到它们依次排开,变成一只体型庞大的彩蝶,又倏然消失不见,他再次从梦中醒来。

老伴的呼声从卧室传来,他还在回味先前的梦境。他想,若是能活在梦里,也是一种乐事。就像老盲子那样,可以永远活在真假难辨的经历和想象里。何况现在他还有向秀玉照顾。只是他不能。他知道,尽管爱的能力会随着岁月的流逝一天天变淡,但在死亡抵临前,他必须竭力保持着足够的气力和耐力。就像他对玻璃花房里的那些花草一样,一旦他不在了,它们就会在某日失去生机,因缺水少肥而枯萎。

温泉镇[①](节选)

◇ 舒飞廉

我们沿着公路走过小澴河桥,又沿着小澴河堤走。小澴河在肖家塆魏家塆段,迂回成一个不大不小的潭,潭边为绿沉沉的蒿林所围困。她指着印染霞光的水潭问:"这里面会有鳄鱼吗?"当然是没有的,但是,三千年前,云梦泽,汉之广矣,江之永矣,怎么会没有鳄鱼呢?这些马来鳄一定是将潭底穿凿成神奇的迷宫,将附近的村落连接起来。村落?那时候,沼泽与湿地的云梦泽,除了猎人们偶尔的穿行,哪来的村庄?这些村庄,都是几千年后,在鳄鱼废弃的洞穴上建立起来的吧,所以魏家塆的水井下穿到龙宫,碰巧与当日繁复稠密的鳄鱼迷宫连接在一起,当然也是有可能的,这可以解释,他们的井水为什么好喝,为什么我们镇每一个村庄水井里的水,冬天里都是温暖的,用木桶打出来,腾腾地冒着热气,倒注在桑木脸盆里,早饭之前清洗手脸,去除一脸的霜雪寒冷,又熨帖又舒服……更何况,现在韩师傅们已经可以打出四百米甚至更深的井了。

有一天,我们的村庄荒芜到顶点,人去楼空,草木滋生在村庄与田野,当年的沼泽之王马来鳄会重新回来吗?我不能肯定,但它们已经遣回了与它们一起共事的信

[①] 原载《西湖》2020 年第 2 期。

使:白鹭。黄昏时分,正是鹭鸟归巢的时分,它们由潭水边、潭边的泥沼里,会聚到一起,翩翩起舞,听到我们在河堤上的脚步,生出警惕心,又一只一只回旋着升到天空。最后一抹霞光与第一阵夜色交织在一起的暮紫里,它们啪啪鼓翼,舒展变换,形状不一,三五成群,分分合合,沉迷在由自我与飞行队组合出来的种种圆弧与直线里。白鹭的起舞与飞翔是好看,无所为而舞,无所为而去,超越尘世的,泥沼之上的舞蹈,多像刚才我们看到的白衣白裙黑色凉鞋的木兰,她领着乡村的女人们在草地上,分贯整合,跳出的不同的身姿与阵形。

这是我们散步时间最短的一个晚上,大概是两三公里,就觉得应该回到家里,原因可能是乐极生悲,我们忽然觉得非常害怕。我们发现,在河堤的另一侧,是一串一串的坟茔,附近村的村民,有的我认识,有的不认识,有的似曾相识,许多都来到河堤下面的坟林里,以"显考显妣"默然踞守。他们多半没有得到土葬的机会,只能将火化的骨灰藏在之前我们在新港石桥研究过的灵屋。我记得童年来这里玩乐,是害怕的,因为由坟林地下的棺木里,不但会跳出一种皮肤凉凉的嫩绿小青蛙,还会泛起磷磷"鬼火"。这个发现,让我们觉察到,我们是在一片亡灵交织成的地面,在星空下,在树影与草丛间,在一个巨大的坟场上,在重重碑影里散步交谈。圆月之下,我们的谈话之外,河滩上的白鹭,草地上的女人,起舞弄影,一起分享着星空与亡灵的土地。星空与坟场都是永恒的,河流与山川是长久的,白鹭们女人们我们是短暂的,在电光石火的余生里,一支支变幻形状的舞蹈,生命的拓扑图,蛋白质的狂欢,对星座的模仿,多么可贵,勇气十足,令人心生悲戚,又热泪盈眶。

一只单纯的野兽[①](节选)

◇ 谢络绎

第一次是在我爸爸离开后的当天晚上。在那之前我眼前只有七零八碎的时间,被我拆成了一秒一秒的时间,一秒钟如同一年的时间。

我时刻担心他的安危,不知道那几个人会把他怎么样。我几乎把他们所有可能的身份都想了一遍,再模拟他去解释,看是否行得通。我按照他的吩咐点了外卖,我点了两人份,可是晚饭时间过了很久他都没有回来。他不会来吃饭了。我起身直走进花园,试图回忆上午到底发生了什么,回忆在整个过程中有没有任何一种可能可以改变结果。等到我从户外转回来,打开房间的门,一股浓重的剩饭剩菜的味道扑面而来。我迅速收起饭盒,装进塑料袋,将它们拎到花园里,准备第二天再扔进大概还要走五十多米才有的垃圾桶里。然而不久我就听见外面有响动,隔着窗户我看到

---

① 原载《钟山》2020年第3期。

一只狗在扒拉这些饭菜。它吃光了它们。这何尝不是一件好事。我看见它在鱼池那里晃悠,立刻冲出去将它赶跑。

第二天更加煎熬,直到晚饭前我想起那只狗来,我至少可以等到它吧?我问自己。我点好菜,等待着,就像你已经知道的那样,我没有等到我的爸爸。好在,那只狗来了。

我把饭菜直接拿到外面,蹲下来招呼它。它犹豫着靠近,动作僵硬,准备随时逃跑。它把饭菜拱了一地。吃饱后它摇着尾巴离开,很不舍又很坚定,不再四处打转,鱼池对它失去了吸引力。那天晚上,我借着房间透出的光把地上的残留清扫干净。第三天我在楼上找到一只灯泡,装进花园里空空的灯罩下。我还想了一个办法,找出一只盆子装那些饭菜,这样,那只狗在吃的时候就不会弄得到处都是了。真实的情况正是如此。它感受到了我所做的都是在服务于它,它由于感激而更懂得分寸。它定点来,吃完就走,毫不拖泥带水。逗留的过程中,它充分享受着我的服务,也充分表达着它的感谢。它一天更比一天与我亲近。它沿着花园栅栏撒满了尿。

有一天我绝望至极,一个人躺在沙发上,从晚上到第二天晚上,时间的光影在我眼前层层变幻,慢慢消逝,却仿佛与我无关,我躺在时间之外,也躺在人世之外。我感到自己已经死了。这时候我听到它来了,它没有像往常那样看到食物,焦急地用突出的嘴巴一下一下撞击玻璃。这声音将我拉回了现实。我艰难地起身,走到它面前,对它说,对不起,今天的晚餐晚点才能到。但它丝毫不在意有没有晚餐这件事,而是围着我的脚踝,快乐地打转。它的尾巴摇得令人眼花缭乱,眼睛里迸出一颗颗小星星。我刚一蹲下来,它就抬起前肢搭上我的肩,很快又放下来,继续围着我转,用头拱我。它快乐得不知道要如何表达了。我早已身不由己跪在了地上。我抱住它的脖子,用力抚摸它。

我的眼泪滴在它的身上。

后皇嘉树①(节选)

◇ 胡雪梅

那天,距离国亮去世正好整整三年,窗外,正下着今冬第一场雪。琴姐说走就走,善喜好话说尽也留不住,眼睁睁看着她上了一辆小轿车,被新雇主高价接走。细雪薄薄铺起医院的门楼、草坪,救护车也披满雪花,从现在开始,善喜要自己亲手给喂抹澡、按摩、喂饭、换尿不湿片子、洗屁股、揩屎、换卫生巾、放收音机、讲话、呼唤她……默默坐在喂的床边,善喜黯然泪流,从市长夫人沦落为心中充满恨意的保姆,她

---

① 原载《北京文学》2020年第9期。

内心挣扎得十分惨烈,一心向往美好,结局却仍然悲凉,分无分文,身败名裂。杀了喂,这个念头在她大脑一闪而过,身体瞬间像被冷风吹透,不住地颤抖。不管,她任由颤抖持续,放大,控制不住,寒冷从心脏流到全身,每一滴鲜血都举双手赞成。是的,假如不杀了她,她活在人世该有多么憋屈,简直就不是一个人,是任人切割的猪肉,骨头被人炖成了汤,毛发被液化枪烧了个精光,凭什么?惹谁了?不把你杀掉,对得起良心吗?对得起公平吗?对得起人生父母养同为人肉的身体吗?对得起人的尊严和脸面吗?就是要杀掉你。然而,善喜没有动手,因为,魔鬼没有发给她凶器、勇气和胆量。

自从这个念头滑过,善喜每晚辗转反侧,为了护理喂,她睡在小华留下的简易床上,听着窗外的北风呜咽,喂,一点声息都没有,似一个死人。她已经五天没有拉下大便。善喜煮了苹果,打了果汁都没有效果。往常这种时候,琴姐要用开塞露通便,而细心的小华总是用手抠。善喜想试试她们的办法。她掀开她的被子,自从小华走后,喂就没有穿过衣服,她向善喜展示着她白皙如雪的皮肤,玲珑有致的身段,乳房圆润饱满,善喜用两根手指丈量了她的腰,正好,一张 A4 纸的宽度,完美无缺。善喜又一寸寸摸过她的身体,从肩膀摸到腿脚,她是温热的、光滑的,如果不知道她是植物人,会以为摸在手心的是一个甜蜜温柔、等待爱情的女子,一块温润的美玉,假如她会呻吟……善喜突然间愤怒了,大约这就是国亮的感受吧,是为了这块美玉情愿赴死的吧!善喜的眼泪流到嘴角,却意外地发现自己的眼泪是甜的,有芍药的芬芳,这活活气出的眼泪,竟然是人间佳酿。杀死她的念头又一次涌来,潮水一样,很美,漫过她的耳朵、眼睛、额头,淹没了,她仿佛在大海深处与鲨鱼相遇,若不杀死她,她活着便是受辱,活不下去。

……

善喜当即出门去,寻找一棵好树,送喂上西天。风雪越来越疾,她东边走,西边看,树是找好了一棵又一棵,竟然满城都是可以吊死喂的树木。好,等天黑下来,她就背着喂来上吊。

披着满身雪花,善喜跑回医院,黑,仿佛拴在她脚上,顺她的意,天完全黑了。善喜找来绳子,想把喂绑在背上背出去。她捆好喂,试了几下。可惜,喂很沉,根本拖不动。她解开绳子。喂没有知觉,任善喜抽出绳子时,把她的大腿勒出了血。善喜没有心疼,她索性拿起绳子刷在喂身上,像抽着仇恨的皮鞭,一下两下无数下,直到善喜又急又累,瘫倒在喂的身旁。

她杀不了她。

她抱着她哭。

第二部分

散 文

大时代的多样化在场视角
——2020年湖北散文创作综述

2020年是湖北散文数量创新高的一年。在写作本文的前期准备过程中,笔者阅读到的在传统纸媒和新媒体上公开发表的散文数量高达四百多篇,还有李专的《崇山之阳》、方钰霆的《人间知味》、叶雨霞的《温暖如你》、杨庆甫的《心歌如云》、静月清荷的《秋尽一身轻》等多个散文集。而笔者深知,相对全年湖北散文作品的丰硕成果,笔者所搜集到的作品并不全面,尚有众多遗珠。事实上,要做到绝对全面的概览全年的湖北散文创作,也是一个难以达成、过于理想的目标。首先,这是因为2020年的特殊性。过去的一年是必然会在史书里留下浓墨重彩的一笔的一年,也是每个微小的个体都真切体会到历史在场感的一年。尤其是对于年初处于疫情中心的湖北民众来说,可能大部分人都会深刻感觉到,自己不但参与了历史,历史也参与了自己的人生。时代的洪流从平稳向前,到骤然拐进急流险滩,岁月轰然作响,事件惊心动魄,被裹挟在其中的每个人或惊叹,或高呼,都迫不及待地想要发出自己的声音。其次,也是因为散文这一文体的特殊性。散文的写作方式灵活、文体概念宽泛。在我国传统文体概念中,广义的散文泛指诗歌以外的所有文学体裁,甚至包括经传史书。至现代时期,在外来文学理念的影响下,许多文体,如杂文、报告文学、通讯、书信、传记等,虽然看似纷纷自立门户,实则并未与散文彻底断绝关系,使散文的文体边界更加模糊。21世纪以来,散文和小说、非虚构文学等,复又出现文体融合的趋势,因此,近十年来,散文的文体边界问题一直是文学批评界关注的热点话题,但迄今仍未有获得文学界或批评界一致认可的主流意见。这也增加了全面搜集散文的难度。最后,新媒体技术的发展,不断降低着文学写作和发表的门槛,散文的篇幅、写法、主题等各方面都相对比较自由,更易受到创作者青睐。以上种种原因,合力形成了2020年湖北散文创作的热闹场面。而2020年数量庞大的散文作品,也为处在历史漩涡中的大时代,提供了多样化的在场视角。

一、疫情中的生活直击与现场还原

2020年1月23日,武汉开启了人类历史上最大的隔离事件。湖北多地纷纷响应,号召居民自愿居家,非必要不外出。随后的76天里,本省人民团结自救,外省医护星夜驰援,中华儿女各自发挥力量,并肩携手,共克时艰,打赢了艰苦卓绝的一仗。众多湖北作家纷纷拿起笔,分享居家感悟,记录抗疫故事,表现出了强烈的在场性。有些创作者本身就是一线抗疫的工作人员,在繁重的抗疫工作之外,仍抽时间以日记、手记、随笔的方式,对抗疫工作进行现场直击和还原,如尔容的《在汉口当"守门员"》《绿叶对根的情谊》是以自己作为党员下沉社区的所见所闻为创作素材,写出了下沉党员的辛苦不易,也写出了下沉党员的自豪感。蔡先进的《"有居民的理解,再苦再累也值"》是下沉党员的一线工作日记,恳切书写了在社区"卡点"的苦衷,呼吁居民的配合和理解。有些创作者作为一线人员的家属进行抗疫观察,如叶倾城的《武汉"围城日记":明天是新的一天》,作家的二姐是位医生,作家使用了一种琐碎、平静的笔调叙事,却依然不自觉地流露出了紧张感,那是医护人员家属在整个疫情期间绷紧的心弦所致。王金霞的《儿子,等你一起看樱花》,作为一线医护人员的母亲,王金霞写出了一位慈母既担忧又骄傲的细腻感受,展现了含着眼泪的坚强。还有些创作者是作为普通民众,来记录自己居家隔离的心得体悟的。曾是流行病防治医生的池莉,在《隔离时期的爱与情》《五十分之一:典型的一天》《对不起,添麻烦了!》等文中,诚实表现了疫情初期自己内心的焦灼,也提出了专业角度的抗疫建议。匪我思存的《武汉战纪》由二十多篇随笔短文组成,记录了她居家隔离的所见所闻所感,既分享了疫情重灾区人民防疫的经验,也向外省读者传达了武汉人"不服周"的顽强精神。晓苏的《过年记》记取了自己在老家过年,受到乡亲重点关注和热心帮助的温暖。谭岩的《三十七度三》也是记录自己返乡过年的经历,不同的是他们全家却被家乡民众视为"瘟神",处处躲避,而作家对于人性的洞察,使得作家对此并无怨怼,还大度肯定了家乡的防疫工作的严密认真。朱朝敏的《庚子年的早春手记》是一组疫情期间的工作和生活手记,从个人化的视角出发,提供了对非常态生活的点滴观察。舒飞廉的《围城的第三天》《围城的第五天,灯火可亲》《开城这天》可以视为是普通市民在疫情中自我鼓励的心路历程,从疫情初期的积极自我心理建设,到疫情过去以后的欣喜舒畅,读之令人感觉十分亲切。与之相似的有杨国庆的《把自我隔离变成"读书集中营"》等文,展现了作为普通民众,在疫情中通过阅读转移注意力,对自己进行心理建设的心得体会。

更多的创作者,在疫情中被医护人员、科学家、社区工作者、各类志愿者的奉献精神所打动,把视角从个人生活拓展到了他人故事。刘益善的《为了大城重启》和《一个诗人的战疫诗篇》都是记录富有社会责任感的企业家阎志的公益善举的。李鲁平在《值此之际》《往返最后一公里》《辗转的春天》等多篇文章中,记录了社区工作者、本地医护、外地医护等不同身份的普通人在疫情中的勇气和担当,在《武汉,一道道大堤》中,更是由作为地理坐标的长堤、张公堤,写到了武汉抗洪史实和作为精神堤坝的战疫进程,打通历史和当下的脉络,梳理山河地理与楚地民风的关联,篇幅不长,却格局庞大。刘诗伟和蔡家园两位作家,在疫情最严重的时候,冒着生命危险,出入抗疫一线,通过对科学家、医护人员、志愿者等进行采访,完成了长篇报告文学《生命之证——武汉"封城"抗疫76天全景报告》的同时,创作了散文《生命之歌——武汉抗疫记》,讲述了采访感悟,提炼了在采访中捕捉到的人性闪光时刻。戢兰芬的《成长》《一个叫绍绍的姑娘》等文,聚焦年轻医护群体在疫情中的坚韧和无私,打破了关于90后娇惯、以自我为中心等刻板印象。徐鲁的《每一根葱的根须都洗得干干净净》记录的是贫困山区长乐坪镇的镇民,在疫情期间为武汉送菜,用每一根葱须都洗得干干净净的细节,刻画镇民的淳朴和对同胞的真诚;《全世界都在等待你的黎明》则不仅记录国内同胞之谊,还传递了来自海外友人的善意和对武汉的关切,印证了人类是个命运共同体;《新"英雄儿女"的故事》则从杜富国和杜富佳兄妹、董存瑞的外甥艾冬等人的感人事迹中,提炼出爱国传统在一代代中华儿女心中的传承脉络。任蒙的《她与病魔较上劲儿了》选择了一位在工作中感染新冠的医护作为表现对象,视角有别他人——作者没有一味歌颂这位医护的勇敢和无私,相反,他写出了这位医护在病中的惊与慌,对家人的愧与憾,唯其如此,才更显真实人性。严辉文的《樟树是春天的尺度》以片段剪切的方式,展现了一位社区下沉党员的多个值班夜晚:夜夜因公事难以安眠的党员,无数次"被迫"欣赏路边樟树的剪影,心中没有怨忿,只有苦中作乐的安然,他对党性的信仰和笃行,正如樟树对春天的信念和坚守。赵丽的《从深圳回来的"摆渡人"》表现了一位鄂籍企业家在疫情中滞留湖北,利用自己的商业资源,多方奔走,筹集口罩,贡献爱心,却在返回深圳的路途中被多方拦阻、刁难,甚至威胁的经历,不仅表现了新时代青年企业家的公益热情,也客观反映了疫情中部分基层网格员工作的粗暴和无序,既摹绘了阳光,也勾勒了阳光下的阴影。此外还有翟彦钦、梅赞、帅瑜、段吉雄、李林、翟锦、高士林、楚小影等,都生动描写了抗疫一线工作者的形象,还原了抗疫一线的英雄画面,共同书写了惊心动魄、有血有肉的中国抗疫故事。

散文是最灵活、真诚,也是最突出主体性的文体之一。对个人经历、感受、观察、识见的强调,常常使得散文创作者过于放大主观性,从而遮蔽或过滤掉部分生活原态元素。但在上述关于疫情的散文创作中,我们却欣喜地发现,不少创作者在进行充沛的情感表达的同时,依然保持了工具理性。正如李鲁平在《往返最后一公里》中所说的,这世上没有不咬牙的坚强。难能可贵的是,多位创作者不仅仅歌颂了咬着牙的坚强,也忠实记录了坚强背后的"咬牙",从多个角度切入,视线相互交错,最大限度地保证了全面、客观的生活质感。

二、常态防疫时期的生活再发现

2020年3月以后,全国抗疫形势向好,湖北各地陆续复工复产。4月8日,武汉也正式复工。经历了疫病的冲击,公众心态发生不同程度的变化,重返常态生活成为一件似易实难、且需要调动生活智慧才能推进的事情。众多创作者再一次借散文这一灵巧的文体,纳须弥于芥子,在寻常生活中观众生万物,又在众生万物中重新发现生活、确立生活的价值和意义,并由此重塑生活的仪式感和生命的尊严感。从题材上讲,这一时期的散文大概可以被分为清欢有味、人间食事、怀人忆旧、历史人文这四类。

突如其来的疫情给湖北乃至全国人民的生活踩了一脚刹车,让冗杂、繁忙而高速的现代化生活被迫慢下去,所有人都获得了一段与自我独处,或与家人相对的时光。一些基础、简单,在物质和精神重压下常被人忽视的事物,重新焕发出耀眼光芒,比如健康,比如陪伴,比如知足常乐的心态。进入常态化防疫阶段后,众多作家较之往年,更加乐于着眼于生活中琐碎、日常的快乐,或由平凡的世俗生活中提炼哲学思索。比如刘醒龙的《善饮止于善醉》漫谈亲友的"饮事",用笔疏朗,行文爽阔。叶广芩的《猫的悲喜剧》写的是作者旅居日本时收留了两只猫,离日时转交日本友人收养,这两只日本猫却只能听懂汉语,些许小事,写得妙趣横生。徐鲁的《妈妈,妈妈,我得了个奖》借诺贝尔文学奖得主、南非作家库切的获奖发言,歌颂母爱的伟大,也抒发子女欲与父母分享荣誉和成就,父母却不在人世的遗憾。叶倾城的《谈健康》直抒胸臆,提出"有些事,不在拼命,在长命"的观点。谢伦的《大薤山记》呈现了大薤山一带的乡村经济欣欣向荣的可喜图景。帅瑜的《从这个春天出发》写的是早春采茶的兴奋和激动,不仅仅为了春天的茶获,也因着抗疫形势转好的喜悦。翟彦钦的《最是人间烟火味——东门菜场》写的是买菜的乐趣,生发弥漫的是对生活的热情。黄明山的《消失而后美》由自然界中众多不长久的美景好物说起,最终传达了一种乐生惜时的生活态度。菡萏的《绘事》记录了自己师从唐明松先生学画的诸多绘事,从绘画中的匠心意趣,点明做人的审美和涵养一如绘画,"无尘才见艺"的主题。此外还有陈应松、舒飞廉、郑能新、牛合群、兰善清、吴斌、孔帆升、马红霞、高士林、熊雷、梅赞、袁南成、朱光华、万华伟、柳晓春、谢俊军、肖静、程建等多位作家的写景散文,描山摹水,各抒胸臆,各有特色。

"民以食为天",食物带来的热量,不仅熨帖着人们的胃,也温暖着人们的心。每一地都有独有的食物,每一家都有独有的做法,这使得食物与乡愁、思亲、怀旧种种情绪产生了强烈的链接,最能展现柔软的情绪,也最能直观地传达对生活的热忱。比如池莉的《小菜的小,虽小却好》从手工小菜的复杂工序、制作耗时,生发出对于工业小菜逐渐取代手工小菜的喟叹,流露出对各种手工技艺失传的惆怅;《荤菜素做,素菜荤做》《红艳艳辣椒挂起来》则都是由做菜或酿制干货,推及做人的道理,言辞爽利,读之如品佳肴。舒飞廉的《芝麻叶苋菜》由苋菜之味,漫谈至苋菜的历史典故,最后以苋菜之药用收尾,雅俗并置。严辉文在《肉丸子的春天》中兴致勃勃地言说了阳逻人吃年饭必备肉丸子的习俗,也追忆了童年时过年吃肉丸子的美好记忆。段吉雄的《红米黄酒》则写的是红米黄酒的酿造过程,刻画了这一过程中酿酒农民的力与美,有着类似电影《红高粱》"祭酒神"片段的美学效果。朱朝敏的《不画梨》从故乡对梨的雅称说起,借由写梨、吃梨,铺陈出乡间一位寡妇的人生,寥寥千字之间,起承转合一气呵成,颇见功力。吴斌的《我在旅途当大厨》看似写厨艺心得,实则表达的是有技傍身的骄傲。黄明山的《食话》不言食物的色香味或烹饪之道,只从语言角度评析"食话",别出心裁。

怀人忆旧题材的散文,最能凸显 21 世纪以来,散文与小说文体融合的趋势。由于每个个体都具有独特的生存经历和生活经验,这一类题材的散文常常既有亲身体验的真实感,又有小说的传奇性。比如温新阶在《村小备忘录》中追忆自己的青春岁月,隔了多年的时光回望,作者依然能够纤毫毕现地描绘出,年轻的自己在无数个加班的夜晚之后,站在星光下,感受到的天井里的风的气息,强烈的画面感渲染着生命的真实,自然的美好。其中的"老师"一节描写了一位在物质匮乏的年代,以吝啬闻名的小学老师,连他人借一口已经弯了的针都要记账,却在改革开放以后,每年资助三个中学生求学,由此提出了人心之善是否会被经济环境左右的哲学命题。徐鲁的《孔雀河边》是具有报告文学特征的散文,记叙了参与新中国核试验事业的老一代革命者和科学家们,在艰苦的自然条件下隐姓埋名、默默奉献的动人事迹。周凌云的《为屈原守灵》讲述的是屈原庙的守护者徐正端的故事,老人对屈原精神、对楚辞艺术的执着热爱,在物欲横流的社会里闪耀着华彩。李鹏的《大堰外》用平淡、朴实的笔调,呈现了勤劳、能干的祖父春寒栽秧,暑热双抢,冬挖野藕的多个人生片段,文字流畅、生动,富有纪录片画面的质感,证明了贴近生活、富有感情的散文所具有的巨大感染力。余秀华的《人与狗,俱不在》也是怀亲之作,同时也拷问了死亡这一终极命题。颜回丰在《保安姚大哥》中书写的主人公姚大哥身处底层,既贫且残,在大众看来属于弱势群体,却凭着积极乐观的心态活成了精神上的强者。魏天真《比四月更残酷的月份》追忆童年伙伴崔连云自杀的往事,从童年的"我"有限的视角出发,给出有限的线索,留给读者关于主人公为何自杀的谜题,并由此引发关于儿童教育的思考。江清和的《娘真的走了》和《生日之痛》,唐本年的《伴随娘的日子》,以及邹龙权的《樱桃红了,母亲老了》都是感念母恩之作,孺慕之情感人至深。菡萏的文风雅致,她的《春天还是春天》讲述了一众文友为落魄画家开画展、筹医药费的故事,众文友对艺术的热爱和对善良的坚守令人肃然起敬,这一群人共同在物欲横流的时代维护了人性的尊严;《岁月常赊》塑造了一辈子体面、讲究的爷爷,温柔的二姑,敞亮的老姑等一系列生动的亲人群像,以及亲人之间血脉相融、肝胆相照的情谊;《雪落的地方》回溯了母亲的几个姐妹的人生,惋叹红颜多舛的命途,其展现出的美被人世侵蚀、消磨的过程令人心碎。塞壬在《即使雪落满舱》中写到父亲游走在暴戾和良善的人性两端,在黑与白的撕扯中,父女关系不断嬗变,最终在父亲锒铛入狱后,亲情反而得以修补,全文对人性的剖析入木三分,叙事引人入胜,可视作小说化的散文。喻之之的"世态百相"系列是汉味散文的可喜收获,浓郁的方言韵味不仅增强了叙事的地域特色,制造了陌生化的审美效果,还表现出武汉人特有的心理、性格。她塑造的人物往往生鲜泼辣,笔下的男性多是地方"能人",相较而言,女性角色则更多样化,更细腻,余味更悠长,令人印象深刻的有:坚强、自尊,活出了自己的腔调的《花楼街的姑太》,无论顺境逆境,都用从容不迫的姿态维持尊严的《许家桥的姑奶奶》,为原生家庭无私奉献的《姐姐姐姐》,被结构性的男权社会侮辱和损害的《洞庭街的珍珍姨》,以及写出了女性之间既隔阂又懂得的微妙关系,充满了女性主义色彩的《奶奶的千层底》。

　　李修文在《当代》杂志上开辟的《诗来见我》散文专栏中的系列作品,是去年湖北乃至全国文化散文的重要收获之一。通过品读杜甫、白居易、刘禹锡、元稹等人的诗歌,穿越历史的岁月屏障,将当下个体与古代诗人的人生际遇相连,产生跨越时间维度的生命共鸣,更透视中华文脉和华夏精神绵延数千年的传承路径。陈应松的《汉风凛冽》想象了徐州汉画像石在汉代的创作过程,细析其中蕴含的艺术之魅和大汉风骨。刘益善的《楚地情怀》讲述楚地名人和名胜掌故,蕴含丰富的历史底蕴。李鲁平的《上云岩》以贵阳云岩为地理坐标,将王阳明、徐霞客、尹道真等文化名人的人生片段串联、叠置,有"古今多少事,都付笑谈中"的大气象。徐鲁的《旧书商的美德》谈传统书商的爱书惜书,菡萏的《摊事》谈赏玩古玩之道,都是文人雅事,也表现出作家们对凝结着人类劳动和智慧的物事的尊重。魏天无的《雪中的海子》记录了自己对海子故里的追访之旅,对于无数喜爱诗歌、重视生命诗意的人来说,追访海子,也是一种思考生活本相的路径,更是对充满理想情怀的年代的致敬。温新阶的《舞者》以鄂西土家族的跳丧舞为主要书写内容。死亡是深刻的人生问题之一,向来被视为最沉重的悲苦意识的渊薮,但土家族人民在面对死亡时,却有着独有所长的智慧和成熟态度,将死亡视为不同形态的生命延续,强调无论生死,都要乐生惜时。这种豁达乐观的生死观,在大瘟疫肆虐的年份,能带给人有益的启发。周火雄的《孔垅打歌》则以湖南打歌为书写对象,翔实的记录有助于补充民俗文化的研究素材。

三、在场视角的优势与局限

　　大疫之年,个体与个体、个体与社会、个体与世界之间的连接,变得空前紧密而清晰。再加上散文本就是一种主体意识强烈的文体,这使得以上众多散文作者,通过创作对个体的生存处境和精神状态,对广阔的当下社会和日常现实,进行了全方位的观察、思考和介入,并由此体现出了一种积极的入世态度,完成了日常生活的审美化、丰盈化和饱满化,这无疑是在场视角的最主要优势。与此同时,具有强烈在场感的散文作品,在特殊的年份,还能发挥积极的社会作用,读者通过阅读此类散文,尤其是防疫、抗疫一类的作品,能够使得在疫情中身心所承受的痛苦客体化,获得温暖的鼓励,从而排遣不良情绪,疏导心理压力。

　　如果非要说从在场视角出发的散文创作有什么局限之处,可能在于部分创作者在作品中展现出来的对世界的观察、对生活的探索、对自身及他者的思考流于表面,不够深入,难以从真实的生活图景和个人感受出发,生发出真正触动现实的力量。毫不夸张地说,散文创作已经步入了全民写作的时代,只要有包括手机在内的各种电子产品在手,每个人都可以随时在网上记录生活,抒发情感和议论,并且由于散文文体的宽泛和边界的模糊,只要当事人愿意,都可以将其称之为散文,正如今天只要当事人愿意,就可以将各种移动电子设备中存储的随手拍摄的照片称之为摄影作品。当散文写作者自身的学识、素养、人生经历等各方面都不足以为自己的写作提供坚实牢靠、深入地心的基础时,其创作中蕴含的所谓的哲理升华或经验心得,就不免会变成鸡汤说教,呈现出庸俗的品相,很容易被读者阅后即忘,久而久之,也降低了读者对散文的审美期待和阅读印象。

　　因此,创作者的观念和态度同等重要。纵观我国由古至今的散文创作,其文体和创作理论的发展,呈现出一种螺旋式的路径。古代散文指向的是除韵文、骈文以外的所有文体。现代时期,在西方诗学影响下,我国散文创作汲取"essay"所具有的篇幅精悍和立论鲜明两大特征,呈现出有别于其他文体的特色。到了21世纪,散文复又出现与其他文体融合的趋势,尤其是在近十年,这一趋势愈加明显。散文创作的全民参与,其理论建设的众声喧哗,既是社会文化多元化的回响,也意味着散文创作艺术的失范时代的到来。在这种现状下,散文写作者的真诚态度可能已变成一个基本门槛,单纯的随心而发不如"观念先行",写作者必须有清晰的自主创作意识,形成个人化的创作观念,并用其指导自己的创作,才有可能在一众面目模糊的散文作品中实现突围。

在这方面,李修文近些年来进行的散文文体实验可以被视作一种示范。以谦和、慈悲的同理心深入生活,调动自身的真情实感,同时在语言层面和表现形式上进行创新,将情感的真实与艺术手法的多元相结合;保留主观在场性,同时以丰厚的情思和识见做底,尽可能避免个人视角对某些客观现实的遮蔽;反映当下现实,同时积极吸收传统散文的优秀质素……唯其如此,散文创作才能从主观的个体经验和细腻的个人视角出发,产生真正触动读者和现实的力量。

四、优秀散文作品选

救风尘[①]

◇ 李修文

此处说的风尘,不是"妾委风尘,实非所愿"的风尘,而是"如何对摇落,况乃久风尘"的风尘,也是"山中旧宅无人住,来往风尘共白头"的风尘,小到一己之困,大到兵祸天灾,只要你活着,你便逃不过,说白了,这风尘,就是我们的活着和活着之苦,苦楚缠身,风尘历遍,我们便要赎救,这赎救,除了倒头叩拜的神殿庙宇,总归要有真切可信的人,来到我们中间,又或者,从未打我们中间离开,却让我们笃信:风尘虽说已经将我们围困,在我们中间,有人注定会被吞噬,有人注定要不知所终,但是最终,在漫长的撕扯与苦战之后,我们的身体,我们的心,仍然藏得住也受得起这漫无边际的世间风尘。

可是,这个人是谁呢?谁是那个跟我们一样受过苦,却从未离开我们,既亲切,又深远,让我们望之即生安定和信心的人呢?以诗中气象论,虽说人人都活在杜甫的诗里,但其人实在过苦,就好像,六道轮回全都被装进了他的草木一秋,最后,他也必将成为那个从眼泪里诞生的圣徒;是李白吗?很显然,也不是,他是云中葱岭,是搅得周天寒彻,更是神迹在人间的另外一个名字,面对他,我们唯有目送他渐行渐远,就算失足落水,我们也当他是羽化登仙;那么,这个人,是元稹、白居易吗?似乎仍然不是,这二人,虽说饱经风尘之苦,却也一直费心经营,一个官至宰相,一个以刑部尚书致仕,都算得上苦尽甘来,要知道这风尘之中,有几人能像他们一般等到苦尽

[①] 原载《山花》2020年第7期,后收入李修文散文集《诗来见我》,人民文学出版社,2021年3月版。

甘来的现世福报？

　　说来说去，那救得了风尘的，还是韦应物。唯有这韦应物，未及领受风尘的旨意便已匆匆上路，历经八十一难，却从未抵达过西天净土，宦海里也浮游了一遍，既未沉溺自伤，也未喜不自禁，虽说素有"韦苏州"之称，自苏州罢官时，却连回朝候选的路费都没有，只得长期寄居于无定寺中，所以，这是我们自己人，只有自己人才能救得了我们，只有自己人的诗，才能安慰得了我们："我有一瓢酒，可以慰风尘。"此二句一出，尤其前一句，就像是呼唤着下联的上联，历朝皆有人上前应对，苏轼对曰："我有一瓢酒，独饮良不仁。"陆游对曰："我有一瓢酒，与君今昔同。"就在几年前，这两句被讹作为"我有一壶酒，可以慰风尘"，在微博上大热之后，竟引来了十万人续写，几同于一场狂欢。也是，所谓我即风尘，风尘即我，那救得了风尘的，肯定也如同天空里的闪电和菜地里的新芽，虽不日日相见，但他们一直高悬在我们的头顶，又或潜伏在我们的脚边，机缘一到，他们便会现出身来，与我们比邻而行，又或抱作一团。

　　　　一朝铸鼎降龙驭，小臣髯绝不得去。
　　　　今来萧瑟万井空，唯见苍山起烟雾。
　　　　可怜蹭蹬失风波，仰天大叫无奈何。
　　　　弊裘羸马冻欲死，赖遇主人杯酒多。

　　——以上几句，出自韦应物的《温泉行》，遍布惊恐与嚎啕，它们说的是：敬爱的玄宗皇帝啊，你已驾鹤西去，我这样的蕞尔小臣，到哪里还能继续追随你的踪影呢？再来这骊山之下，只见故池空荒，苍山如旧，最可怜的是，就算我仰天长嚎，也无法打消那些淹我葬我的风波，穿的是弊裘，骑的是羸马，如果不是容留我的主人斟酒甚多，玄宗皇帝啊，我也就剩下死路一条了！其时，韦应物习诗未久，还未学会深藏不露，哭便是哭，怕便是怕，但也丁便是丁，卯便是卯，实在也是没办法啊：韦应物此趟骊山之行，仍在安史之乱之时，少年锦袍，早就换作了褴褛粗布，粗布之上，遍布着灰尘和血迹，灰尘和血迹所掩藏的，不过一具惊魂未定的肉身，万井渊中，苍山地底，早已埋掉了过去的国家，还有少年时的他。

　　真正是，欲救风尘，必先葬之于风尘。你道那韦应物是什么人？自大唐始，韦家便是高门望族，所谓"氏族之盛，无逾于韦氏"。他的曾祖父韦待价，曾与薛仁贵一起大败高句丽，武则天时期入朝，任文昌右相。和曾祖父一样，韦应物以门荫入仕，十五岁起即被选作玄宗近侍，是为千牛备身，彼时的不可一世之行状，可用他自己的诗来做证明："身作里中横，家藏亡命儿。朝持樗蒲局，暮窃东邻姬。司隶不敢捕，立在白玉墀。"他当然不会想到，仅仅几年之后，安史之乱一起，自玄宗奔蜀，他便要沦为丧家之犬，哪怕变乱暂时告歇，玄宗已逝，新主却也尽弃了旧臣，氏族便只好日渐跌落，就算硬着脸皮找到一两个故旧，求借贷，问前程，多半也是入不了门近不了身。

只是这样也好,飞阁倾塌之处,流丹积腥之所,正是救赎之所,此为天命,对它的领受其实并不复杂:活下来,再将自己变成自己人中的一部分,就好像,韦应物在魂飞魄散里写下的这首《温泉行》,震动过多少后来人,也使多少人认清和原谅了那些不堪的时刻——第一回被无故羞辱?第一回家道中落?第一回被死亡吓破了胆子?这一切,韦应物全都经历过,而且,他携带着那些羞辱、沦落和惊吓,活了下来,折节读书,又在诗中接续着古道与正统,至此,飒飒风尘这才给我们送来了那个迟早要回来的人。

船山先生王夫之论诗之时,其眼光何止是如火如炬?上至两汉,下至唐宋,诸诗皆如层云,一一入胸,又被他刀劈斧削,仅以五言古诗为例,对王维,他直陈其弊:"佳处迎目,亦令人欲置不得,乃所以可爱存者,亦止此而已。"说孟浩然,他更不留情:"于情景分界处为格法所束,安排无生趣,于盛唐诸子品居中下。"如此高迈之人,却独钟韦应物之五言,就算将韦应物与陶渊明并列,他也犹嫌不足:"少识者即以陶、韦并称,抹尽古今经纬。"在韦应物的五言古诗之中,他最推重的,便是那首《幽居》:

贵贱虽异等,出门皆有营。
独无外物牵,遂此幽居情。
微雨夜来过,不知春草生。
青山忽已曙,鸟雀绕舍鸣。
时与道人偶,或随樵者行。
自当安蹇劣,谁谓薄世荣。

按照船山先生的说法,这首诗,好就好在知耻,且容我也跟着船山先生所言多说几句:人这一世,何为知耻?它当然不是闻鸡起舞,也不仅仅是锦衣夜行,在我看来,所谓知耻,最切要的,便是对周边风尘以及风尘之苦平静地领受,是的,既不为哀音所伤,也不为喜讯所妄,只是平静地领受,当这领受逐渐集聚和凝结,再如流水不腐,如磐石不惊,正统便诞生了,古道也在试炼中得到了接续,这古道与正统,不是他物,乃是两个字:肯定。它肯定了风尘之苦,也肯定了从这苦里挣脱出来的山色与人迹,及至草木稼穑和婚丧嫁娶,唯有被肯定托举,贵贱营生,夜雨春草,青山鸟雀,方才从平静里生出了明亮之色,却又不以为意,最是这一个不以为意,既不拖拽山色强索自怡,也未按压动静一意苦吟,一如诗中最后两句所说,我只是住在了我的笨拙愚劣里,却绝非是鄙薄世间荣华——如果风尘诸劫概莫能外,谁又能说,世间荣华,以及面向荣华的种种奔走流离,不是同样被古道与正统映照的所在?而此等见识,恰恰是韦应物的高拔之处,在他眼里,风尘不问贵贱,肯定不分彼此,而古道与正统的另外面目,还会如微雨一再夜来,也会如春草一再滋生,其中真义,仍如船山先生所说:"每当近情处即引作浑然语,不使泛滥。"

后世论诗,多将王维孟浩然再加柳宗元与韦应物并称,是为"王孟韦柳",理由是这四人均多写田园山水,要我说,这实在是"拉郎配"和风马牛不相及,王孟二人,多有神形相似之处,至于韦柳,显然别有洞天和筋骨,苏轼论及韦柳之诗歌时曾说,柳宗元"发纤秾于简古",韦应物则"寄至味于澹泊",这才是真正的知人,知诗,更知世——那澹泊,看似是谜底,是苦海对岸,实际上,它是客,那至味,才是主:凡我做过的主里,皆有行舟和覆舟之水,皆有呼求和求而不得,一如山水田园,它们是客,我才是主,我既不存,山水田园又将何在? 再如我,此处的我,是叫作李修文的我,每入风尘,都当自己是客,等闲变却,抑或平地风波,我都当作自己是路过和绕道,你们且放过我,我也放过你们,浑不知,那绞缠谁也都躲不过,谁也都放不过谁,所以,在求借贷时,我恨不得和对方是血亲,你信得过我,我信得过你;在问前程时,我却恨不得和对方是陌路人,你对付过去便好,而我也对付过去便是。以上丘壑,便是风尘之至味,这至味里有酸有辛有生有死,却没有一座让你轻易歇脚和祭奠的神庙:我们仅有的神庙,就是继续去做风尘的儿子。

　　所以,韦应物一直是风尘的儿子,既然是儿子,报喜还是报忧,你自己便说了不算,若不如此,你便是那败家子,就算妻子去世,你也得在人前装作无事人一般,背地里,却是"忽惊年复新,独恨人成故"——暂且打住,先说韦应物之妻元苹。韦应物之所以终成我们自己人,首先自然是因为折节读书之功,其次,便是在乱世里娶了元苹为妻,元苹来了,晨昏才变得正当,乱世被遮挡在了门外,乖戾之锋芒才开始渐渐地收拢,自弃的浮浪也化作了蓄势的波涛,而那元苹,自十六岁嫁给韦应物为妻,从未过上一天好日子,最可怜时,一家子人连个住的地方都没有,他们在客栈里住过,在寺庙里住过,在朋友家里住过,三十六岁去世时,连她的葬礼,都是借了别人的房子来举办的,而此时,除了两个未成年的女儿,唯一的儿子还不满周岁,也因为此,韦应物一生难以释怀,此后再未续娶不说,仅在妻丧后的一年之内,他便作有伤逝之诗十九首,就算在几年之后,当长女出嫁之时,韦应物写下的送别女儿的诗,字字句句里,仍有妻子的影子:

> 永日方戚戚,出行复悠悠。
>
> 女子今有行,大江溯轻舟。
>
> 尔辈况无恃,抚念益慈柔。
>
> 幼为长所育,两别泣不休。
>
> 对此结中肠,义往难复留。
>
> 自小阙内训,事姑贻我忧。
>
> 赖兹托令门,仁恤庶无尤。
>
> 贫俭诚所尚,资从岂待周。

> 孝恭遵妇道，容止顺其猷。
>
> 别离在今晨，见尔当何秋。
>
> 居闲始自遣，临感忽难收。
>
> 归来视幼女，零泪缘缨流。

此一首诗，句句都是一个父亲该说的家常话：女儿，你马上就要乘舟远嫁，叫我怎能不身陷在满目悲戚里无法自拔？这么多年，只因你的母亲死得太早，我对你的抚养才日加慈柔，而长姊如母，你也养育了你的妹妹，临别之际，你们二人，又怎能不抱头痛哭？留是留不住你了，而我仍然担心，因为从小就没有母亲的教导，在婆家，你该将如何自处？好在是，你的婆家原是仁慈门第，可能的错误与过失，大抵都能够被原谅，女儿，你也要原谅我，安贫持简一直是我所尚，故此，你的嫁妆，远未能像别人一样丰厚周全，只是女儿，今日一别，我何时才能再见到你？送别了你之后，看见你的妹妹只剩下独自一人，我也只好任由我的眼泪沿着帽带不停滚流——在我看来，这首诗，除了是送嫁之诗，更是告慰之诗，其中句句，除了是在对女儿说，更是在对妻子说：你看，日子没有变得更好，但也没有变得更坏，我们的女儿出嫁了，女儿出嫁了，便是我对你说过的话许过的诺，全都做到了。

古今诗人里，笔下深情万端，行止里却又百般轻薄之人，只怕掰着手指头也数不过来，这韦应物，却绝不在其中，让我们回到妻子刚刚去世的当初，再一次成为丧家之犬，作为两女一儿的父亲，其惨痛惊慌，远甚于安史之乱的少年时，但是，他的眼睛，始终没有片刻离开过自己的孩子，在《送终》里，他写到了自己"日入乃云造，恸哭宿风霜"，也写到了孩子们"童稚知所失，啼号捉我裳"，在《往富平伤怀》里，他忆及当初的好日子，所谓"出门无所忧，返室亦熙熙"，而今天呢？今天却是"今者掩筠扉，但闻童稚悲"，更有《伤逝》一诗，他先是痛诉了自己的"染白一为黑，焚木尽成灰"，却也不忘提醒自己："单居移时节，泣涕抚婴孩。"以上诸句，实在是有信之人写下的有信之诗，古今之诗里，言而有情者常见，言而有恨者也常见，最不常见的，便是那言而有信之人，想当初，在韦应物为元苹亲作亲书的墓志里，他写道："百世之后，同归其穴，而先往之痛，玄泉一闭。"多少人说完这话就忘了，独独韦应物，从未将它当作结果，而是看成崭新的使命刚刚开始：拖家带口，就是同归其穴，育女哺儿，方为玄泉一闭；要想减消先往之痛，唯一的路途，不在九泉之下，而是携带着悲痛，继续辗转于风尘又搏命于风尘，是为有信。正是这不绝之有信，一一秉持，一一验证，目睹了它们的众生才不至溃散，才终于得救——无需花好月圆，无需登堂入室，仅仅一次女儿的出嫁，我们便得以相信，到了最后，我们一定能够从风尘的苦水里脱身上岸。

于我而言，韦应物的诗从来就不在遭际之外，他所写之一树一雁，全都近在眼前和身边，就譬如，大雨中的北京，我匆匆在小摊上买完煎饼果子，奔向对街的地铁站，抬头一看，对面恰巧是弟弟所住的小区，而弟弟此时却一个人远在比利时，如此，我便慢下了步子，韦应物写给弟弟的诗却不请自来："把酒看花想诸弟，杜陵寒食草青青。"在河北小县城的街头，我竟遇见了多年不见的故人，不仅遇见了，他还将我迎进了自己的家门，割了猪头肉，也给我倒满了烧酒，岂非正是韦应物之"此日相逢思旧日，一杯成喜亦成悲"吗？还有一回，我心怀着厌倦寓居在一座寺庙里，终日无所事事，忽有一天，黄昏时，僧众们突然开始集体唱诵经文，声震四野之后，飞鸟们纷至沓来，落在寺庙的檐瓦上，却毫不啁啾，就好像，它们也全都变作了经文的看守和侍卫，我先是被震慑，继而，喜悦也降临了，一如韦应物写给从弟和外甥的诗："闲居寥落生高兴，无事风尘独不归。"

  实在是，甘救风尘之人，风尘也必会救他。韦应物之诗里，何止发妻和故交，如他有难，春寒与秋霜，蓬草和松果，全都会应声而起，再趋奔上前来援救他。在这诸多救兵里，对他最是忠诚的，就是漫漫黑夜：其作现存于世五百余首，关于黑夜之作便有近百首之多，这当然是因为，从一开始，世间风尘便将真正面目示予了他，终他一生，他其实都身在风尘的黑夜深处，而其后又当如何？是方寸大乱，还是强颜欢笑？都不是，终他一生，他都在顺水推舟，有痛有惜，却少怨少艾——既然我注定了只能被风尘赐予黑夜，那么好吧，我便要将所有的风尘全都搬进长夜里来，夜鸟飞掠，我有一声叹息："今将独夜意，偏知对影栖。"与僧夜游，我心一片澄明："物幽夜更殊，境静兴弥臻。"仅以秋夜为例，我忍看了"朔风中夜起，惊鸿千里来。萧条凉叶下，寂寞清砧哀"，却也曾安之若素："广庭独闲步，夜色方湛然。丹阁已排云，皓月更高悬。"你猜后事如何？后事是，在黑夜忠诚于我之时，就像我忠诚于玄宗、儿女和九泉之下，一如既往地，我也忠诚于黑夜，沿着夜路，我一意却不孤行，但见星月在高处，虫鱼在低处，流萤在远处，青灯在近处，越往前走，我便越是觉得无一物不可亲，无一物不可近，也越是理解和原谅了一切，唯至此时，一整座风尘世界才被我搬进了黑夜和身心，我再写下的，唯有理解和原谅之诗：

  独怜幽草涧边生，上有黄鹂深树鸣。

  春潮带雨晚来急，野渡无人舟自横。

  ——说了这么多，到底哪一首诗，才是那首能够救下一整座风尘世界的诗？我的答案，便是这首《滁州西涧》，此处之我，是名叫李修文的我。关于这首诗，我也生怕读错了，常常忍不住去看别人怎么说，有人说它历历如绘，分明一幅图画；有人说它执意从冷处着眼，独得一个静字；甚至有人说它以物寄讽，讽的是小人在上而君子在下，面对如此之论，清人沈德潜嗤之以鼻："此辈难以言诗。"我虽没有沈德潜的意气，却也有自己的知解：这首诗，一如既往，写的是独处，这独处，见识过心如止水，也经得起暗涌突起，它就好似一口古井，当青蛙跃下，当秤砣堕入，它都似见而非见，似迎而非迎:你们只管来,我都接得住;这独处,遍历了风尘里的耻辱,却不将一事一物拖入自己身在的耻辱之中;让胜利的全都去胜利吧,你和我,终将像夕阳,像潮水,像时间,像风尘里无法战胜的一切属于了我们自己。你若晚来急,我便舟自横,你要是春潮带雨,我便是野渡无人,最是这一句野渡无人,你说众生皆苦?我答你野渡无人,舟已自横;你说不见正果?我仍答你野渡无人,舟再自横。境至此境,人成此人,那些霄壤之别,那些天人交战,难道不是被我们在一再的经受中吞咽和消灭了吗?正所谓,欲救世,先救人,人只要救下了,韦应物,这位风尘之子,不就是已经将那救下一整座风尘世界的标准答案偷偷塞给我们了吗?

关于《滁州西涧》,我最深切的记忆,是在多年之前的一个陕北小村子里。那一回,为了一个注定无法完成的电影项目,我提前半年去那小村子里体验生活,但是,自此之后,我和我要完成的项目再也无人问津,期间有好多回,我都想一走了之,又因了各种机缘没有走成,其中的一回机缘,便是因为这首《滁州西涧》。那一天,我原本已经下定决心离开小村子,坐上了去县城的小客车,却听见同车的三两个小孩子在齐声背诵语文课本上的诗:"独怜幽草涧边生,上有黄鹂深树鸣。春潮带雨晚来急,野渡无人舟自横。"一下子,我便呆住了,说来也怪,车窗外焦渴而荒凉的群山顿时消隐退场,我的心魂,却已破空而去,置身在了韦应物任滁州刺史时的滁州西涧边,以至于,等我叫停小客车,重新踏上了回那小村子里去的山路,扑面的尘沙也仍然被我当作了带雨的春潮,那满目的潮气,叫人迷离,更叫人清醒,也不知道是在跟谁说话,反正我一直在说话——你说众生皆苦?我答你野渡无人,舟已自横;你说不见正果?我仍答你野渡无人,舟再自横。

五十分之一:典型的一天[①]

◇ 池莉

这不是最坏的一天,在五十多天的隔离里。

这不是最好的一天,在五十多天的隔离里。

五十多天往六十天奔了,哪一天解封?还是一个变数。医院还有上万确诊病例。可喜的是新增病例逐步减少。"新增"成为千百万人的置顶词,每天睁开眼睛就想看到它。为什么?为什么?为什么是武汉?为什么是我?为什么突然冒出了一种新冠病毒?为什么全世界都开始了可怕的感染与流行?何止十万个为什么!

传染病已经超出了我们对传染和病的理解。生活已经超出了我们的生活经验。

---

① 原载《新民晚报》2020年3月16日,后收入池莉散文集《从容穿过喧嚣》,江苏凤凰文艺出版社,2021年4月版。

世界也已经超出了我们的世界观。蜗居于四面围墙小小斗室,四肢受限,大脑活跃,一不当心就会引发追问。可是,追问有意义吗?追问无意义。追问常常四面碰壁,纷纷落地,还是囿于自家的斗室之中。处于巨大漩涡中间的一根稻草,除了被暗中那股强大力量支配得团团转,对于漩涡的深浅大小一无所知。究竟发生了什么事呢?这个病毒、这个小小的连活生物体都算不上、仅仅只是一枚蛋白质分子的片段,竟然如此强悍?为什么?难道人类就只能这样退避三舍、作茧自缚、束手就擒?深想不得!

如果说五十多天好难过,最难过的在心里。

正如武汉许多人都发明了自己的抗疫神器,我的神器应该是最笨拙的:类似鸵鸟政策。既然网络传播的引擎优先特性,特别容易利用人们的天性——天生喜欢注意显著的事物、强烈的情绪、夸张的词语、耸听的危言、语惊四座的轻率结论,以骗取点击与收割流量,那么,我高度节制刷屏。既然我对漫天信息的真假不掌握,那么,我掌握自己的手指:直接删除某些,选择点击某些。先质疑,再信任,三思后行,以免自己负反馈过强,成天胆战心惊。也坚决不转发血淋淋的视觉惨状,以免贻害万方——人类是血肉之躯,大多数人是承受不起视觉以及听觉惨状的,负反馈会助纣为虐,对身体有着直接伤害和暗示性征服:让人感觉自己周围充满了新冠病毒,没病都觉得要病了。如果说隔离封闭的五十多天好难过,最难过的也在这里:每时每刻看手机都战战兢兢,紧紧张张地控制自己手指,许多信息,第一时间想赶紧分享出去,转念又觉得不可随意转发。我总希望自己能够爱护一个人就爱护一个人,可谁知道我这是不是一叶障目或者掩耳盗铃呢?一天之间,情绪起伏不定,心乱如麻。

这不是最好的一天。也不是最坏的一天,这是最典型的一天——

早晨:噩梦醒来是早晨。要愣怔好一会。梦的残片里,往往还有新冠病毒残害人类的种种罪行。我得摆脱它,祛除它。动起我的胳膊腿,动起来!活动起来!从涌泉到丹田,再往上到哑门到印堂,按摩穴位——我用中医护体,用西医治病。

然后:打开手机。颇有节制但肯定要看。主要是全家老少亲朋好友都在这里。直接删除了不少信息以后的信息,还是足以令脑海万马奔腾。再愣怔好一会儿。喂喂,走起——我喊醒我自己,使劲拍手,就像从前我呼喊我的狗。

然后:团菜。团菜与网购,忙起来!"团"字空前火,具有多功能:名词是蔬菜团、水果团、排骨团。动词是开团了,团到没?生活中有各种缺乏,就有各种的团。团了这个团,再团那个团。接龙。扫码支付。发截图。核对。一遍又一遍。眼花缭乱。感谢饥饿!假如没有饿了要吃饭的超强动力,假如没有必须亲自动手才有得吃的被迫劳动,假如不是一日三餐占用了大量时间,有效转移了注意力和消耗了一些体力,漫长的居家隔离将会怎样度过?感谢饿了要吃饭!

然后:前天团的蔬菜到了。一到就是一大袋,十几斤,五六种。面临巨大考验:冰箱就一个,空间就这么大,如何分层叠放,才能够全部塞进去。不同蔬菜如何不同打理与包装,才能经久耐吃?土豆有发芽迹象,不行!防微杜渐,挖掉芽芽,用火烤烤,保鲜膜单个包装,搁冰箱7度处。这一次,如果说已经学到了什么,就是切切实实明白了粮食的无比可贵。武汉城市功能已经停摆,不少蔬菜是其他各省的援助和捐献,是无数人的心血和心意,每一粒粮食都不可以浪费!浪费就心疼。浪费就是犯罪。

然后:消毒。用注射器准确配好84消毒液。室内进出口各处,室外公共楼梯间、电梯间,一一喷洒消毒,尽管物业每天也进行了消毒,还是会周密地再次来过,亲自动手,方才放心。重点是卫生间与马桶。据说有粪口传染,但是一直未见化粪池与管道的排查,我只得排查自家,堵塞那些疑似没有沉水弯的直排地漏,脑子里总不免要想起17年前香港淘大花园传播SARS病毒的教训,总是不免要反复提醒自己:不怕一万只怕万一啊。

午后时光:报平安与问平安时刻。每天与父母电话,与亲朋好友微信,叮嘱一线医生朋友做好个人防护,请染病住院的朋友加油啊康复啊。还有远方的,国外的,平时都不大会紧密联系的,现在几乎每天问候,不见字不放心,虚拟空间,也不见不散。

然后:在夜色中静坐,远望空茫,心中冉冉升起祝福的默念,这些日子以来,不幸太多了,恶毒太多了,仇恨太多了,愚昧太多了,不信任太多了,争论太多了,乱七八糟不着四六太多了,因此也就发生了忍痛拉黑多年老友的事,各种各样形形色色信息的轰炸太多了,也就导致了不停爆粗口——我要求自己静下来静下来静下来——我要用我今天的全部存在去感知人类善意,送给你们;我要用我这一天的全部行为作为对苍天的祈求,送给你们:平安!请你们务必平安——@所有人——我的所有人!

夜晚:22点之前关掉手机。别过手机,隔绝掉手机蓝光。再听听音乐,再写写笔记,再看看书,努力入睡。希望不再有噩梦。但愿一切智慧与黎明同醒。

2020年3月15日

即使雪落满舱(节选)[①]

◇ 塞 壬

我时常在梦里听到一双钉了铁掌的靴子发出"噔噔噔"的声音,那声音由远及近,它伴着恐惧、压迫,一声逼近一声,最后踩进我的额头,踏破梦境。睁眼,手握成

---

① 原载《中国作家》2020年第10期。

死死的拳头,心跳急促,而梦境清晰依旧,在它刚刚消逝的瞬间,留下一串渐次减弱的震颤使我眩晕。等到灵台清明,我还是要花很长一段时间费力地去绕开它,为的是遏止恶劣的情绪漫漶。无法诉说,没有人能从精神的内部来慰藉我,漫长压抑的童年,寂郁的少女时代,最终,我在阅读中找到了消解。我似乎很早就意识到,人可以依赖冥想活着,构建一个属于自己的世界,然后整个儿地缩在里面。我希望它能够阻挡门外热水瓶摔在地上炸碎的声音,暴烈的父亲,他的怒吼,母亲瑟缩着啜泣,年幼的弟弟,他扯着喉咙发出尖利的哭嚎……全部,把它们挡在我的世界之外。在那样的年纪,我是如何练就了一副冷心肠的?一个人的自尊在长期对抗自我的脆弱时,内心就会结出一种类似盔甲的硬壳,看上去冷酷、麻木、不顾他人死活。这是我青春的叛逆。很多年之后,我再看那个时期的照片,很多张,我,撇着嘴角,空漠的眼从来不看镜头,鼻孔发出轻蔑的一哼,脸,厌倦着一切。我曾尝试用文字去面对它,或者说去面对尘封在内心角落的那个自己,可我疑心,一旦付诸文字,最后呈现出来的是另一个模样。很本能地,文字会朝着情绪化、自我辩解、自我粉饰的方向。篡改,无非是遮蔽的另一种形式。然而,很长时间以来,我竟至发觉,即使是遮蔽,那也是真实的一部分。包括,即使我虚构的是另一个自己,那也是我心里希望的样子。

那双钉了铁掌的靴子是我父亲的,那是一双长筒牛皮靴。它的材质有天然的光泽与质感,锃亮、漆黑、沉默。摆放在那里,竟有轩昂的不凡气度,类似于某种男人的品格:伟岸的将军,不朽的战神,抑或心怀天下的英雄豪杰。那个时候,父亲跟那一代的年轻人一样,喜欢一个日本电影明星,他叫高仓健,那一代人,喜欢他,皆因那部叫《追捕》的电影。我想,父亲在穿上那双长筒靴的时候一定是有了杜丘的代入感,他时常穿着它,铁掌发出的声音让他萌生了凌驾他人的意志。父亲是一个身材矮小的人,刚及一米六零。矮,是他终生的忌讳,逆鳞,不让人碰的。自卑与狂妄,不加掩饰。我相信父亲是一个痛苦的人。他仅穿三十七码的鞋子,然而那靴子最小却只有三十九码,明显大了,前面空出一截。在八十年代中期,一双一百多块钱的靴子,父亲眼睛都不眨地买下了。他把长裤扎进长筒靴,那靴子竟没过了他的膝头,快要到达大腿的部位,远远看着,他的下半身,仿佛是从靴子开始的,看上去丑陋而怪异。父亲趾高气扬地穿上它就脱不下来了。那么多的日子,伴着他说着凶狠的话,变形的脸,目眦欲裂,他愤怒地在屋子里来来回回地踱着步子,铁掌在水泥地发出的声音,那声音,于我,真像是一场噩梦——他打了母亲。我用双手捂住弟弟的眼睛,缩成一团。

我最后看到那双靴子是很多年后的事情,它被扔在废弃的阁楼里,跟一堆缺腿的桌椅、旧自行车、不再使用的缸和有裂纹的陶罐们待在一起。那靴子的脚脖子扭得面目全非,像两只畸形的老树根。左边的一只,鞋尖处斜昂着头,没法着地,右边的那只,右侧严重磨损,脚背处折痕太深,快要断了。它们都无法站立,铁掌已锈。这是一双备受摧残的靴子,它承载着父亲太多的乖张、暴戾和喜怒无常。我所能忆起的有关这双靴子的那些岁月,父亲折磨着我们所有的人。

这双靴子仿佛为我找到了一种述叙的调门。写作十五年,关于父亲,这个离我生命最近的人,我却迟迟落不下一个字。起先缘于家丑不可外扬,讳莫如深。毕竟父亲有牢狱的经历。而后,我却又始终没有准备好去面对那个时候的父亲和我自己。一想到,或者一梦到,我都是极力去绕开,拼命往里缩。长期以来,我以为这个往里缩的空间还很大。然而,三十年过去了,人世沧桑,几遭起起落落,一生飘零异乡,最终也只落得浮生寄流年,虚掷了光阴。一切外在的,俗世的荣辱、毁誉,于我,皆已是风中之物。而今,我之所以去写它,除了一种佛性的释然之外,我还认为,不论是父亲还是我,在面对他入狱这个事件之时,皆不能以一个丑(即耻辱)字去定义。相反,四十岁的父亲和十六岁的我,在那个事件中认识了彼此,我们重新建立了一种人世间最宝贵的关系:父女。我最终没有抛弃父亲,我向他伸出了手,并抓紧了他。那件事不再是我们人生的污点和耻辱,而是一次重生的艰辛历程。我想起杜拉斯的《情人》,她写这个小说已进入生命的暮年,而这个她在十六岁就遇到的男人,是她终生难忘的情人,她为什么要捱到古稀之年去写这个让她终生难忘的人?之前,我对此很疑惑,然后现在懂了。她应该找到了一种合适的表达,赋予这个故事在她的生命中无可取代的光与不朽,要做到这一点,需要时空的距离,需要那种历尽世事沧桑之后仿佛又回到原点,重新对过往的打量,以及日日积累的情绪等待临界喷涌而出的那一刻。现在,这双靴子,这个破败而又衰老的实物,我在心里攥着它,眼前浮现出父亲中风初愈时的那张歪斜的脸,那张写满现世已然走到尽头的哀绝的脸。惶惶然,竟莫名想到大限二字,一阵心惊过后,泪腺犹如受了暴击一般,滂沱不止。

村小备忘录①(节选)

◇ 温新阶

/ 村 小 /

村小办在覃氏祠堂里,那个时候,有很多祠堂都放了学校。

高高的砖墙,翘檐斗拱,站在青石板铺成的天井里,望到蓝得令人心悸的一片蓝天,间或有像棉絮一样一缕一缕的白云飘过。

从屋脊铺向天井的黑瓦上,长满了瓦松。

天井通向墙外有暗沟,为了防止堵塞,暗沟里养了乌龟,它爬去爬来,就疏浚了

---

① 原载《星火》2020年第4期。

暗沟。常常天气闷热将要下雨时,乌龟从暗沟里爬出来,伏在天井里,学生们觉得新奇,有人找来一根竹竿,去碰乌龟的硬壳,它依然一动不动地趴在那里。

门口有一对石鼓,清早或者是放学后,常常有老师坐在石鼓上,望对面的山,看一队一队的娃娃们迎着朝阳来上学或者是背着书包离开学校。

那几年,学工学农学军,学校有农田,师生一起种的,卖了粮食,作为勤工俭学的收入,用来改善教学条件。农田播种前,学生上学都带着牛粪。那天坐在石鼓上的是曹文阶老师和覃洪明老师,每人手里端着一杯开水,曹文阶老师对提着牛粪的学生说:"把牛粪担到地头去。"谁都没想到他来这么一句书面语,两个人忍不住大笑,开水从摇晃的杯子里溅出来,烫了他俩的腿,打湿了他俩的裤子。

曹老师文学天赋很好,后来写过长篇小说《山花报春》,但是生活能力却不敢恭维,他的洗脸毛巾和洗澡毛巾都被他弄成了黑不溜秋的,为了以示区别,他在挂毛巾的板壁上分别贴上了"浴巾""洗脸巾"的纸条。

覃洪明老师后来去了银行,一家四口,他一人拿工资,还供出两个大学生,要是继续教书,怕是很难。

祠堂已经破败,挨着祠堂另外修了一栋新房来作为教室,两层楼,八间教室,学校只有六个班,还有一间放了乒乓球台,我和范自赋老师常常对阵,家住附近的退伍军人覃发金常来参与我们打球,他的球技好,发的旋球我们接不住,琢磨了许久,才可以接住他发的球。

我教六年级语文、四年级算术,全校就我一个人用普通话上课,周围的群众常常站在操场上听我上课。其中有一个长辫子的姑娘来得最勤,她总是站在操场边的杨树下谛听,每每看到值日老师走到校铃下已经拉住铃绳快要打下课铃时,她就飞跑到学校门口的田地里去了,我没有一次看到过她。

学校门口不远有一口水井,死水,一下雨就很浑浊。要吃好水就要到两里地外的矮子冲去挑,挑水成为了我们生活的一部分。挑水多是在清早学生没有上学或者学生放学以后,清早的时候,朝阳越过那片杉树林,照射在学校白墙上,用大红油漆刷在墙上的教育方针在阳光下熠熠生辉。我们挑着水桶,踩着露水往矮子冲而去,挑满一担水往回走的时候,用一片葵花叶覆在水桶上,防止水荡出来,扁担在肩头忽闪忽闪,一路轻歌一路笑语。学生放学后,我们也去挑水,一桶晚霞,一桶夕阳,一个愉悦的黄昏就停歇在我们肩头。挑着一担水上了学校门口的台阶,厨房的菜香随着晚风飘散出来。赵校长是一个高级厨子,腊肉炒豆豉、鲊辣椒炒肥肠、清炒南瓜、面粉拖花椒叶、凉拌木耳、西红柿蛋汤,色香味俱全,一担水倒进水缸,哗哗的水声,听着悦耳。洗过手,上了餐桌,才发现有酒,包谷烧,劲大,不上头,就是赵校长从家里带来的。乡村小学,青菜是园子里种的,其他的菜是各自从家里带的,各家的好东西在这里汇集,各自的厨艺也在这里展示,还都有几个拿手好菜。区里乡里来的领导都喜欢在我们学校吃饭。

教工宿舍都放在祠堂里,房子老,砖墙黑瓦,黑夜中,峭楞楞的影子有几分可怕。夜深人静,常听着窸窸窣窣的声音,都说是老鼠,放了老鼠药,没见着药倒的死鼠,等星期天回老家后再回学校,床上竟然有了什么动物的毛发,经过几天的仔细侦查,竟然是黄鼠狼!

于是,请来常跟我们打乒乓球的覃发金做了一个笼子,我们花钱买了一只鸡,放在笼子里。这天半夜,黄鼠狼果然就关在了笼子里。覃发金把黄鼠狼抓出来剥皮,我们负责杀鸡做菜,几个人吃鸡肉喝包谷烧,半夜才安静下来。覃发金提了黄鼠狼皮回家,说要做一双手套,他独自一人走在夜色里很有几分勇士的味道,四周树权参差的影子举向天空,天幕好像搁在这些树权上。

老师们的寝室里从此安静干净了,每到夜晚,从窗户的丝绵纸上透出温暖的灯光,有时还有伏案写作的人像的剪影。几个老师年轻,有使不完的劲,趁着夜晚改作业,出试卷,刻蜡版,用油印机印试卷,及至半夜,竟无倦意。走出来,站在天井里,仰望夜空,有时星斗满天,有时弯月西斜,有时还从天井刮进一阵风,带着青草的气息,带着包谷或者水稻的芬芳气味,让我们感受生命的真实,自然的美好。

……

/ 老　师 /

陈祥茂师范毕业就分配在响潭园小学任教,据说他出身不好,才分到了偏远的响潭园。

那时,我上五年级,陈老师教我们算术。

陈老师字写得很好,一笔一画,很工整,从黑板左边写到右边,一行字平平整整,不往上扬,也不往下拉。

陈老师是县城人,说话跟我们响潭园有区别,几乎没有卷舌音,比如说话他说成"索话",天天向上他说成"天天向操"。大家一下课,就学着陈老师,"索话呀索话呀,一言不发的,怎么能够天天向操呀",后来被肖校长知道了,把我们训了一顿,我们再也没有学过陈老师说话。

没想到,时隔半年,大雪纷飞的冬天,陈老师跟我们大队胡书记的妹妹谈上恋爱了,不久,就入赘胡家做了倒插门的女婿。

记得陈老师结婚是初春的一个周六,柳枝还没有发芽,山上还只有开花最早的山胡椒绽开了星星点点的黄花,学校的几位老师背着新被子,提着暖水瓶、洗脸盆到胡家贺喜,陈老师给每人发了两颗喜糖、一支烟,还说,你们如果不忙就留下来吃饭。老师们都说忙,一个两个都走了。

回来的路上,一个老师说,这陈老师在胡家未必有好日子过。别人问他为什么,他说,你们等着看吧。

那时的大队书记虽然是大队的一把手,平日里也是在生产队劳作记工分的,年终大队有少许补助,自然比不得月月拿工资的陈老师,胡书记就想陈老师对家里有所贴补。但他没想到陈老师小两口要过日子,县城还有四口人指着他这份工资,他恨不得一分钱掰成两半花。每笔收入支出都是记了账的,即使一盒火柴都有账可查。有一次开会,别人无意中翻看了他的笔记本,看到了别人找他借东西的记载,其中有一条叫人印象特别深刻:

肖心源(我们的校长,笔者注)借针一口(是弯的)。

这一条记载很快在全公社的教师中传开,都知道我们响潭园小学有一个吝啬的陈老师。

时光荏苒,我小学毕业上了初中,初中毕业上了高中,高中毕业时大学早已停止招生,我成了一名回乡知识青年,准备在家乡晒黑皮肤炼红思想。那一天,公社的文干找到我,要我去竹园荒小学任民办教师,而竹园荒小学原来的老师正是陈祥茂老师。

我是踏着正月的冰雪去竹园荒小学报到的,寒风料峭,雾锁山峦。陈老师见自己的学生又当了老师,自然高兴,午饭还炖了火锅,炒了腊肉、豆豉土豆丝之类的荤素菜肴,我很感激陈老师。

吃完饭开始交接,一盒粉笔、两支蘸水笔、三个备课本、一盏煤油灯等都一一做了交接,最后,陈老师说,今天的午餐共计开支二元二角五分,我们两平分,你付我一元一毛二分,我多出一分。

那时的民办教师一个月国家补助十八元,我上班第一天,还没有领到钱,身上几无分文,只好给陈老师打了欠条。

交接完,陈老师要赶到新的学校去,我送他出门,突然下起了纷纷扬扬的大雪,我要把我背被子来时搭的一块塑料薄膜给他,他说啥也不要。

不久以后,在公社开会,我才还了陈老师的一元一毛二分钱,陈老师又说:上次收东西时一把刷锅的旧刷帚收掉了,下次开会给我带来。那把刷帚我已经扔了,下次开会,我买了一把新的给了他。

胡书记希望陈老师补贴家用的希望彻底落空,矛盾逐渐公开化,并且不断升级,以至于上升到肢体冲突。有一年正月初三,陈老师来到我家,说胡书记打了他,他气愤地述说打他的经过,还忘不了对胡书记的行为予以批判:"毛主席说,不称霸,他书记还打人。"我们尽力相劝,但还是没有把他劝回去。

正月初三,他就在凛冽的寒风中一个人去了学校。

后来，我上了师范，毕业后分配在乡里的中学任教，每年暑假全乡教师集中培训时，看到陈老师比过去苍老了许多。我见到他，总要跟他打招呼，问他现在的身体状况。其实，他是一个好老师，对工作负责，对学生热情，所以，他的教学质量高。又因为他服从安排，偏远的地方新开办的学校总是他去打基础，基础打好了，调了别人去，他又被调到更偏远的地方去。我上小学时，他还在全公社的中心学校响潭园小学任教，我师范毕业以后，他已经被调到了和邻县交界的祝家沟小学。

他依然无怨无悔，依然面带笑容。

后来，我调到县上市里，再也没有见到陈老师，每每见到我原来的同事，都要打听陈老师，他们的介绍令我大吃一惊。他们说，陈老师退休后，每年资助三个初中生，支持他们完成中学学业，不光是给钱，还定期召集他们汇报交流成绩和体会，开完汇报会，还要请他们"撮"一顿，他还每学期家访一次，跟孩子们的家长交流沟通……

我和那些昔日的同事讨论，是什么使悭吝的陈老师变得如此大方呢？他们说，是因为收入的变化吧，那时工资低，他是家中老大，要养活一家四口人，不悭吝没有办法呀！现在负担没有了，工资收入是我们上小学时老师工资的一百多倍，陈老师就老想做点正事、善事。

是啊，陈老师内心有一盏善良正直的灯盏，在那困难的年月，这灯盏几乎熄灭，在生活水平大幅提高的时候，这灯盏再次点燃，并且放射出越来越灿烂的光芒！

去年过春节回到老家，听说陈老师已经辞世，对于还没有资助到中学毕业的学生，他把钱安排好了交到了中学校长手里，他留给儿女的遗产是他一直舍不得丢的一大摞教科书和备课笔记……

第三部分

报告文学

全景、在场与审美表达
——2020年湖北报告文学（非虚构）创作综述

> 2020年是湖北报告文学（非虚构）创作的丰收年，作家们立足新时代社会语境，围绕"抗击新冠肺炎疫情"和"脱贫攻坚"这两个主题，对报告文学（非虚构）写作的现实主义风格、人文精神内涵、生命在场意识和艺术审美特色进行了深入探索，创作出一批具有较高艺术价值的作品，为"中国故事"的当代书写做出了巨大贡献。

一、时代命题的全景式记录

2020年初爆发的新冠肺炎疫情对全人类的生活产生了非同寻常的影响，亲历疫情的湖北作家以英勇无畏的"逆行者"姿态行走在抗疫一线，对这一人类命运史上的重大历史事件进行了真实记录，彰显出深厚的生命情怀。刘诗伟、蔡家园的《生命之证——武汉"封城"抗疫76天全景报告》（以下简称《生命之证》）入选"2020年中国当代文学最新作品排行榜"，两位作家以真实、冷静、细致的笔触对武汉抗疫期间的生活进行了全景式描写，将国家的宏观决策与指导、抗疫英雄们的奉献和牺牲、社区工作者和志愿者们的紧张与忙碌、患者及其家属的经历与心情、普通市民的恐慌与坚守……汇聚在一起，力求尽可能客观地展示这场"战疫"行动的每一个层面，使每一种生命体验都能被听见、被看到，呈现出"武汉战疫"的整体性过程及意义，用文学的方式为这场抗疫战争留存了原生态的档案，并对之做出了超越个体视角的深入思考。两位作家秉持着求真和求证的精神深入到抗疫一线，呈现了大多数人并不熟悉的一线抗疫英雄的真实状态，如与死神"跳贴面舞"的"插管队员"、被称为"黑夜提灯人"的护士、火神山雷神山医院的建设者等；而对于大家在新闻里看到比较多的钟南山、李兰娟、张定宇等抗疫英雄，两位作家则选择将其还原到疫情进展的整个过程中，着力展示科学家精神在关键时刻的力量和表现，给人们更多的人生启迪。

湖北省作协组织全省五十多位作家参与写作的抗疫报告文学《较量——2020湖北保卫战纪事》，同样将目光聚焦于武汉抗疫行动的全过程，通过"武汉加油""举国援鄂""守望家园"和"大爱荆楚"这四个章节，汇聚了院士专家的为国出征、医护人员的身先士卒、定点医院里的紧张奋战、援鄂医疗队的侠义豪情、方舱医院的修建与使用、逝去患者的痛苦与悲伤、社区工作者的坚守与忙碌、各界人士的家国情怀……作家们依据亲历性体验和个案式深入采访还原武汉抗疫行动的真实全貌，呈现各行各业、各条战线上一个个鲜活个体的生命状态，彰显文学记录现实、追问现实的价值。

同样是书写"抗击新冠肺炎疫情"这一时代命题，程文敏编著的《抗"疫"者说》采用采写和自述的方式，以湖北省咸宁市为中心，真实还原了抗疫胶着期政府、医护、公安、民政、教育、交通、农业、媒体等各个领域、各行各业的抗疫场景和一线故事；沈嘉柯的《生命摆渡人》详细讲述了志愿者汪勇参与抗疫活动的全过程，包括他如何下定决心接送医护人员、如何组建车队和志愿者队伍、怎样对接各方力量解决各种问题，以及他个人的成长经历；周芳的《英雄有泪》以"五滴泪水"为线索，串联起孝感中心医院和孝感东南医院的医生、护士们的坚守；普玄的《他们的名字叫美德》记录了"美德志愿者联盟"在抗疫期间的奔走和行动，再现了武汉抗疫期间广大志愿者的无私奉献；肖静的《剪一个春天来》讲述了残疾人美发师宋忠桥志愿为医护人员理发，还设计了一款适合医护人员的发型的故事；戴军的《岭上梅花开》记录了江夏区妇幼保健院的涂岑梅医生在侨亚医院奋战58天的抗疫经历；罗胸怀的《在隔离病房披荆斩"疾"》《云南医疗队在赤壁》采写了赤壁市人民医院医护人员的战疫工作；孙剑的《绽放"疫线"的"迎春花"》讲述了湖北省嘉鱼县鱼岳镇樱花社区龙梅同志的社区抗疫故事；彭定旺的《一个湖北人的封城笔记》从一个湖北人的日常生活入笔，反映了老百姓在疫情期间的真实状态；马亿的《黄冈"封城"日记》以返乡者的视角记录了黄冈封城以后的家庭生活；付开琦、万华伟的《最寂静的温暖》叙述了荆州市沙市区崇文街办的抗疫工作；杨国庆的《"自有青青松柏心"》聚焦黄冈市老艺术家们的文艺抗疫行动……这些作品将抗疫书写铺设到医院、社区、家庭等各个场域，记录下一个个感人的瞬间和各种真实的生命体验。

除了抗击新冠肺炎疫情，2020年还是决胜全面建成小康社会、决战脱贫攻坚之年。至2020年年底，湖北脱贫攻坚工作取得了突破性进展，现行标准下37个贫困县全部摘帽，4821个贫困村全部出列，581万建档立卡贫困人口全部脱贫，这些成果凝聚着无数干部群众的心血，也演绎着各种动人的故事和人生。这些都在作家的文字中得到了真实的记录和呈现。朱朝敏的《百里洲纪事：一线脱贫攻坚实录》（以下简称《百里洲纪事》）把脱贫攻坚的国家政策、底层人民的真实生活和作家个人的生命体验糅合在一起，在反映时代文化心理和探寻精神救赎方面进行了深入挖掘，建构了丰富的现实主义审美意蕴。作家从百里洲的历史和地理环境追溯了这个特殊地域对人们生活方式的影响，同时选取了百里洲脱贫攻坚工作中的十二个故事，以个案探寻的方式深挖鳏寡孤独者、贫困独居者、留守儿童、身体残疾者等底层农民在面对命运时的选择、困惑和出路，也记录了精准扶贫工作者在面对不同贫困户时采取的方案、投入的情感和深入的反思，由点及面地折射出中国脱贫攻坚工作的巨大成就，也深刻探讨了当下乡村在发展中遇到的历史问题和现实困难，引发人们对脱贫攻坚的深切关注与思考。

在对"脱贫攻坚"这一时代命题的书写中，覃太祥的《来自武陵山的报告》以农民的视角对恩施土家族苗族自治州的扶贫工作进行了全景式描写，详细记录了全州产业扶贫、文化扶贫、旅游扶贫、教育扶贫、医疗扶贫、易地搬迁、驻村帮扶所取得的成就。罗爱玉的《龚店村脱贫记》讲述了湖北省作协扶贫工作人员通过抓好党建工作、改变思想观念、不辞辛苦解决问题、注重精神文化扶贫等方法，将龚店村从省级贫困村改变为"全国文明村""全国民主法治示范村""湖北省新农村建设示范村"的全过程。罗胸怀的《苏醒的村庄》叙述了张司边村通过乡村旅游带动一系列产业从而脱贫致富的故事。尔容的《温暖》《黄茂兵创业记》聚焦村民个体，描写少年杨萧辉、残疾人杨仕军在扶贫工作中感受到的温暖，以及青年黄茂兵在村干部和扶贫干部帮助下的创业幸福。脱贫攻坚工作的推进离不开扶贫干部的付出与奉献，作家们在记录贫困村脱贫致富的同时，也纷纷将目光投向这一群体。晓苏的《去一个叫龙坪的地方》记录了保康县文旅局扶贫干部孟娟去探望自己负责的五户贫困户的一天行程，既写出了各家贫困户遇到的问题及问题的解决情况，也突出了孟娟对自己所帮扶的贫困户的深厚情感。杨义祥的《扶贫之路让我欢喜让我忧》讲述了自己如何帮助贫困户求医、追债、就业的故事和对进一步深入推进精准扶贫工作的理论思考。孙剑的《投我木桃报琼瑶》以湖北省嘉鱼县陆溪镇邱家湾村扶贫专干杜群瑶为采写对象，记录了她加班奋战摸清贫困户信息、调解贫困户纠纷、承担风险为贫困户贷款做担保等事迹。作家们将笔触深入到脱贫攻坚工作的每一个环节、每一个群体和每一个细节，真实地呈现出这一工作的全过程。在这个过程中，每个个体的生活和命运都紧密相连，成为承继历史、深耕当下和构建未来的命运共同体。

此外，王敬东、朱向军合著的《"华龙"腾飞》选取了"工业题材"这一时代重大命题，以八个篇章约三十六万字的篇幅全方位、多角度地记录了我国自主创新、自主创造、具有完全自主知识产权的三代核电技术"华龙一号"的腾飞之路，讴歌了"两弹一星"精神和新时代核工业精神。同时,该书还塑造了"华龙一号"的参与者、经历者、见证者群像,充分展现出科技工作者们为国争光、独立创新、无私奉献的精神与情怀。郭良原的《开始:我的六十年》回顾了自己多难的童年、求学的少年、立足诗坛又进军媒体的人生历程,通过个体命运的变化折射出一个时代带给个体的巨大机遇,彰显出"个体命运永远与国家命运血脉相连"的理念,为后来者的人生拼搏留下了不可多得的启迪和警示。杨国庆的《花甲耄耋霞满天》记录了湖北黄冈师范学院副教授林桂生从花甲之时到耄耋之年二十多年专注公益教学、奉献社会、提升书法技艺、推行规范汉字的事迹。罗胸怀的《为志愿军烈士寻亲》讲述了人民警察余发海从2005年开始为羊楼洞142位烈士寻亲的经历,抒发了和平年代人们对于烈士的尊重和敬仰之情。这些作品从不同领域入手,记录着社会发展和时代命题对人们的召唤,用文字勾勒出一代人的生活与记忆。

二、深入生命的在场式书写

报告文学是一种生长于社会生活土壤的文学体裁,它及时感应、呈现并参与不断发展变化着的社会生活,彰显出鲜明的现实主义风格和强烈的历史使命感。近年来,非虚构写作的兴盛引起了人们对于报告文学这一文体的重新关注。虽然非虚构写作目前还存在很多有待深入探讨的命题,如是否存在"非虚构文学"这一说法、如何区分非虚构写作在不同学科领域中的共性特征与个性化特征、怎样界定非虚构与报告文学之间的关系等,但当我们暂时搁置概念上的争议,就会发现非虚构作为一种写作态度和写作方式,在某种意义上其实是对文学写作"真实性"的重新召唤,因而与报告文学的创作理念根系相连。与此同时,非虚构还强调了作家本人的在场式书写,要求作家深入到书写对象和写作者本人的心理层面,去探索内在的生命感悟和精神世界,从而呈现动态发展着的、更加完整丰富的生命状态。这种具备一定革新意味的文体意识和创作理念,在2020年湖北报告文学(非虚构)创作中成为大部分作家的自觉追求。

《生命之证》的两位作者亲赴武汉抗疫前线42天,既深入到无数医生、护士、患者、志愿者、社区工作者、公务人员和普通市民的真实生活,也不断向内体察自身的情感思维变化,从恐慌、愤怒、沮丧写到理解、同情、怜悯,再写到温暖、力量和希望,最终确认了生命至上的文明根基和价值意义。两位作家一开始就提出"面对疫情,尤其是特大疫情,人类免不了被打回生命原形。这不是休止也不是终结,倒是有可能以生命为起点,直截了当并毋庸置疑地生发和确认真理的逻辑,从而把人类的真理重新叙述一遍"的深刻见解,并在这一哲学思考的引领下去探寻人类命运重大历史事件中个体的内在生命体悟和信念重建、人与人之间的命运相连和休戚与共、现代文明的忧患与危机、社会生活方式的重新建构等生存命题。类似的思考和感悟贯穿文本始终,充分体现出作者不是以旁观者的身份而是以亲历者的身份和我们一起经历了"战疫"的整个过程:一起体验最初的恐慌、愤激和忧伤,一起见证医护人员的英勇与无畏,一起感恩国家"把人民群众生命安全和身体健康放在第一位"的决策,一起感受社区工作者和志愿者们的忙碌,一起思考人类在苦难中对文明和诗性的坚守与向往,一起慨叹战斗中生长起来的积极因素对于我们彼此搀扶对抗瘟疫的重要意义……正是两位作家从人类命运历史大局着眼的客观写作态度和他们发自内心的真诚,使这种在场感和介入性呈现出更加丰富、多元的生命意识,带给读者强烈的情感共鸣和深刻的人生体悟。

在对"战疫"行动的在场式书写中,周芳的《英雄有泪》延续了她鲜明的非虚构写作风格,以充盈的情感提炼出"哭泣也是一种力量"这一主题,将重症医学科专家还原成对患者关爱、对亲人眷恋和因同行逝去而迸发悲伤的鲜活个体,描写了支援湖北的女护士对家人的不舍,一线医护人员因为防护服被刮破而带来的紧张和强忍着胃部不适吞咽下即将喷涌而出的呕吐物时的困窘。这些无法回避的泪水,正是英雄们重新焕发勇气和力量的生命之源,也承载着作家构建自我与生活关系的又一段心灵之旅。《抗"疫"者说》的编著者程文敏在书的序言中明确提出"要发动一场抗'疫'战士记录抗'疫'一线人和事的写作战争"的写作初衷,正因为是"我手写我心",抗疫一线的战士们生动细致地写出了自己的真实体验和情绪:有对那些明哲保身、自私自利者的不满,有面对违规蛮横者时的委屈,有被"问责"后仍奔走在抗疫一线的担当,有滞留家乡主动推行中医治疗的专家的使命……这些抗疫战士发自内心的在场式讲述从不同侧面、不同角度书写了大疫之下万众一心抗击疫情的感人故事,也从普通人的视角展示出生命至上、举国同心、舍生忘死、尊重科学、命运与共的伟大抗"疫"精神。沈嘉柯的《生命摆渡人》挖掘志愿者汪勇的心路历程,写他最开始进金银潭医护人员需求群的目的是想多了解一些信息来保护自己和家人的安全,接送第一个护士时头都不敢回、腿在发抖,后来开始意识到大家的命运是捆绑在一起的:"我觉得他们如果一崩,我的小家也会随着覆灭,我不可能跑得了,这种疫情怎么可能跑得了?绝对会出问题。"于是在志愿接送医护人员的行动中逐渐积累起经验、勇气和智慧,组建包括小汽车、电动单车、滴滴网约车在内的综合出行用车车队,对接商家为医护人员提供盒饭,随时解决医护人员和志愿者们在衣食住行中遇到的问题……汪勇在自述中说道:"只要医护人员呼唤,我们随时都在。""我觉得他们在为我拼命,他们觉得我在为他们拼命。"这种在抗疫行动中成长起来的普通人的质朴心声,以个体之间的守望相助回应了命运给予人类的重大考验。

这种深入生命的在场式书写也使脱贫攻坚主题的写作凸显出了"注重内在精神沟通"的特征，从而在一定程度上突破了同主题写作中的概念化和模式化困境。朱朝敏在写作《百里洲纪事》时首先就强调了自己对故乡百里洲的深厚情感，提出精准扶贫的关键除了解决物质贫乏之外还要关注贫困户的精神和心理层面，帮助他们获得价值感和尊严。正是基于这两个写作原则，作者在十二个精准扶贫的故事中呈现了更为幽深层面的心理隐疾、精神障碍、道德信仰和人性人心，以及她作为写作者和亲历者的悲悯、温暖与力量。于是我们跟着她一起探幽查微，进入更为内在的"精神现场"：对于因农药中毒而脑部受损、妻子失踪多年的杨勇来说，除了国家的扶贫政策外，支撑他努力生活下去的还有等待家人归来的希望，这希望就犹如灯塔一样抚慰了人们的悲伤，构建了未来的念想。对于同样因农药而家庭破裂的覃老太来说，她的精神期盼不仅是抚养被遗弃、被伤害的女孩金蓉，还要让坏人罪有应得，让金蓉拥有安定的生活，更要拼尽全力整治当地被农药破坏的土壤和水环境，为故乡争取更多的生机和未来。对于没有子嗣的孤寡老人来说，扶贫办和福利院在照顾他们的生活起居外，还应关注到他们深入骨髓的孤独感和无力感，从心理健康层面进行帮扶……当作者以参与者的身份回到故乡、回到生命的本源、回到乡村生活的原真状态，作为文字工作者的责任和使命使她敏锐地触探到贫困户内在的心理障碍和他们的精神期盼，从而在心理分析层面像剥洋葱一样一层层剥开人性的复杂与乡村发展带来的问题症结，赋予"脱贫攻坚"题材写作更加鲜活、生动、丰富的审美内涵。

三、社会生活的审美化表达

作为一种及时感应和回应时代召唤的文体，报告文学在反映深层集体心理、见证社会生活风貌、探求历史发展趋势方面具有天然优势。与此同时，作家们也在不断探索如何赋予这些作品更高的艺术审美价值，追求"真实性"与"文学性"的高度结合。这一点，在2020年湖北报告文学（非虚构）创作中有鲜明体现。

《生命之证》的两位作者在创作记中明确提出"为社会留档、为历史存真、为民族铸魂、为人类问道"的创作主旨。与之相应，在艺术策略方面，《生命之证》采取了全景式记录的写作方式，通过国家、社会、个体在疫情中的反应，在过程中全面呈现特定社会事件中的政治、文化、经济以及日常生活细节。作家们秉持科学精神，通过调查式写作来探寻真相，还原本来，呈现意义。为了更加生动地讲述"中国故事"，展现"中国精神"，《生命之证》着力描写了一个个行动中的"小人物"，通过刻画他们的灵魂来彰显武汉人以及全体中国人的英勇无畏和大义担当。在此基础上，两位作家立足总体性视野对瘟疫与人类、灾难叙事、文学疗治等命题进行了哲学层面的审美思辨,构建了独特的文本空间叙事美学,例如:将一个个碎片化空间汇聚在同一种情绪基调中,形成了克制而充盈的情感体验;将"各大医院产科中的新生儿诞生"放在最后一章来书写,与之前那些生命逝去的悲痛相连接,形成了更加深邃的情感召唤;将各个地理空间排列组合成具有审美意味的文本空间,表现更具时代意义的社会生产关系和更加丰富的社会文化内容。

同样从社会生活的审美化表达这一角度入手,朱朝敏在《百里洲纪事》的后记中进行了关于"精准扶贫的乡村文学意义"的思考,认为"今天的乡村承载了历史的演变和时代的痕迹",是民心民情最集中的地方,是生命根源的指认和时代社会发展的见证,是我们这个民族的"呼愁"。因此,她选择了心理分析的叙述策略,透过表层的行为举止去探寻内在的意识流动,深入阐释卑微灵魂的希望之光、无私奉献背后的潜在愧疚、倔强固执掩藏着的自卑孤独和主动救助承载着的自我救赎。作者还将笔触深入到集体无意识层面,从那些朴素自发的人物行为中细细勾勒出近似于大地母亲、英雄、逐日、因果等原型,从而引领读者一起回到童年的记忆和生命的本源。同时,整个文本还洋溢着浓厚的诗意化审美风格,扉页上的诗句"此际/大地在,流水在,天空在,孤岛在,/我在,你在"奠定了写作的情感总基调,"塔灯""我们想要虞美人""从前的暴风雪"等标题和每个故事开始前的感知性序言、结束后作者手记中的情感共鸣,和故事本身一起,以互文的结构形成了有意味的形式。

此外,2020 年的湖北文坛还在报告文学领域收获了一定的成绩,启动了一系列推动报告文学(非虚构)创作的活动。2020 年,湖北省作协副主席田天与田苹合著的长篇报告文学《父亲原本是英雄》(2019 年出版)获第十二届全国少数民族文学创作骏马奖报告文学奖。在中国作协 2020 年扶持项目中,王玲儿的报告文学《艳阳天——湖北、贵州搬迁扶贫实录》入选"决胜全面小康、决战脱贫攻坚"主题专项。刘醒龙的报告文学《如果来日方长》、刘诗伟和蔡家园的报告文学《生命之证》、普玄的报告文学《疫病里的城市和苍生》、叶倾城的报告文学《我在我的城》、严辉文的报告文学《军安南路的春天》等项目入选"抗击疫情"主题专项。2020 年 6 月,湖北省作协举办"决战决胜脱贫攻坚·荆楚作家走乡村"采访创作活动。2020 年 9 月,湖北省作协携手湖北省妇联、中国妇女出版社启动了《致敬了不起的她——中国女性抗疫故事》的采写活动。湖北报告文学(非虚构)创作还将继续迎来更加丰硕的成果。

四、优秀报告文学(非虚构)作品选

生命摆渡人①(节选)

◇ 沈嘉柯

下定决心那一刻,汪勇凝视着自己身边的家人——全家人都吃过了团年饭,孩子的压岁钱也给了,爸妈正在看电视,老婆和女儿在床上一边玩耍一边看着动画片。这是他最在乎最深爱的温暖小家。

他的心意已定,不留任何痕迹,继续玩手机,不停滑动着手机屏幕。他告诉妻子,他要去公司的网点临时加班,公司要派他值班。

有了孩子以后,他的妻子就在全职照顾女儿。听到这话,他的妻子也没有怀疑什么。

汪勇平时也很忙碌,早出晚归,而且是家里的经济支柱,所有的房贷车贷,都得他来还。看着汪勇忙于工作,她也不好反对。

等到夜里1点30分,汪勇跟那位护士联系,发消息说:"我来接你。"

然而,那位护士没有回汪勇信息。

汪勇只好耐心等着。

这个夜晚,他睡得晚,只睡了不到4个小时就起来了。那个时候他的父母,他的妻子和女儿,还都在睡梦中。

凌晨5点30分,天都还没亮。汪勇匆匆出门,之后,又给那位护士打了个电话:"您好,我是过来接您的那个师傅,答应过来接您,您没回我信息啊?"

电话那头,那位护士愣了好几秒,没有回复。

汪勇猜测,她应该是不相信有人会来接她。

片刻,护士终于回过神来,对汪勇说:"哦,好。"

原来,她是夜班下班的护士,从大年三十开始晚间值班,到了第二天早上才下夜班,才能回家睡觉。

汪勇跟她说道:

"我跟你说一下,因为我所有的护具,只有一个N95口罩,其他什么都没有了,你能不能提供一点酒精给我?"

在之前权衡思考的时候,汪勇查过资料,酒精能杀病毒,这对他来说,很重要,但

---

① 沈嘉柯:《生命摆渡人》,人民日报出版社,2020年5月版。

他手头没有消毒酒精。

护士回答:"我有,我可以给你带一点出来。"

汪勇说:"好,你有,我就能来接你走。我5点50分把车停到约定的地点,就是医院的正门口。"

武汉的冬夜,天寒地冻。这个城市在中国地图上,中部偏南。不像北方有暖气,气候也没有南方那么温暖。武汉的那种湿冷,是可以钻进皮肤骨子里的冷。疫情蔓延,封城之后,金银潭医院又是在偏远位置,显得更加凄凉冷清。

清晨5点50分左右,天色还是昏暗的,汪勇把车停到约定的地点——金银潭医院的正门口。

护士从医院出来走上车子的一瞬间,汪勇明显地感觉到,她很紧张。这是个年轻的护士。

一个陌生男人的车,停在这个医院的门口。

这是人人都恐慌的时刻,打120都要排队不知道排多久的时候。而且是清晨6点。

汪勇心里明白,对于每个女孩儿来说,安全是一个底线。这样一个20多岁的小丫头敢坐上去,可能对她而言,真的没有别的选择了,只有这个选择。

"她这个时候只能坐上我的车,而且她不知道我收不收钱,不知道我收多少钱,什么都不知道的情况下,只能上车。"

护士给了汪勇五分之一到六分之一瓶的酒精。

上车后,她给了汪勇一个很官方的问好:"谢谢师傅。"之后,她就不再说话,整个人看上去,完全没有沟通的欲望。

其实她不想跟汪勇沟通,汪勇也不敢跟她沟通。

汪勇观察了一下护士,她在车上,身体就往后面一靠,那个眼神是不动的,就盯着一个方向,仿佛筋疲力尽,再也没有力气。

"我感觉她上车之后,是听天由命的。上车之前,她有点害怕,之后应该没有了。"

结果,轮到汪勇开始害怕了。

虽然在出门前汪勇给自己反复做过风险评估、心理建设,事到临头,他的身体还是涌出一种本能的恐惧。

他开始担心,腿脚发抖。

汪勇一贯开车开得很好,然而,这一天,方向盘握在他手里的时候,出于本能,他时不时地就向右边的反光镜看一眼。

他总感觉自己的背后有个可怕的威胁,那无形的病毒,就在后面虎视眈眈,在他呼吸之间,病毒就会侵入自己的身体。

汪勇无法控制自己专心开车,时不时就会回头。

后来,汪勇往后面瞟了一眼,看到护士哭了:

"那个女孩坐在我后面,流泪了,她就没怎么说话。她的哭,是那种没有任何表情的流泪。"

汪勇第一天所接到的大部分护士,以他亲眼所见,状态非常一致。坐上去之后,面无表情,没有说话的欲望,甚至感觉这个人没什么生气。

汪勇回忆:

"他们根本不可能跟我聊天,当时他们不信任我。"

汪勇把他们送到各自住的小区门口,仅仅是头一天接送的30个人,大家的住所地址,就天南地北。近一点的有常青花园、将军路、环湖路后面的奥林匹克花园,还有武昌的园林路。

其中,大部分人住在盘龙城,那些比较远的医护,汪勇还送到过黄陂县城。再远的,就是汉口北附近的区域。

庚子年农历新年初一,也就是2020年1月25日,汪勇送完最后一名医护人员,回到自己上班的网点仓库。

英雄有泪[①](节选)

◇ 周　芳

第二滴泪水,是女人们的。

是谁说,战争让女人走开。我愿如此,可是稍稍回首,SARS,MERS,H1N1,H7N9……哪一场战"疫"没有女人的身影?无非是,披了铠甲的她们,裹着泪水从一个家奔赴另一个家。

车窗外面,全都是挥动着的手。

丈夫的、妻子的、父母的、孩子的。每只手轻轻地挥,慢慢地挥。舍不得挥动道一声再见。挥手之前,是紧紧的拥抱。白发苍苍的父母拥抱他们的儿女,这儿女又是谁的父母,拥抱他们的儿女,这儿女又是谁的妻子丈夫,拥抱他们的另一半。

再多的拥抱都不够。这是他们能够带走的行装,也是他们最想带走的行装。或者,把这拥抱命名"铠甲",又如何呢?这个时候,我们可以岔开话题,问一问,他们最终没带走的是什么。重庆市江津区中心医院的张晓翠临行前,考虑到工作期间可能要处理一些文案,就把电脑放进行李箱里,但只过了一会,她把电脑拿了出来。"我可能回不来了。"登上飞机,张晓翠给爱人发出一条信息,告诉他家中银行卡的密码。

[①] 原载《长江文艺》2020年第6期。

来势汹汹的疫情面前,"回来与否"是个问题吗?

这段时间,新型冠状病毒感染的肺炎人数能查到的是:截至1月25日24时,国家卫生健康委员会收到30个省(区、市)累计报告确诊病例1975例,现有重症病例324例。累计死亡病例56例,现有疑似病例2684例,现有21556人接受医学观察。

增长的不是数字,是生命,是血肉!数字背后,是可能永远再也回不去的家——只解沙场为国死,何须马革裹尸还。

"回来与否",张晓翠是否定的答案,重庆医药高等专科学校附属第一医院马小玲运用的,是疑问句:"这个家,我还能不能回来?"

马小玲的告别是她一个人的。1月21日,写下请战书的马小玲独自留在重庆城区待命。爱人、孩子和母亲在奉节县。1月24日,接到出征通知,马小玲把家里的桌子、凳子、窗户玻璃抹得亮闪闪的,很像新年的样子。1月25日,她把桌子、凳子、窗户玻璃又抹了一次,仍是新年的样子。1月26日,沙发蒙上了罩子,床单蒙上了罩子,家里的水闸关闭,电闸关闭。背起行李,倚在门口,马小玲深深地凝望,窗户在闪闪发光,窗户边的绿萝在闪闪发光,蒙上罩子的床单散发着昨日阳光的气息。这是她最安全的、最新年的家。

否定也罢,疑问也好,前线就在湖北,在武汉,在黄冈,在孝感。

马小玲的同事邓稳没有和送她的丈夫拥抱。她只怕他一抱,她就会哭。在她身边,一位护士被两个孩子抱着不撒手。"妈妈不走,妈妈不走。"邓稳经受不住这样的哭声。她庆幸她中午的决定是正确的。邓稳的孩子一岁零八个月,一般情况下是中午十二点左右睡午觉。这天中午,邓稳一直哄着孩子玩,不让她睡觉。下午五点钟,在孩子安静的沉睡中,邓稳走出家门。

这一天,2020年1月26日,孝感抗"疫"阵地,敌方猖獗,气焰嚣张;我方隔离病房开了一个又一个。疲倦的面容,充血的眼睛,被汗水浸泡的防护服,正抵死相拼。援军!急需援军!

祖国绝不会让坚守前线的勇士孤军奋战。是夜,10点30分,刘景仑、马小玲等第一批援助医疗队144名战士登上了赴孝感专机。

机窗外,父母远去了,爱人远去了,孩子远去了。

再见了,亲人。

再见了,别为我担心。星夜驰援,我们只为奔赴另一处的家,奔赴另一处的亲人。

飞机上,满眼含泪的空姐不断地说着,谢谢你们,谢谢!加油!谢谢!加油!谢谢!……她挨个道谢,生怕漏掉了其中一个。

空姐的眼眶亮晶晶的,张晓翠的眼眶亮晶晶的,马小玲的眼眶亮晶晶的,邓稳的眼眶亮晶晶的。刘景仑点开手机图片库,大滴的泪水打在了多多的脸上。

百里洲纪事:一线脱贫攻坚实录①(节选)

◇ 朱朝敏

  杨勇不是孤岛人,是问安镇人,入赘到百里洲新闸村贡家的,与贡芳芳结成夫妻。1984年生了儿子贡海云,一家三口虽生活拮据,但也其乐融融,遗憾的是,这份幸福只维持到1986年。1986年,他们一家发生了大事情。他家种有五六亩棉花田,是家庭的主要经济来源。到了夏季,正是生长挂果的旺季,但是虫子太多,喜欢趁着大热天钻进鲜嫩的棉果里去,棉农就必须打农药治虫子。所以,夏季越是炎热,棉农越是繁忙。

  自然,先生这是多余的补充。

  我怎能不知晓?我是地道的百里洲人。

  百里洲——我心中更愿意称它为孤岛,一个在水中央,截然不同于其他村庄的地方。它被冠以"孤岛"的称谓时,时间便复活,以动态般的姿势流动成一个动词,仿佛一滴水、一朵浪花在奔涌,奔涌出浩瀚的洪流。而时间洪流夹击下的存在,陈旧缓慢,遁世逍遥,似乎更能道出田野和家园组合的乡村意味,更能贴附记忆的流向而不至于走样。孤岛就是这样的"存在",故而,在我所有的文字里,我以"孤岛"一词代替了"百里洲"的称谓。好吧,我接着补充我先生对孤岛未尽的地理风俗阐释。绵延整个田野的棉花,是20世纪80年代孤岛的代表性风景。三伏天的棉花田里,热气盘踞其间,蒸腾出强大的热浪。虫子如获至宝,呼朋引伴地聚集而来,它们层层盘结,氤氲出一团团黑色烟雾。那团烟雾笼罩在我们眼前,冲击我们的眼睛。嗡鸣声随着热浪此起彼伏、无处不在。盘旋在人的周围并粘上身体。乌云般的缠绕和覆盖,钻心入肺地啃噬我们的神经,让我们几乎昏厥。孤岛人就在棉花田的路边立起水泥柱子,再在高大结实的水泥柱的顶端垒砌灯塔。塔形的玻璃罩子里,放进灯火——孤岛通电后,就是荧光灯。

  我们称之为"塔灯"。

  夜幕降临,棉花田犹如黑暗中的大海,暗波汹涌却又岑寂。那些密集的黑暗分子,在江风和夜气中累积叠加,蒸腾着黑夜的秘密。塔灯,一盏盏的塔灯依次亮起,在黑夜的大海中虚构出无垠的想象,又发出热烈的召唤。蚊蝇虫蛾飞扬,奋不顾身地朝光亮飞去。飞蛾扑火,却葬送在残酷的现实中。那些虫子,声嘶力竭地鸣叫,竭尽全力地扑打撞击,企图熄灭高处的塔灯之光,最终死于疲劳和绝望。那时正值农忙时节,大人、小孩倾巢出动,奔赴田野。我们这些孩子也跟随大人,忙碌在棉花田

---

① 朱朝敏:《百里洲纪事:一线脱贫攻坚实录》,北京联合出版公司,2020年6月版。

里,捉虫子、剪枝、掐掉烂掉的棉果,然后被黑夜的大海淹没,最后又被塔灯送回岸边。

天黑了,回家吃饭哦……

我在这里,我在这里。

我们在棉花田中间的路上奔跑,相互呼喊。我们必须呼喊"我在这里",否则,那高大的超过我们弱小身体的密集的棉花田会伸出神秘的大手,掳走我们、吞没我们。

相对于大人们的起早贪黑,我们小孩家是瞎忙。不过,这瞎忙在岁月中将某些记忆定格,见证并储藏了那段记忆。此际,大人们的忙碌不打折扣,不分男女,他们在天还未放亮的时刻,就会出门,背着农药喷雾器和农药瓶子到棉花田里喷洒药水清理害虫。害虫那么猖獗,肆无忌惮,以旺盛的、倔强的生命力抗拒农药,仿佛春草绵延不绝。所以,每隔一段时间就要给棉花喷洒一次农药。那时,最有效的农药就是"保棉丰"。

看看这名字——只要用了这种农药,就能保证棉花丰收,太诱惑人了。

谁家没用过"保棉丰"?我父亲是镇医院的外科医生,也是当地少有的从正规医学院出来的外科医生,镇上医院的外科手术几乎都离不开他。父亲便只能长年累月地守在单位,这就苦了我母亲。家里的农活——女人的、男人的,几乎全落在我母亲身上。我母亲背着农药喷雾器到棉花田里打药,用的就是毒性超强的"保棉丰"。结果是,农药有效,害虫被药死,而我的母亲一次次中毒,被拖到父亲那里抢救过两次。我是说,孤岛上的棉农,每个家庭几乎都无法避免农药中毒的事情,只不过中毒的深浅不同。

1986年的三伏天,杨勇背着农药喷雾器给五六亩棉花田喷洒农药,连续三天喷洒。杨勇当时血气方刚,有的是劲儿——日后来看,就是过于逞强了,或者是太没有经验了,连口罩都没戴,还穿的是短袖。炎热的天气,风静止,阳光灼灼,站成铜墙铁壁似的棉花一望无垠,在田地里蒸腾出沸水般的气浪,鼓开了身体的神经和血管。剧毒农药便从口鼻和皮肤毛孔渗入身体,到大脑到内脏再到毛细血管。

杨勇中毒太深,倒在田地里。那时,塔灯刚刚亮起,杨勇被人发现并迅速送到了镇医院抢救。还算及时,命是救回来了,但大脑神经被毒药破坏,思维时而短路,尤其是语言中枢坏掉。从此,他说话结巴,思维还时不时出现短路,犯起糊涂。

犯起糊涂……先生说到这里,摇晃脑袋,似乎想起什么。一会儿,他接着说道:"我觉得,1986年发生的中毒事件给他留下的是烙印,他的糊涂病,要我看,就是记忆喜欢跳闸,时不时就跳回到1986年。"

1986年,中毒后的杨勇幸运地被救回性命。而那一年,贲芳芳再次怀孕。第二年,小儿子贲小波出生。遗憾的是,贲小波的智商介于正常人和痴呆人之间,脑袋瓜子非常迟钝。这是杨勇中毒留下的后遗症,还是其他原因导致的?没有追查,绝大多数人认为,这可能是杨勇农药中毒后留下的后遗症。

来自武陵山的报告①(节选)

◇ 覃太祥

  恩施州在党中央发出决战精准扶贫的号召后,选派"尖刀班"进村入户向贫困发起最后进攻的战役。他们在大山深处的高山深谷中进行着战斗,几年以来一直率领村民,根据各村不同的特点,因地制宜地改变传统耕作方式,开展产业转换。严格按照党中央、习总书记提出的"两不愁三保障"要求,彻底解决了大山中的人民的吃穿,以及教育、医疗、住房安全问题。在向贫困发起最后进攻的战役中,涌现出了无数个先进单位和个人。巴东县委组织部驻金果坪乡长冲村尖刀班,就是其中之一。驻村第一书记覃照耀,是个工作能力和组织观念极强的中年干部,也是尖刀班的表率和榜样,在他的带领下,尖刀班全体成员以战斗员的姿态,一切以打赢脱贫攻坚战为目的,忘我地坚守在扶贫攻坚第一线,书写了许多可歌可泣的故事……

  金果坪乡长冲村,是巴东县最边远的重点贫困村,全村在一山坡上,最低处近四百米,最高处一千八百多米,山高坡陡,道路不畅。覃照耀被巴东县委组织部机关派驻到该村,出任第一书记。他的父母都有病,需要人照顾,姐姐因精神病离婚后也和父母住在一起,也需要他照顾。覃照耀的家在水布垭,妻子在县城工作,往返照顾父母和姐姐很辛苦,平常都是覃照耀骑摩托车早晚回家,把饭菜煮熟,只让母亲热了让父女三人吃。长冲村受灾后,他只给妻子打了个电话,说因灾不能回去照顾他们了,就全身心地投入到救灾工作中。

  长冲村被村民们称为小台湾,地形是四周低,长冲村高,历史以来都没得水吃,家家户户都是挖的那种蓄水坑,把雨水储存着,吃的都是死水。缺水,是长冲村的最大难题。覃照耀就和村支两委的同志一道三上与五峰接壤的罗家垭,二进悬崖峭壁的黄漂洞,虽说水源丰富,但终因投资大、施工难而搁浅,最后听说六组上方水布垭蛇口山村小下方岩窟窿里有一股山泉,覃照耀和村支两委的段佳东便步行七公里去查究竟,为探明水量,两人从村民汪一春处借来水管,终又因水量不大只好放弃。虽然找水不顺畅,但覃照耀并没放弃。在一次从长冲回水布垭长岭老家的时候,在石垭四组龚文德处发现一处较为理想的水源。水源找到了,但是从龚文德处到长冲村还有一千四百米的距离,覃照耀在杨柳池熟人处赊了七卷水管,动员村民把水引到长冲。这让五、七、八、九组四个组的九十八户缺水户三百二十人吃上了干净的自来水。

---

  ① 覃太祥:《来自武陵山的报告》,团结出版社,2020 年 8 月版。

今年下半年,他计划将在该村八组修建一个小型水库,力争彻底破解全村用水难问题。路通了,水有了,灯亮了,群众的心里"敞亮"了,发展劲头也足了。

在搞水的过程中,覃照耀和村民们一天一个来回就是十五公里,他们带上水,中饭、晚饭都是吃带的干粮。

覃照耀带领尖刀班和全体村民,通过九个多月的苦战,终于解决了全村的饮水问题。

2017年,母亲病重,但扶贫工作任务紧,离不开身,覃照耀未能赶去医院照看,直到医院下了病危是否转院的通知后,在全体尖刀班成员的催促下,他赶到医院,母子俩只在转院中的车上说了两句话,他母亲就去世于转院的路上。长冲村尖刀班和全体村民得知覃照耀为了打好精准扶贫攻坚战,在病危的母亲面前都无法尽孝,无不为之动容。覃照耀视村民的幸福比母亲的病还重要的行为,感动了全体村民,从此,尖刀班的工作就好做多了。

去一个叫龙坪的地方[①](节选)

◇ 晓 苏

今年,七月,中旬,周末,星期六。这是平常而又普通的一天,却给了我意外的收获和特别的感动。这天,我去了一个叫龙坪的地方,目睹了一位扶贫干部的辛苦与劳累,并真切感受到了扶贫干部对帮扶对象的深情与厚意。这位扶贫干部是保康县文旅局的一个年轻人,她的名字叫孟娟。

当时,我正在老家马良镇度假。头天晚上,表弟陈舟突然来到家里,诚邀我去游玩龙坪镇的南顶草原。陈舟说,它处于高山之巅,遍地都是绿草红花,伸手便能摸到蓝天白云。听陈舟这么一描绘,我不由立刻心动,当即答应了他的邀请,并决定次日一早就前往龙坪看草原。

第二天凌晨六点半,我们就出发了。陈舟亲自驾车,先穿过扁洞河,又爬上羊五山,再翻越红岩寺,八点左右到了一个名叫石板沟的地方。这是一个三岔路口,从马良到县城的国道在这里忽然分了个岔,多出了一条陡峭的山道。陈舟说,龙坪就从这里上去。沿着山道走了五分钟的样子,路边出现了一辆抛锚的越野车。经过这辆车时,陈舟刻意停了一下。车刚停稳,一位穿红格衬衫的青年女子慌忙从越野车里跑了下来,兴奋地冲着陈舟招手问,陈大哥,你是去龙坪吗?陈舟先点了点头,然后问,你也去龙坪?青年女子说,是的,我坐的这辆车坏了,请你带我一脚吧。

这位中途搭车的青年女子,就是孟娟。原来,她也是马良人,父亲是一位小学老

---

① 原载《长江文艺》2020年第19期。

师,当年教过陈舟,所以他们很熟。要说起来,我和孟娟此前也曾有过一面之交。那是春末,保康县民间文艺家协会邀请我到马桥镇,去林川村听当地民间艺人唱花鼓调,她也应邀参加了那次活动。孟娟上车看见我,感到十分惊奇,问我去龙坪干什么?我说,去看草原。陈舟这时问她,你不会也是去看草原吧?孟娟抿嘴一笑说,我倒是想看,但没有那份闲心啊。我们再一细问,才知道她是去扶贫的。

孟娟告诉我们,龙坪是文旅局的扶贫点,局里大部分人都承包有贫困户,承包者被称为包保责任人。按照县里的要求,每位包保责任人必须定期深入到贫困户家中,具体帮助他们脱贫致富。孟娟包保了五户,已经帮扶了好几年,差不多每隔十天半月都要去一趟他们家。近段时间,单位工作繁重,女儿又面临小升初,她实在无法抽身,已有些日子没去了。这个周末,难得单位不加班,女儿也有爱人照管,于是就决定去龙坪看一下她包保的五户人家。孟娟家里本来有车,自己也会开,但上龙坪的这段路弯多坡陡,她没有把握,所以就搭乘了同事的越野车。为了尽早赶到龙坪,她六点钟就起了床,不到七点便离开了县城。没想到,同事的车在半道上出了故障。

龙坪地处高山,海拔接近两千米,天气瞬息万变。在石板沟那里,天气还好好的,等我们快要抵达龙坪镇时,天却陡然下起了大雨,同时浓雾四起,汹涌弥漫,连道路都模糊不清了。孟娟遗憾地对我们说,天公不作美,你们今天看不到草原了。她这么一说,我们顿感失望。尤其是陈舟,脸都乌了,像是盖上了一层灰土。他用愧疚的眼神看着我,仿佛在向我表示歉意。为了缓和气氛,我随口开个玩笑说,既然看不到草原,那我们就陪孟娟去看望她的帮扶对象吧。我话音未落,孟娟双眼一亮说,好哇,热烈欢迎。陈舟也说,表哥这个主意不错,你正好可以收集一些写作素材。就这样,我有幸见证了扶贫干部的一天。

父亲原本是英雄①(节选)

◇ 田天　田苹

七月三十日一早,张健全前往建行老宿舍,恰好遇见父母亲还有大姐在二姐夫的陪伴下出门冲洗"北京之行"的照片,四个人一道下楼。

张健全赶紧跑上前,几步登上楼梯,和姐夫一道搀扶着父亲下楼……

心想,幸亏住在二楼,要是住五楼,那可真要了命了!

可是父亲摆摆手,拒绝了儿女们的搀扶。自己的事情自己做,他不要给儿女添麻烦。他又回归到几十年如一日的生活状态。

只见他用两只手紧紧扒着楼梯栏杆,手里一滑、一滑,脚下一步、一步,小心翼翼

---

① 田天、田苹:《父亲原本是英雄》,湖北人民出版社,2019年10月版。

往下移动。

与其说他是走下楼梯的，不如说，他是一点点溜下来的！

且不说那个栏杆灰扑扑脏兮兮的，光看动作，就看得人胆战心惊！

在儿女们提心吊胆的注视下，父亲费了老大功夫，终于站在结结实实的地面上了。也不稍微喘口气，就抓住他的助步工具——四轮支撑架，拖着一条假肢走出院子，穿过马路，不是颤颤巍巍，而是威风凛凛地上街了！

张健全自然清楚，父亲哪怕九十五岁了，可他骨子里始终是一个军人，他不希望自己老态龙钟，更愿意像在战争年代那样斗志昂扬！

在翔凤镇解放路一家照相馆，张健全和李昌孟分别挑出手机里的照片，把张然拍摄的大量照片也一起汇总了，让老父亲一张张观看，一张张挑选。

张健全对父亲说："天气太热，我们先回家，等他们洗好照片送来。"

父亲一听，不高兴了："不！不要你们等我，你们有事你们去忙，我等他们洗出来！"

父亲平心静气地等待着。

一直等到"北京之行"的照片冲洗出来。

他拿起一张，每一张都微笑欣赏，又拿起一张，每一张都仔细端详……

当天晚上，大哥张建国一家、二姐张建荣一家，前前后后都到老宿舍团聚来了。母亲特别开心，端上她的"拿手绝活"——恩施合渣，大姐也不甘落后，精心制作的油茶汤芳香扑鼻，人见人爱。

等到大家轮流欣赏了父亲在北京活动的照片——被习近平总书记亲切接见，参观天安门、人民英雄纪念碑、毛主席纪念堂等——之后，父亲戴上老花镜，把照片分门别类摆好，小心翼翼地写上识别字样，然后装进一个红布袋子里。

"去，把柜子上那口皮箱子取下来！"

谁都知道，"命令"是下给张健全的。

于是，在全家人凝神屏气的注视下，老父亲再次打开了家中那只神秘的旧皮箱……

但毕竟年岁大了，他的手有些打战。

张健全一动不动站在父亲身后，全神贯注凝视着，他知道，父亲要把"北京之行"的这些照片，和他一辈子获得的所有奖章所有荣誉都存放在一起……

此时，这只1955年在汉口购买的老皮箱，已在家中存放了六十四年之久了！

那一年，祖籍陕西的父亲张富清刚刚三十岁，母亲孙玉兰十九岁，两个人带着这口皮箱，先是坐两天长江轮船前往巴东港，再坐三天汽车翻山越岭到恩施，最后坐两天汽车才到来凤县城……

那时，不论是大姐张建珍、大哥张建国、二姐张建荣，还是张健全，他们四个都还没在来凤出生……

如今，看着老父亲轻轻合上老皮箱盖子，又慢慢捆紧脆弱的带子，还锁上一把生锈的小锁，张健全不禁打心底感叹道——

啊，父亲！

父亲原本是英雄！

第四部分

诗歌

在时代审视中通向自然与文化之境
——2020年湖北诗歌创作综述

因为新冠肺炎疫情,2020年的湖北比其他地方遭遇了更大的创痛,湖北人在创痛与新生中也承受了太多压力。在悲痛中祷告,在对话中审视,诗人们以诗歌的方式来回应这种困顿和艰难,同时也更能抵达自我内心的救赎。无论是新冠疫情肆虐之时的现场记录,还是疫情缓解之后的回望与反思,他们在例外状态和常态中都经受了来自各方的检验,这种内省的态度才是对现实和时代最大的介入。常态中的诗歌写作在2020年湖北的文学现场到底占据一个什么样的位置?诗人们的变化在突发公共事件席卷而来的过程中出现了哪些微妙的断裂和调整?而在平静与起伏之间的挣扎纠结是否又构成了诗人们全面认识世界的特殊参照?他们将新冠疫情作为诗歌介入现实的镜像,能否获得诗的现代性转换?正是这样一些问题构成了2020年湖北诗歌的各种面向,在这些面向的深度映照下,才会呈现一个更为完整的年度诗歌"事件"。

一、疫情、现实与诗的审视

2020年年初,新冠疫情来势汹汹,湖北一些地市相继要求居家。很多被迫宅在家里的作家、诗人与网友写了"封城日记",与死亡近在咫尺,恐惧和无力是最真实的处境,唯有记录下这一切,方可作为抗抵虚无的力量。由此,我想到了约翰·邓恩的一首诗,"谁都不是一座孤岛,/自成一体,/每个人都是那广袤陆上的一部分。/如果海浪吞掉一块岩土,/欧洲就小了一点,如果海岬失去了一角/正如你的朋友或自己的家园被冲毁。/任何人的死亡使我有所缺失,/因为我包孕在人类之中……"(《谁都不是一座孤岛》)。面对无可抗拒的公共卫生事件,面对看不见摸不着的病毒,谁都不可能"自成一体",而我们在自然的劫难和身体的伤痛面前该如何应对心灵的煎熬?唯有诉诸表达和言说,才可能获得一些安慰,即便是呐喊和告白,内里也深藏着对人世的向往与不安。

  以诗歌的方式写"封城日记",对于身处湖北尤其是武汉的诗人来说,可能是遭受创痛后的精神出路。每位诗人都可能会面对各类新闻和自己所在小区的那些哭泣、呐喊、死亡与恐惧,于是,他们诚实地记录。"23 日:零点过后传说变成了现实/灯火越来越密集像热锅中的蚂蚁/我哪里也不会去,反正我只剩下了这里/24 日:除夕。炖牛腩煲,锤炼厨艺/电视里他们的欢歌笑语加剧了我的心神不宁/发短信祝福他人,收短信鼓舞自己……/27 日:继续宅着,有气无力/躺在沙发上答红星、南都记者问:/'为什么越来越无力?'因为太安静了,除了鸟鸣我只能/听见两种声音——心跳,和/死神的脚步声:轻轻的,我来了……/28 日:太阳出来了,我在阳台上/把花盆搬来搬去。有人在手机里/捐给我 2020 步,代表他会替我与你团聚?"张执浩这首《封城记》(《青海湖》2020 年第 2 期),可能代表了很多被封在武汉城内的市民的心理,如实地记录下这些日常状态和内心波动,在生命存在的意义上靠近诗,靠近一种至高的灵魂秩序。

  写下就意味着反抗遗忘,不管是直白其心,还是欲言又止,个体经验的记录在大时代表现的不仅是独特的体验与感受,而且也是对时代的讲述与清理。有的诗人选择如实相告:"老人 2 月 17 日从医院打来电话/说病情本来一直很稳定/但 15 号那天雨雪交加/医院没暖气 受了冻/病情突然加重了/他说 医生也觉得事态严重/问他同不同意插管/他说算了 医生风险也大/插管害人害己",在生命面前,老人选择了主动放弃,但接下来的想法,则代表了更多普通中国老人的质朴,"他现在担心的是身上的钱/留不下来 外套里有两千元/贴身的夹克里 平时缝进去了不少现金/要是万一不行了 不能一起烧了",老人的担心是现实的,在生死面前的豁达与在金钱面前的困惑看似构成了反差,实际上不惜命的想法被"钱比命重要"的思维异化了。"我们听后默然 老人一生节俭/如果真有不测 带一些真实的人民币上路/应该比在清明后收到亲人化来的冥币/手头更宽裕些 更有购买力"(黄斌《老人从医院打来电话》,《汉诗·风月同天》2020 年第 1 期)。诗人在最后解释了这个疑问,我们的接受也赋予了老人打电话这件事以合理性,他放下的与放不下的,都被一种事实所取代。诗人顺畅的叙述,几乎不带任何主观色彩,所有紧张的情绪皆内化在了现场平静的述说里,自然、真切,在特殊的情感语境里书写"人生的难题"。

  当一个人身处生死的漩涡,无助所带来的多为不安和苦楚,而如果将疫情当作人生的镜像,则还要增加追问的力度。"无影无踪又无处不在/同它相比,思想太肤浅了/不如莲蓬头下的热水/经验,也不过是盲叟/在突然失火的房子旁边/暗自垂泪//无影无踪又无处不在/在它面前,我们太迟钝"(余笑忠《追问》,《汉诗·风月同天》2020年第1期)。这是一种追问的诗学,诗人在追问中重新呈现我们理解世界的方式。魏天无也从中找到了自己的线索,"不要给我看空旷的街道,寂静的/河流,无人的广场,纪念碑纹丝不动/不要给我看你们城市的标志物多么落寞/我早该闭眼,把所有痛苦的哀嚎和求救的呻吟/锁在内心,不许它们与接踵而至的敲门声/里应外合"(《刷屏,看到一个视频》,《汉诗·风月同天》2020年第1期)。当大众从空旷与寂静的城市视频中看到"惨象"时,诗人知道这是另一种深度反思,他以反向思考的方式回应了人在城市的缺席,并表明了自己的独立立场。

幽灵般的病毒是无情的,人此时遭遇了难言的无助,在死亡和伤痛面前,悲悯是最大的宗教。还有不少诗人写下了人的尊严,它们可能是超越性的,那种无法承受的情感在诗中得以转化,成了更多内在的质疑。"在病毒肆虐的二月,/我们都染上了病,/我们都是病人。尽管临床症状、感染方式不尽相同,/但都有一样的恐慌、焦虑、绝望和期盼。//可是我写不出更多的悲怆和哀恸。"(张作梗《眷恋》,《三峡文学》2020年第2期)病毒带给人的不仅是身体的病,也有心灵的病,诗人忧虑地写下这些,不一定能达到拯救身体的效果,更主要的是救赎人心,它是暗淡中的一束光。在对未知的探求中,反思和审视也可见出诗的光芒。"人类被隔离在方舟的茧舱里,/依血缘分类,看钟表进食。/历史对我们说,海水终将退去,/到达新世界,只需要漩涡中弹出/拐点的琉璃珠——右舷的望远镜里/颠簸着一抹绿。"(亦来《梦里的动物》,《汉诗·风月同天》2020年第1期)读这样的诗,我总会不自觉地联想到疫情期间在方舱被隔离的人群,日常自由生活的秩序被打破了,在另一种规训里他需要遵守既定的法则,逃离指向未来的希望,可陷入困境的人还可能会失望乃至绝望。梦境书写也许是一种影射,而对身处困境中的人来说,它很可能就是真相。

诗人最真实的声音,也可能是一种沉默,一种无法言说的暗伤,"无法写。找不到/一个合适的词。/因为所有的词,都双肺变白,/插上了呼吸机。所有的词/都找不到床位,自己等死。/所有的词,都奔跑在疑似病例的路上/既不能生,又无法死……"(毛子《答朋友》,《汉诗·风月同天》2020年第1期)。当人变成了词,在生死现场,一切皆为两难。诗人的无力感不是伪装的,他在生死面前的真诚,也许是很多人最真实的情感折射。还有更多诗人则是从感恩的角度写出了人间大爱,像谢克强的《太阳出来了》、刘益善的组诗《我们和国家在一起》、车延高的《一个超负荷的群体》、田禾的《今年我的这个城市流行着白色》、高士林的《信念让我坚强》、贾传安的《逆行的白色征衣》、吴斌的《春天的集结号》等诗作,他们书写白衣天使们驰援武汉的壮举,也是处理时代的一种途径。在那些需要寻找出口的时刻,写下也许就意味着拯救与自我拯救,这无关责任,它是内心的需要,因为此时,每一首诗可能都是生命的驰援。

当然,有追求和底线的诗人在书写内心最真实的声音时,仍然不会完全脱离诗的轨道,不是让诗歌变成纯粹的发泄,不是让词语变成空洞的口号。我们不是要消费劫难,而是为这场劫难留下不一样的记忆,留下更深层次的想象空间。沉河在《今日所见,一见想哭》(《长江文艺》2020年第5期)一诗中并没有直接写疫情,而是以此作为背景描绘了更大的自然与更具体的人间。诗人眼中所见皆为普通人的生活,他们的日常被疫情悄然改写,更多的还有心境的变化。在这样的诗作里,一种微妙的诗性召唤才有迹可循。也许,陈先发的一句诗更能为我们打开一种理解的视角——"经此一疫,人世面目已大为不同/起点的弱小,我们需要重新学习"(《一首诗应免于对自身的苛求》,《汉诗·风月同天》2020年第1期),疫情正改变着我们和世界,但这种改变也有着微妙的潜伏期,它或许在试图唤醒我们,并促使我们去发现对世界新的认知向度。

二、日常书写传统的再发现

21世纪以来的诗歌,日常生活经验书写虽然成为重要的主题,以至于形成了潮流与风格,但在湖北诗人的写作中,这种日常书写又获得了新的变体。诗人们既不完全以口语化的形式来保持刻意的追求,也不以叙事性的笔法追求段子式的效果,他们虽立足于经验,但在诗性的创造上又超越了经验,达到词语内部更为隐秘的碰撞。这种转化的审美自觉源于湖北诗歌的市民传统,而诗歌的空间却拓展了,诗意的肌体获得了内在的扩充。这也是近几年湖北诗歌呈现日常书写多元化的原因,其丰富性同构于日常诗意的生产逻辑,这种诗意生产的循环机制和螺旋式上升也反向性地触及了诗人们创造的潜能。

剑男的诗集《星空和青瓦》(长江文艺出版社2020年10月版)也许最能体现这一日常传统的变革,他写人,必定想法进入到内心,以获得同情之理解;他写物,也不时地用移情的方式表达内在的诉求,以找到共鸣的通道。更多时候,他会回到幕阜山,在乡愁和童年的追忆中更新自我的认知,它和诗歌本身一样属于诗人的精神家园。他写母亲,写稻草人,写鹅卵石,也绘星空,论孤独,谈平衡术,在时空转换中定格"岁月的遗照"。铁舟的诗集《松针上有蜜》(团结出版社2020年8月版)收录了诗人自1989至2020年三十年间写作的诗歌,他的日常之诗具有在现场呈现与经验变形之间趋于恒定的张力。他特别钟情于一个瞬间的连贯动作,比如打鸡蛋、挖野菜、剥豌豆、拍苍蝇,他穿行在这些被我们所忽略的场景中乐此不疲,细部的观察和整体的审视,让他的口语诗在叙述的铺陈中对接异质的编码,从而获得语言在此处而诗歌在别处的隐忍之意。邱红根的诗集《萤火虫研究》(江苏凤凰文艺出版社2020年10月版),我们可以看作是手术刀的救赎,他像做手术一样针对语言进行精密的排列、计算与组合,而这些都基于对日常经验的观察与捕捉。在一个外科医生的眼中,很多物事都能引起感怀与想象,一个念佛机、一片仙人掌、一个卖花姑娘,皆可延伸出一种精神与文化,这就是医生与诗人这两种身份在邱红根身上交织的体现。

时隔二十年,胡晓光重新开始写诗,《胡晓光诗选》(百花洲文艺出版社2020年6月版)辑录了诗人近五年的作品。与过去相比,诗风的变化让胡晓光近乎一个"新人",他的作品趋于自然通透,似有目击成诗的风度。"有时候/我们会被几株植物感动/那是两根枝条/一根伏在另一根身上/像在背上背着/这个宽厚的背影/我们儿时也依附过的"(《姿态》),短短一首小诗,从植物的相依到儿时的记忆,这种时空翻转里暗藏着更多观看之道,看与被看皆取决于诗人的主体性意志,不管是释放还是束缚,他的这种观看模式都在试图重构新的经验诗学秩序。曹平的诗集《一个人的边陲》(团结出版社2020年7月版),是由作者日常感想所引发的创造,他抒写自我,审视时代,皆出于一个知识分子的道义与情怀。在追求修辞技巧之外,诗人也聚焦于写作的思想性,字里行间见真情,也见力度。理坤在《独行未必不是清欢》《单声道》《分类》(《长江文艺》2020年第7期)等诗中,遵循的是有感而发的原则,但他找到了一种辩证法的诗学,包括时而用繁复的句子,时而又兼以口语,这种交叉语言形式透露出的是诗人对诗歌融合日常时多元形态的审美。

在对日常时间的诗学重构上,刘洁岷的组诗《时间颂》(《江河文学》2020年第5期)体现为对时间本身进行诗学和哲学的变形,时间作为一种现代性装置,被诗人处理成了语言和修辞的"生命政治"。"妹妹长成了姐姐的时间/是隐隐变形了但隐隐没有变心的时间/是用美文墨宝来描述蛋白胶原凋零的时间"(《时间颂:妹妹》),时间是一种成长机制,它被分解到个体的人身上,似乎是对岁月的抵抗,这是残酷的现实,诗人唯有直面这一过程,才会从诗的形式上强化时间的秩序感。刘洁岷的时间诗学立足于日常生活,但他通过将时间体系化,从而建构了时间的精神谱系。黄明山的《蝴蝶》《透过黄瓜花叶看蓝天》(《北京文学》2020年第5期)等诗,基于日常观察,在移情中切入了动物与植物的内部,重新发现了"自然诗"的美学可能性。高士林的《流星》《落叶春樟》《春夜缱绻》(《都市》2020年第6期)是关于时间和自然综合作用于个体的抒情诗,古典的有感而发通向了日常的真诚。而浮石的《月色》(《长江丛刊》2020年8月号上)同样是由自然之景引发的对时间的凝视,最后又在回归自然中,定格了缅怀亲人的瞬间。

面对世间万物,彭君昶的悲悯情怀不是表现为普遍的姿态,他破解了虚无而观察了具体的人,"一个醉酒的男人独坐在深夜/在对折的街道转角处,安静地擦眼泪//渐行渐远。我走过他的身边/他比我当初清醒。却比我幸运"(《风继续吹》,彭君昶《风继续吹》,北岳文艺出版社2020年1月版),这是日常见闻的诗性梳理,但诗人由此建构了自己的抒情机制,提取生活的片段进行有针对性的审视,以发现新的思想线索。飘萍的诗更像是生活本身在词语中的反复折叠,那些瞬间的日常经验被她敏锐地捕捉到,在《要有光》(《三峡文学》2020年第12期)里,诗人将阳光、风、影子比拟为动感的人,正是这些自然的光影,照耀着可看见与可感知的诗性空间。杨章池在日常书写上仍然精进,他本已节制的书写这两年似变得更隐忍了,更多地从对抗转向了对话。在组诗《轻松之境》(《诗刊》2020年1月下半月刊)中,他书写的并非都是轻松的话题,相反皆有沉重的力在向下拉低诗人的期待。"终于不用再提心吊胆了,终于/从疼痛的捆绑中挣出来",日常虽还都是日常,但字里行间多了一份祈祷,甚至不乏内心救赎的意味,这也是诗歌为其带来的"生命最大的善意"(《此地,此身,此在》,《诗刊》2020年1月下半月刊)。王雪莲的诗集《心若如莲》(团结出版社2020年11月版)的抒情是基于一种朴素的生活感触,她在追求创造性的表达中,试图去调节小情绪带来的扁平化趣味,这种超越既定秩序的话语实践,不仅仅是立足于情感和精神的升华,更是对形式与技艺的重新认知。陵少是一位激情诗人,有时他也会展现柔情的一面,比如一只蚂蚁引导他观看"陌生的世界":"一片鲜嫩的叶子下面/蜗牛卡在露水里,那只/趴在叶子背面打瞌睡的大青虫/它可曾梦见没有眼睛的蚯蚓?"(《低处的神灵》,《星星》2020年5月号上旬刊)在观察中对自然重新命名与认知,这是日常书写的又一种变体。

  为人生的写作,正是日常经验这一诗歌传统在新世纪的回响,很多诗人选择留在这一领域,原因还是在于人本身的丰富性与复杂性。韩少君和大头鸭鸭最擅长以口语书写日常生活经验,近两年,他们的写作开始发生了微妙的变化。韩少君的组诗《我依然爱惜古老的语言》(《草堂》2020年第6期),题材基于日常行走、观看、倾听与体验,记录生活溢出现实之外的那种脱序感,如同灵魂出窍般的生动。就如他自己所言,诗歌要写出一种"对冲的力量",这种内在的紧张感带来的张力,正是诗人写作上的坐标。而大头鸭鸭虽然还是以日常作为底色,但行文中多了一份严肃,像《春风沉醉的夜晚》《进化论》《荡漾》《清欢》(《诗歌月刊》2020年第3期)等诗,明晰的修辞中隐藏着忧伤的情绪,也许这种转变印证了诗人对生活的另一种变形。而冰客的诗歌在日常中始终蕴含着乐观向上的力量,在《香樟树之春》《穿过山林》《向阳的山坡》(《躬耕》2020年第6期)等诗作中,"生机""光明""宽广"这些关键词构成了其诗歌的精神底色,这也可能是其潜在的诗学认同。刘德权在诗集《在崎岖的人间云朵般奔走》(团结出版社2020年11月版)中,将日常所见所闻、所感所想,以抒情的分行形式记录,并转化成了向上和向下的精神力量。

2020年还有一种地域书写的倾向,诗人们并非刻意为之,而是随着世界全球化进程的加快,文化也越来越趋于统一,从而丧失了自己的独特优势,那么,重新回到对地方特色的挖掘,当是对一体化审美和重复性写作的反拨。王征珂的"赣语诗"系列(《诗潮》2020年9月号)更像是少数民族爱情谣曲,有着一种对山歌般的节奏和旋律,不仅注重地域风情主题的呈现,同时也强调诗的形式感。邓俊松的《茶山青鸟》(长江文艺出版社2020年10月版)是一部有着土家地域色彩的诗集,诗人凭借乡土之美,以爱营造了温润宁静的氛围。诗作中鲜有喧嚣的尘世,故乡和爱足以让他在诗途中安然前行。

除了纳入"闻一多诗歌奖获奖诗人丛书"的《田禾诗选》(长江文艺出版社2020年11月版)之外,田禾于2020年10月至11月在宁夏人民出版社出版了他的三本作品集,诗集《窗外的鸟鸣》的主体部分仍然辑录了田禾擅长的乡土诗,因为他对乡土生活的深刻记忆,下笔能"体味到泥土的厚重"。他说自己虽然离开了乡村,但不会放弃乡土诗的写作,他以最质朴的语言和情感融汇了对亲人与乡邻的爱,悲悯中带着温情,那也是他在"喊故乡"的精神延长线上的又一番告白。在组诗《忘了我曾经携带钥匙》(《草堂》2020年第6期)中,许玲琴也是将目光转向童年和乡村,在记忆的回放中直面衰败的乡村秩序,无论是面对生死,还是其所言的"岁月隐疾",字词间的沉重皆是人生苦难的映射,她记录下这些瞬间,仍然是基于反抗遗忘的诗学追求。

三、文化意识转向与难度写作

在向日常借镜之后,近年以来,越来越多的诗人意识到了文化与自然的重要,这些根植于我们自身精神血脉的资源才是写作的地基所在,他们的转向不是壮士断腕式的悲壮之举,而是在现代性视域下的重新回归,因为我们有着书写自然与文化的传统,只不过在现代性的断裂处,很多人没有选择接续。湖北诗人的写作有着屈原传统,也有着现代以来更强大的知识分子批判意识,无论针对自然,还是文化,其实都化归和指向了自我与时代的关系。近几年,在湖北诗人的写作里,自然和文化的写作节奏逐渐形成了新的逻辑与秩序,这种专业化的"症候式写作",也是对科学人文主义精神的某种呼应。

2020年,哨兵的诗歌写作依然隐忍而节制,他埋首于书斋与自然,经常回到洪湖寻找灵感,自然陶冶他的性情和教养,而古典文化则又成了他写作的重要参照,他并不刻意融汇二者,他希望通过自己的思考与文字保持两者之间的深度契合。在《傍晚》《向莲花及斑嘴鸭和护鸟人借宿》《天鹅颂》(《星星》2020年8月号上旬刊)等诗作中,他的笔触还是指向了他熟悉的洪湖。那些鸟类与植物,哨兵可以以他自己的方式与它们对话,走进它们。他用心至深,并与笔下物事合二为一。此外,他的另一首《露天电影》(《星星》2020年8月号上旬刊),则是通过童年回忆书写了母亲,同时也开启了对自我的反思之路,"妈妈/对不起。生而为人/我只有鸟类眼光和草木之心/看英雄背面没有英雄/只有我和人,恶棍之后/也没有更恶的。妈妈/对不起。那些晚上/我只爱守着银幕背面,如同/守夜,但我仅仅守着人类/在那个世界散场,却无能为力"。在与母亲的对话中,诗人的倾诉是感伤的,近乎求助。他在探索自然的过程中也遇到了精神疑难,而告白于母亲就是他寻求出路的投射,他从银幕背后看到的英雄,正映射了他从反面认知世界的启悟。

  而阿毛的女性诗歌写作一如既往地带着幻想气质,她对生活与自然的演绎是缓慢的,她表现出的这种慢是诗歌稀有的品质,让我们在阅读中与自然和文化之道相吻合。人有人的天性,自然也有自然的规律,而人与物的相处,还是要依循自然之道。阿毛的书写更像是文字的修行,她对接了自然维度,同时也就赋予了诗以打动人心的力量。卢圣虎的诗歌写作越来越靠近深度的信仰,虽然他也践行了日常审美,但其内心还是有着破坏性,这是一种自我警惕,警惕自己陷入芜杂的堆砌,因此,他的诗歌最后还是回到了对自我的精神辨析。"我欣赏所有的美,更愿意奉献美/愿像寒梅,像竹子,像任何一株浅草,像昙花/像不停后撤的云,又像过河之卒/来自尘土也归于尘土"(《自画像》,《长江丛刊》2020年12月号上),这才是真正的自然之道,他不需要建构词语乌托邦,只要用心,甚至于耗尽关注的目光,诗歌中理智的部分会反过来回馈他的精神自觉。

  另一位女性诗人夜鱼,近几年的诗歌写作愈发大气,她超越女性书写的自觉,不是因为她服从了二元对立的规则,而是她打破了固化的秩序,跳出藩篱和自我囚禁,往更开阔处拓展诗的疆域。在组诗《浮生再浅,依然如常惊蛰》(《草堂》2020年第10期)和诗歌《四月的气味》(《扬子江诗刊》2020年第1期)、《湖水与黑暗之间的缝隙》(《星星》2020年12月号上旬刊)中,她以行走与观看的方式审视世界,尤其在诗性的文字中嵌进了自我的主体意志,这也许就是信仰的力量。冬日雪夜,诗人陷入遐想和沉思,在现实与想象交织的行进跋涉中没有贪图安逸,只有混沌中彻骨的反省,"我竭力辨认碎落在雪地里的足痕/看不见了,雪不停扬撒,一层又一层//我又急又愧,为没兑现和不在场/跌跌撞撞往前追,惶然间/从江苏到湖北,已覆上了一世的雪"(《雪夜》,《鸭绿江》2020年第23期)。从一时到一世,对人生之感念,契合于某种危机意识,她无法以更长远的理想来取代可数的世间事,而唯有写诗,方可在终极处"成为自己的神"。相比于前些年的写作,杨光近年的诗歌更注重难度的呈现,这种难度不是追求诗的晦涩,而是在经验的变形中重构诗与想象的思辨性,达至一种奇异的效果。"作为修辞,运用到叹词的时候/一种命运宣告结束/另一种命运将出现新的转机/让纸包住火,缩小时间的沙漏/腾出人生空白的篇章/落日通过时显得风致雍雅"(《修辞学》,杨光《我们的悲哀由来已久》,北岳文艺出版社 2020 年 1 月版),古典与现代的交融,会生发出别样的诗意,但它透出的意蕴并不极端,相反更趋于智性平和,这也许就是当下 70 后诗人所追求的"新传统",既不放纵情感,又在节制中充分表达自己的立场。

柳宗宣这两年一边写诗,一边在大别山盖房子,因此,他的写作多与山居有关。在《在看云山居》(《星星》2020 年 4 月号上旬刊)中,诗人写了自己筑山房的过程和感受,仍然有着其过去诗歌中常见的紧凑的叙事和描绘,"我指给你看/山坳间的菜园;树丛芭茅中/飞行发光的萤火虫,环绕山岭",在这种自然里,诗人的书写也变得宁静安谧,有一种隐逸之感。诗歌道出了诗人的归隐心态,他回归自然同样是在实践中建构自己的自然诗学。李建春的组章《可能性》(《诗潮》2020 年第 8 期)以散文诗的形式重构了对时间的想象,这种形式趋于透明,但又无限接近于一种独白或倾诉。这在诗的意义上仍然成立,只不过诗人打破了变形的结构,而收束于以文字释放激情的宗教。江雪近年更多关注西方文学,在诗歌写作上也难免会带上异域色彩,在《致黛安》《灵魂不朽的安慰条例》《植物心理学》(《雨花》2020 年第 2 期)等诗作中,诗人以更为深邃的文字回应了一种文化的想象,他虽然还是从日常思考出发,但词语对接的异质性经验,终究关联于诗人对诗歌美学的本体性理解。

在日常经验通向哲思的探索中,陈恳试图将生活纳入写作的程序,一方面在表达中映现场景,另一方面又在诗中设置内在的阐释性。其诗多取材于日常,但不是那种平淡的流水账,而是趋于不断向下沉的紧张感。"窗外明亮。形成时间的错觉。/以为有过满意的睡眠。错觉//带给我愉悦的早晨。/但它不只带来愉悦。蒙蔽//像四散的雾障,爬进漫长的夜晚。/生下黎明的孤儿。"(《错觉》,《三峡文学》2020 年第 12 期)诗人能将所见所闻从实感经验中抽离出来,通过想象的变形,让其陌生化,这种有别于复制日常生活的写法,正是其诗歌的创新性之所在。张泽雄的长诗《沉香木》(《滇池》2020 年第 4 期)同样是一种变形的书写,这种变形是一截腐木经过时间沉淀之后所生发出的力量,它趋向于一种历史的回声。诗人在修辞上的创造呼应了古老的"沉香木"传统,更显出自然造化的神秘之美。

鲍秋菊(莫愁格格)的组诗《午夜的雪》(《诗潮》2020 年第 9 期)虽然也是在书写她眼中的自然,但有一种精神的幽暗性。"我们曾经使用容器一般的肉体/有了虚幻的部分/它的填补与充溢,勾起世间无限欲望。"(《他带着灵魂靠过来》,《诗潮》2020 年第 9 期)身体、色彩,在梦幻与现实中交替出现,它们既并行也不断地交叉,诗人在这种近于神经质的书写中靠近了某种肉体政治,它并不虚幻,而是在时空想象中完成了身体的经验之旅。在诗集《山有木兮》(湖北人民出版社2020年12月版)中,周素素对现代汉语的创造基于一种"陌生化"的维度,所以在整体表达上透出了空灵和内在的诗性秩序。

有的诗人走在时代的前面,而还有些诗人选择回望,这是否是无能和无力的表现?这个问题目前还无法回答,但不管是趋前还是退后,某种保守主义思潮开始出现,当然,这与激进的先锋会形成反差,但反差所带来的正是改变的契机。这也是越来越多的诗人将视野投向自然与文化的原因,他们一味地往前走,却发现偏离了初衷,找不到一个具体的边界,他们疑惑:我的写作会走向何方?此时,自然与文化就不是单纯的题材与主题元素,而是一种精神的支撑,它关乎美学,也指涉难度。难度意识也许是摆在这些书写自然与文化的诗人面前最大的问题,而解决的职责可能会落在青年诗人们身上,他们正渐次确立一种新的美学原则。

谈到难度意识,诗歌翻译可能更具言说价值。柳向阳与李以亮的诗歌翻译,同样也体现了诗歌"创作"的另一种难度和高度。柳向阳的诗歌翻译既保有诗人的性情,又体现了翻译工作的专业精神。2020年度诺贝尔文学奖得主露易丝·格丽克的诗歌,在具象与抽象之间自由转换,既书写日常经验,又不乏玄学色彩,柳向阳的翻译也许就是要在这虚实交替中找到切换的秘密钥匙。他倾十余年之功翻译格丽克的诗,就是试图译出女诗人那种敏感的倾诉美学,他于细节展现中见真情,而在诗的升华上又通向了无限之意。李以亮翻译的扎加耶夫斯基的两本诗集《无形之手》和《永恒的敌人》(北京联合出版有限公司2020年6月版),相对完整地呈现了诗人21世纪以来的诗歌创作成就,而李以亮在翻译上要达到的"最大限度地接近原文、理解原作者"这一标准,看似简单,实则是不同于诗歌写作的更大挑战。

四、荆楚青年与诗歌新力量

相对于成熟的诗人来说,可能有潜力的青年诗人更让人期待。当然,这里的新人并不一定是年轻人,还有那些一直沉潜而未发力的诗人,他们的写作更具纵深的质感。《中国诗歌》编辑部举办了"新发现"诗歌夏令营并出版了四辑《新发现诗丛》(卓尔书店2020年12月版),收录的都是90后青年诗人的作品,这是对诗歌的青年力量的扶持,同时也是对他们的肯定与鼓励。在出版这套诗集的同时,湖北的青年诗歌力量也渐渐找到了自己的位置。

谈骁有他自己理解诗歌的眼光与角度,这不仅针对他阅读的别人的诗作,同样也针对他自己的写作。他的标准不一定是感动,也不是单一的语言创新,而是某种综合之美。在其写作主题中,无论是残酷的生死,还是温润的日常,他总能准确地直指其核心,先抽离感官的局限,往既成事实上注入理性,沉实、绵密、不疾不徐地通向一种日常生活的政治。在组诗《泪水与硬火》(《十月》2020年第3期)中,他一边回到故乡抽取记忆,重新激活那些潜藏在历史深处的鲜活现场,并赋予它们以能动性,一边在家庭的身份上透视自我的处境,以此来完成人伦亲情共同体的建构。也许如他在诗中所言,"诗是一杯/止渴的水,也是一点难以拒绝的咸"(《腌菜之诗——致春婷》,《十月》2020年第3期),它的色泽与味道,让我们能够辨识一个人的精神轨迹,这不需要观念的加持,用心观看,致力于突破局限,方可真正填充进变形的诗意。

黍不语的诗有一种安静的冥想气质,所有的现实经验在她的转化中不自觉地带上梦幻感,飘逸、轻盈,灵动中传递着一种飞翔的姿态,这不是纯粹的生活经验可以带来的,而是诗人在感性收束中跨越了界线,她将神经质的那部分潜能放大,就此中和了现实经验的世俗性,形成了更为独特的话语空间。"道路在放弃,脚步在放弃/语言在放弃/爱在放弃//只有夜晚的耳朵承受着疲倦和轰鸣/犹如星星承受着寂静//我只愿记住"(《另一种生活》,《延河》2020年第4期下半月刊)。这是一种视觉经验和想象发生化学反应之后的语言生成装置,诗人将其命名为"另一种生活",实则是另一种对自然与世界的身份感知,它和日常生活发生了断裂,很大程度上就是日常生活溢出来的部分。也许黍不语的诗歌都可以看作是日常溢出经验边界后的话语生成,修辞上她是在尽力建构自己的风格,而在意义上她却又在不断地消解,"沉默的人会继续沉默/爱着的人继续悲伤"(《雪花飘落时我们就再见吧》,《延河》2020年第4期下半月刊),如摇滚乐般低沉的声音贯穿着诗人一路的行程,她在节奏中追寻着奇异的效果,既竭力向内部封锁自己,又向往着外部的精神自由。作为一个矛盾体,诗人完成了诗歌赋予她的重生。

丁东亚的诗有一种温柔的雄性表征,所有题材看似随手拈来,但又经过精心设计,情感和智慧在他的文字中融合得恰如其分。细节与总体的匹配,依赖于叙述的完整性,他利用自己讲故事的空间法则容纳了更多人和物之间的对话,并尝试不同的语调和旋律,诉诸真诚和虔敬的赞美之心,以此见证诗人对时代的参与。作为儿子,他给父亲寄去了多年的感言,"父亲,你该老实地待在村里,种你那十亩大田,英雄一样/站在田间,或睡在田头哼支小曲 不悲不欢……/你守着村庄的秘密,以简单的形式见证着生活和死亡。/它是你的乌托邦"(《与父书》,《长江丛刊》2020年2月号上)。而作为一个好父亲,他也在五月给女儿写了一封言辞恳切的信,"如果你亟需在我宽大的怀抱盛开/我相信无论何时都会有光亮呈现"(《五月:给女儿》,《长江丛刊》2020年2月号上),这些带有献诗色彩的作品,饱含着丁东亚的人伦情感,这些至亲之人才是他生活的前提,他写下他们,就是建构自己的精神图景,这也是其更高生活的起点。马小强的诗一直在往下沉,字里行间透出了微妙的焦虑,他在思考万物的困境,并为它们寻找存在于世的合法性。《我们为什么一错再错》(《三峡文学》2020年第12期)有着强烈的追问和反思意识,这种启悟更多源于对现实的精神抵抗,但他又以诗的方式与自我对话,从而透出了某种生活的哲学。

熊曼的诗歌主题一向偏于隐秘,她切入家庭和婚姻生活的现实中,敏感、锐利,且隐隐有反抗之意。她的两组诗《未名之树》(《芳草》2020年第3期)和《擦净的地板在反光》(《长江文艺》2020年第1期)多涉及这样的主题,诗人依靠直觉来消化这些隐秘的个体经验,并同构于诗歌创造的主体性。"那上面一个孩子抱膝而坐/在看动画片/他吃饱也喝足了/尚不知愁苦的滋味/如果无人来打扰/他会一直看下去/他的母亲在翻一册旧书/那里有亭台楼阁/繁花掩映的小径/人们的胸腔里/装着蛛网般密集的心思/她忽然倦了/扔下书去看一朵雏菊"(《擦净的地板在反光》),她渴望让自己游离于这种世俗的杂乱之外,但又无法完全脱序,向往独处与隐居也许是潜意识里的愿望,但世俗生活对她的反哺,的确又在精神层面上放大了它们之间的落差,正是这种内在的张力赋予了一个女性诗人透视生活的辩证法。

袁磊这两年的诗风开始发生变化,从过去的凌厉转向了古典雅致,因此显得更大气了。在组诗《白鹭》(《诗刊》2020年3月号下半月)中,他专注于观察鸟类,书写自然,一方面,他也许在向中国古典诗人致敬,另一方面,他可能在与沃尔科特对话,这种"风景之发现"对应的是诗人心境的变化,"高山,流水,白鹭,孤舟,在十一楼/眺望这些词,就能发现朱耷的山水/局部,假借他的中年,在语词中/隐蔽,苦修"(《白鹭》),诗人在审视自我中见自然,这种信仰是有境界的,他遵循着仪式感,将那些崇高之美根植于一套独属于自己的精神体系。由此考量袁磊的诗与很多90后诗人的作品不一样之处,即在于他走得更远了,正在迈向"见众生"的途中。王威洋的诗歌《错位》《夕阳之歌》(《星星》2020年12月号上旬刊),像一幅幅偶然的窥视性图谱,诗人在精细的观察中如同拍摄纪录片一样,侦查所有的细节,在遁入神秘感之前让它们一一现身,这里面隐伏着某种轻巧的语言观——他不是在做加法,而是在修辞上尽量做减法,以让诗性更为明晰。

在《我们都有不可言说的卑微》(《江河文学》2020年第2期)一诗中,刘金祥讲述了他亲历的故事,怕被人认出的尴尬,让我们都戴着面具生活,这是很多人都可能遭遇到的分裂现实,这种卑微不是因为羞涩,它恰恰在于我们很多时候愿意隐藏自己,回到一种幽闭的状态。一旦摆脱了生活中无形的枷锁,他也可能会在不经意的情感流露中发现人生的另一片风景。刘金祥在把握这种心灵风景的时候,有一种笛卡尔式的"我思故我在"的坦诚,这样,也就自然地契合了"我在故我写"的率真与执着。90后女诗人任爱群,她以近乎放纵的语调切入了当下的生活,准确、尖锐,且不留余地。"你每日摸着自己细嫩的皮肤/你每日扯着枯树的头颅/你与镜中人互相吹捧/

高声强调树冠的年龄/高声强调,它寂静成形"(《焦虑症》,任爱群《开往冬天的列车》,北岳文艺出版社,2020年1月版)。她已经越过了单纯的身体书写,而是在诗的现代性装置上进行革新,那就是以更激进的手法打破传统的词语的贫乏,为陌生经验的渗入创造条件。在各种奇特的意象罗列里,那些对比所造成的张力,对应着诗人的内在冲动和美学准则。

在湖北诗歌的新力量中,先锋性突破一直是一个悬而未决的问题,也就是说,缺乏一种真正主动的冒险精神。这并不是哪一位诗人的问题,而是这个代际群体普遍存在的困惑。这也许与新世纪诗歌的审美机制有关,更多的人在向内走,主张平和宁静的美学,因此,那些激进变化的诗风已经游离于当下的诗歌审美之外了。这是青年诗人们的共识。然而,他们一出道就固化的风格坐实了这样的推测,所有的写作都是在安全范围内的,是可控的,能够溢出标准和边界的仍然微不足道。青年诗人们如何将新的诗歌审美原则落到实处,确实是个问题,必要的时候甚至要不惜与前辈诗人割裂,只有如此,他们可能才会真正走出惯性的怪圈,为自己留存更大的创造空间。

五、优秀诗歌作品选

今日立春[①]

◇ 张执浩

阳光多好啊
这巨大的浪费
羞辱一般
还在持续
我站在窗前反复眺望
空旷的院落,街市
连鸟鸣声也有气无力
客厅里的拖鞋
东一只西一只
走投无路的样子
真让人心灰意冷

---

① 原载《长江文艺》2020年第5期。

风中的鸟窝①

◇ 剑 男

水边苇丛中有一些鸟窝在风中轻轻摇摆
小小的窝,小小的风,像
两个人的默契。它们精致地挂在苇秆上

或许是翠鸟的,也或许是黄鹂的
也或许是苇丛中更多不知名的鸟儿们的
但当割草的船只在不远处出没
我看见小鸟在苇尖上一会儿跳上
一会儿跳下,有不易察觉的恐慌和不安

这是大青山的十月,秋阳浩大
我的母亲正在梯子上用苇草加盖屋顶
寒潮还没到来,风一遍遍
吹过苇梢,像半山寺午后伴经的沉钟声

时间颂②

◇ 刘洁岷

/ 时间颂:嘴巴 /

你把嘴巴嘟成圆形的时间
是我把法令纹收得深刻的时间
是你魔笑睡了我佛哭醒了的时间
你迈入世界大战游戏的时间
是我捡拾吊脚楼下的枯枝的时间
是烈士牙关紧咬词语从身体里淌出的时间
景色在摩挲人的眼睛的时间

---

① 剑男:《星空与青瓦》,长江文艺出版社,2020年10月版。
② 原载《江河文学》2020年第5期。

是土狗咬住什么什么就是土狗的时间
是山谷中露珠跌落跌成更多露珠的时间

/ 时间颂：书写 /

你在书写中戳中汉语的时间
是我在搜寻中点击中国的时间
是你绑架我生活的时间
你老是拿着件事抓住不放的时间
是我断然拒绝认出某人的时间
是我替换了你人生的时间
你心跳了一下的时间
是我心梗了一片的时间
是你的噩梦里出现美景的时间

/ 时间颂：朱朱 /

朱朱的爸爸打开琴盒的时间
是一朵朵菊花在二胡声里绽放的时间
是每一片落叶都贴在秋风上的时间
你在中山公园门口把手一挥的时间
就是我在信访局外将打印纸一撒的时间
是正确的疫鼠遇到错误的猫咪的时间
鸟在坐牢蚕在做茧的时间
是鱼在织网屋在拆除狗在撕咬的时间
是你揭示真理而我编扯理由的时间

露天电影[①]

◇ 哨　兵

那些晚上除了躺在妈妈怀里

---

① 原载《星星》2020 年 8 月号上旬刊。

我只爱守着银幕背面
看露天电影。妈妈
对不起。从童年时代开始
我就躲在人的对立面，看人间
悲喜。有时我会藏在天上
挨着乌鸦窝坐在树杈间，或者
钻进洪湖，与莲花
芦苇和黄丝藻挤在一边。妈妈
对不起。生而为人
我只有鸟类眼光和草木之心
看英雄背面没有英雄
只有我和人，恶棍之后
也没有更恶的。妈妈
对不起。那些晚上
我只爱守着银幕背面，如同
守夜，但我仅仅守着人类
在那个世界散场，却无能为力

截取的一段岁月（二首）①
◇ 夜　鱼

／棉里藏针的另一种可能／

她像一根针
掉进厚厚的棉絮
陈年的新生的
浓浓的，湿漉漉的
搅合在一起
要在锈迹斑斑之前
穿过去

---

① 原载《星星》2020年12月号上旬刊。

要穿过去啊

但光阴蓬散

絮状的自己铺了一地

她已摸不到

针尖

/ 湖水与黑暗之间的缝隙 /

必须先适应一束追光狭长的阴凉

这不同于水的底部,可以

随心所欲地静止或激越

被绚烂被虚妄的一生

悬崖和陷阱还在,我轻如落叶

飘的那一刻,我开始重了

往下,脉络里的种子

找到湖水与黑暗之间的缝隙

纷纷滑落出去

如果惊起了声响,请原谅

我不过是想赶在彻底湮灭前

安排好轮回的作物

像一只岩羊,逃遁之前下意识地回头张望

我看到那些浑浑噩噩的光阴

如同湖水与黑暗之间的一层薄薄微明

痛与乐模糊纠缠在一起,难以辨识

在看云山居[①]
——回赠友人
（外一首）

◇ 柳宗宣

从土炕转移到黑瓦屋檐走廊的

[①] 原载《星星》2020年4月号上旬刊。

木椅上。山尖就冒出锥形火烧云
从庭院草坪望过去：升腾游移迁变
在这唯一的一刻，出现即消散
你寻访山房的路上；我就开始拍摄
大别山坳之间游走的雨后云雾
上弦月照现下坡路，弯曲通向
月牙池塘；我指给你看
山坳间的菜园；树丛芭茅中
飞行发光的萤火虫，环绕山岭
有时，它们出现在大厅和书房
词语的字里行间，隐显微妙
在逼向晚境的时辰；必要的海拔
自筑山房，我用了一生来远离
可疑的市场致患的空调，完成
个人的回归。生于乡村民间
我们就是儒者。我们的姓名
进入缮写的家谱，排在长幼之间
人事云象消散无踪。我领你从书房
走向与后院相连的山路，少人行走
好像是为我准备的，写作之余的诗情
漫延向这里，获得词语的灵思
又返回书桌将其补缀。从栗树
和词语的分行之间吹送来山风
越往里深入，能看见险奇的峰景
山野的宁静不是挥霍也不是多余的
它恰如其分地沉寂累积，化成
无言之境。这条用词语垒成的
语言新路。我和你访问过两块巨石
将它移置纸墨。冷峻可触不带感情
从落地玻璃看见山体，正好纳入
稳定画框似的窗；室内没有多余

我建造空空的山房：看云，看空

/ 文学小传 /

黑瓦屋檐前的菜园
园中的土路伸向河边水埠头
月夜或晨雾浮起的时辰
一个少年在吹笛

流动的月光或晨雾让他的
笛音染上水汽和月的光晕
从河边白色的夜空传递到远方
涵容那乡村的静寂和神灵

那被吹奏的美感和忧伤
从那多维时空流泻出来
笛声和着月光与水雾
从一个少年的体内发散

水埠头上，小小身体在颤动
在跨行词句的语音之间跳荡
那沾染月光水汽的笛音
如今，化入可以触抚的母语

春日独酌[①]

（外一首）

◇ 丁东亚

雨水温润。油菜花在春天
开出皇家的气派。仿佛她
从冬日邮寄来的柔情，遍及整座小镇

这样的傍晚，酒冷心暖

---

① 原载《星星》2020 年 7 月号上旬刊。

老屋瓦片间的野草鲜嫩好看,檐上的
老猫,失了淘气,蹲成一面雕像
唯烧制铜汤勺的老匠人守着古城墙下的小摊
怀想着从前的热闹。像我一样——

我怀念那日的梅花盛放和暖阳
像我怀念从前与你的恋爱时光
山野静默,水波微漾,我们并肩走在河岸
我拥抱你,像是拥有了所有的欢愉与柔软

如今,爱是灾难。每一次想念
都是一场无声的背叛。

/ 故人或雪与酒 /

是雪把她带来的。幽灵似的白
在傍晚犹似惊鸟的不安
她再次不远千里不邀自来
绿皮火车有了无解的慢
山野与麦田后撤
蝴蝶状的云霓,像极他梦中好看的侧面
她记得野芷湖畔小餐馆里幽暗迷人的灯火
聒噪的说笑和杯盏声响
湖面清寂,偶有孤鸟飞过
雪花落在野橘树上,人间热闹起来
朋友之中,他是为数不多可以信赖的一个
清苦止于唇齿,内心满溢欢喜
更多时候,他们就那么面对面坐着
喝酒或观景:白鹭用于想象;鲈鱼适合烹食
仿佛一对细察时光的看客
不设防御,甚至什么也不说

唤醒[1]

◇ 李　强

用八月江豚的跳跃
唤醒五月的梅花
三月的帆影
一波又一波
热爱武汉的心情

用街头巷尾生机勃勃
月季、紫薇、三角梅
唤醒蓝天白云
在此流连忘返
发誓成为永久居民

用口罩
唤醒眼睛
唤醒观察与发现
看呐！这太平盛世
勤劳幸福的人们

用熙熙攘攘
唤醒放心与繁荣
唤醒警惕
沉甸甸的责任

用好山好水
唤醒千里迢迢
南腔北调
一次次，你我他
心动不已的旅程

---

[1] 原载微信公众号"湖畔聆诗"。

用抖音

唤醒扶贫

当然了

八仙过海,各显神通

欢迎参与

欢迎多种方式并行

用李绅

唤醒汗水与土地

饭碗与节俭

五千年呐,如影随行

不安的基因

饥饿的阴影

用镜头与诗歌

唤醒战场

难忘的战斗

看不见的战线

战友还在坚守

硝烟尚未散尽

双休日想念蜻蜓①

◇ 李　强

蜻蜓是美好的

蜻蜓高高低低

高于地下的蚯蚓

低于天上的鸿雁

一般来说

一生中的大部分时间

略高于花花绿绿的蝴蝶

---

① 原载微信公众号"湖畔聆诗"。

　　　　它飞
　　飞在旷野、池塘、打谷场
　　　　它憩息
　　拣不高不低枝头
　　它不声不响活着
　　　不讨好权贵
　　不嘲笑落魄之人

　　　　它写诗
　　干净、宁静、轻盈
　　专注、直率、务实
怎么说呢,蜻蜓之风格
大约介于李白、杜甫之间

第五部分
文学评论

文学评论的时代性与地域性
——2020年度湖北文学评论综述

> 湖北文学评论在2020年取得了较好的成绩,湖北各高校和科研机构的众多批评家对疫情文学和贫困书写给予了深刻关心,对湖北地方的散文、小说、诗歌等各类文学体裁作品给予了广泛关注,同时,对历史小说和旧体诗词,以及湖北的民族文学也给予了重视。

一、疫情与贫困:对现实的关心

对于湖北人来说,2020年是绝对不平凡的一年,人们经历了疫情的大考。在生与死的关头,全国人民英勇战斗,涌现出许多可歌可泣的事迹,随之也出现了众多反映抗疫的文学作品。湖北的文学评论工作者很敏锐地捕捉到这一现象,对抗疫文学进行了深刻的评析。

在2020年的湖北抗疫文学中,首先要提到的是刘诗伟和蔡家园的《生命之证》,这是一部全景式反映湖北抗疫进程的报告文学,刊发于《中国作家(纪实版)》2020年第10期。这篇报告文学发表之后,引起了众多批评家的关注,华中科技大学人文学院周新民教授在《光明日报》发表了评论文章《〈生命之证〉:全景式地展现战疫进程》(2020年12月30日)。该文认为,《生命之证》表现了全社会对疫情的认识逐步加深的历史过程,同时也表现了抗击疫情的措施、方式日渐步入合理和科学的历史过程。我们对病毒的认知和对疫情的防控,受到认知能力、检测能力、上报路径、研判方式等因素的影响,它其实体现了人类社会面对自然时的一个正常反应。从这一点来看,抗疫文学不再是简单的灾难文学,其实是生态文学的一个重要分支,它体现了对人和自然之间关系的思考。有些描写疫情的作品，一味地强调一些大部分民众不愿意看到的社会现象，却忽视了这些现象产生的原因是科学认知的限制。在认识出现偏差的情况下，一些抗疫文学就会把目光聚焦在对"灾难"的宣泄和叙述上，这样来处理疫情叙事，显然是有失偏颇的。"《生命之证》的可贵之处就在于，它回归科学理性，对疫情做出科学评判和叙述。"周新民认为，全景式也是《生命之证》的一个重要关键词，生命共同体的建构是《生命之证》的最终旨归。《生命之证》同时还书写了全球共同抗疫的情况。

此外，还有一些年轻学者也对抗疫文学，特别是抗疫诗歌给予了关注。例如许懿发表了《"城之静"与"人之静"——读抗疫诗歌有感》（《长江丛刊》2020年第31期），认为2020年的新冠肺炎疫情让人们普遍受难，每个人都处于疫情的影响之下，切身体会着这场灾难给我们带来的恐惧、悲哀与绝望。"面对巨大的创痛，诗歌成为人们情绪宣泄、情感抒发的一个重要出口，纷繁复杂的众生百态在诗歌中沉淀下来，诗人们将难以言明的情绪与感受注入诗行，书写出一个寂静的春天。"黄吴悠发表了《从生活经验到诗的经验——抗疫诗歌阅读印象》（《长江丛刊》2020年第31期），认为新冠肺炎这场疫病在世界的蔓延，如一把巨大的死神镰刀，不论地域、人种、阶级、贫富的差异，轻而易举地带走一个个脆弱的生命。"从当下诗歌语言与被更新的经验之间的矛盾这一层面来解读，人类遭遇的巨大的灾难成为一种极其独特的经验。"湖北民族大学文学与传媒学院李莉教授在《文艺报》发表文章《文艺的速度、温度、深度和厚度——2020年抗疫文艺掠影》（2020年3月25日），认为在抗疫斗争中，"中国作家并没有失语，抗疫文艺并没有缺席"。但是，要给世人留下有深度、有厚度、有广度的杰作，还需要进一步努力。

2020年亦是脱贫攻坚的关键之年，在火热的脱贫工作中，涌现了大量反映乡村脱贫生活的作品，而湖北的文学评论家们也对此给予了很大的关注。《百里洲纪事》是一本反映扶贫工作的报告文学，该书以湖北省宜昌市枝江市百里洲镇脱贫攻坚为背景，精选了十二个精准扶贫的实例，真实地记录当地的贫困独居者、留守儿童、困难户、五保户、孤儿、有基础疾病者等当下的生活现状。该书出版后，江汉大学人文学院张贞教授以《〈百里洲纪事〉的文学与现实》为主题，在《长江丛刊》（2020年第31期）上组织发表了一组评论文章，其中包括武汉大学文学院叶李副教授的《承担共同命运的写作——朱朝敏〈百里洲纪事〉读札》、三峡大学文学与传媒学院刘波教授的《贫困、尊严与精神审视——由朱朝敏〈百里洲纪事〉想到的几个问题》、三峡大学文学与传媒学院李雪梅副教授的《故乡、时代与人民——评朱朝敏的〈百里洲纪事：一线脱贫攻坚实录〉》、湖北省作家协会刘天琪的《深情凝望"百里洲"——读朱朝敏〈百里洲纪事〉》等文章。张贞教授认为："近年来非虚构写作以鲜活的时代气息和强烈的历史使命感重新唤起并加深了人们对'文学与现实'关系的思考,从这一文学视域来看,朱朝敏的《百里洲纪事》把脱贫攻坚的国家政策、底层人民的真实生活和作家个人的生命体验糅合在一起,在反映时代文化心理和探寻精神救赎方面进行了深入挖掘,建构了丰富的现实主义审美意蕴。"而叶李、刘波、李雪梅、刘天琪四位评论家从不同侧面剖析了这一意蕴的具体表现,与此同时,洋溢在字里行间的思理之妙和珠玉般的遣词造句,也使四篇评论呈现出鲜明的批评文体意识。

中南财经政法大学新闻与传播学院陈国和教授对近年来农村中的"新人"这一文学形象进行了研究,他认为,近十年来中国社会现代转型日益加速,从"乡土中国"转向"城镇中国"的城市化进程依然是时代主潮。"创造能够表达时代要求、与时代同构的人物形象是当代文学书写中国经验的重要内容。一些具有艺术抱负和历史责任感的作家,在进城者、返乡者以及乡村干部(包括扶贫干部)等三个维度上成功地塑造了众多农村新人形象,为新时代中国经验书写做出可贵的艺术探索。"(《中国文学批评》2020年第3期)

二、历史与文体:对传统的关怀

长期以来,中国现代文学史或中国现代诗歌史大多将五四以来的诗歌发展史称为"新诗史",认为这一时期新诗"打倒"了旧体诗并确立了自身合法地位。但是,21世纪以来,不断有人质疑这一结论,并提出重写文学史,重新认知旧体诗被遮蔽或切割的发展历程。2020年,湖北众多文学评论家就对旧体诗的发展给予了较多的关注。

华中师范大学文学院李遇春教授是旧体诗研究专家,近年来一直在从事中国文学传统的复兴方面的研究,著有《中国文学传统的复兴》《中国文学传统的涅槃》等学术著作和文学评论集。2020年,他与博士生鲁微合作发表了《众声喧哗与异质同构——五四时期中国诗歌的新旧之争》(《东南学术》2020年第4期),他们认为,五四时期中国诗歌的新旧之争主要表现为三个方面:一是旧诗群体内部的新旧之争,以同光体(宋诗派)、汉魏六朝诗派和中晚唐诗派为代表的保守派,与以诗界革命派、南社、学衡派为代表的革新派之间在思想和艺术追求上存在明显分歧;二是在新诗群体与旧诗群体之间的新旧论争;三是新诗群体一致"破旧"的同时,对于如何"立新"也产生了内部分歧。"正是在三种复杂的新旧之争中,中国诗歌呈现出新旧过渡时代的丰富性与异质性。"此外,李遇春与鲁微还发表了《自由与格律:五四时期中国诗体的新旧冲突》(《福建论坛》2020年第5期),他们认为:"新旧诗人围绕诗体问题展开的论争,实则体现了现代中国诗歌标准的分歧。而如何在自由与格律的冲突中不断寻找调适与和解的可能性,则是这场百年前的新旧诗体之争给当下中国诗歌的发展所提出的关键问题以及留下的宝贵经验。"江汉大学人文学院彭松乔教授则对21世纪以来的旧体诗词写作给予了关注,发表了《抒写新时代,传承雅基因——新世纪旧体诗词群众性创作探析》(《长江文艺评论》2020年第1期),他认为中国自古以来就是一个诗的国度,诗词文化基因深深植根于民族审美的灵魂,诗词创作始终是人民群众抒情言志的重要方式。然而,20世纪初一场旨在拯救民族危亡的白话文运动却将之当作"阿谀的、虚伪的、铺张的贵族古典文学",连同文言文一起差点被"革命"掉了。彭松乔认为,"旧体诗词的命运,虽然并未完全扼杀,却也只能游离于主流文化的边缘,夹缝求生,但这并不意味着诗词创作从此就湮没无闻了",相反,如果将那些在网站、博客、微博、微信、QQ空间、论坛等媒介中发表的、散布于民间浩如烟海的和在纸媒所发表的旧体诗词全部囊括进来,恐怕将是一个天文数字。

莫言是中国当代著名小说家,但他偶尔也写作旧体诗词,《鲸海红叶歌》就是其作品之一。吴平安在《人民文学》2020年3期发表了《浏漓顿挫,豪荡感激——莫言七古〈鲸海红叶歌〉赏析》,认为莫言选择七言古风为扶桑之行存留一份记忆是明智之举,因为莫言文风汪洋恣肆不拘一格,很难去俯就平仄一类的清规戒律。"七古这种体式,正在于不拘格律,用韵自由,于端正浑厚中见跌宕纵横,且篇长体大,记叙抒情两相宜。"吴平安认为,许多不谙声律的人,以为古体易于近体,这也是错误的,以七古论,要在气韵流贯,用明代诗论家胡应麟的话说,"七言长歌,非博大雄深、横逸浩瀚之才,鲜克办此"。此外,华中师范大学文学院孙正国、李皓曾评论邹惟山的"拟寒山体"诗歌创作,认为"邹惟山热爱自然山水,遍游山川大地,其诗文既有清新自然、情感充沛、意境开阔、想象丰富的艺术特质,又饱含浓郁的巴楚风情"(《"惟山体"创作的地理基因与地理想象》,《当代作家评论》2020年第2期)。

同时,湖北文学评论家对历史小说也给予了较多的关注。湖北女作家尔容历时三年创作的长篇历史小说《伍子胥》由长江文艺出版社出版后,受到评论界的广泛好评,江汉大学人文学院陈澜博士在《社会科学动态》2020年第3期发表了《尔容长篇小说作品研讨会综述》,介绍了众多学者对尔容的长篇小说,特别是长篇历史小说《伍子胥》的评论。湖北省社会科学研究院刘保昌认为,"尔容《伍子胥》对先祖隐密历史的揭示及其根源于家族血脉生发的巨大同情,无不说明创作者的历史观念、文化环境、时代背景、艺术素养之于创作对象具有重要意义"(《存在、复仇、人文、仰望:伍子胥的四种历史形塑》,《中南民族大学学报》2020年第2期)。历史是阐释不尽的丰富资源,题材选择上的"重复",反过来看正是文化创新的基础,历史资源期待着作家们做出崭新的阐释。江汉大学人文学院庄桂成教授认为,"尔容的长篇历史小说《伍子胥》以生动的文笔,描写了我国古代春秋战国时期的一段波澜壮阔的历史,塑造了著名的军事家伍子胥这一栩栩如生的人物形象"(《历史理性中的人文关怀》,《长江文艺评论》2020年第4期)。一切历史都是当代史,历史小说不仅可以帮助读者了解历史、认识历史,更为关键的是,它还以审美的方式帮助我们反思历史,为我们的当代生活和社会发展提供某种启示,尔容的《伍子胥》正是这样的一部优秀之作。此外,武汉大学文学院唐丽平发表文章《历史文学的回归之路》(《社会科学动态》2020年第7期),评论刘保昌的长篇历史小说《楚武王》,认为《楚武王》"让我们看到了一段不一样的春秋史,它以历史小说的方式填补了楚地在春秋史书上的空白"。

三、楚地与汉味:对地方的观照

湖北文学评论家们对湖北本地的文学创作,一直保有很高的热情和浓厚的兴趣。2020年,很多学者都对湖北本地作家李修文、刘醒龙、刘诗伟等人的作品进行了评析。

李修文作为湖北省作家协会主席,以小说成名,著有《滴泪痣》《捆绑上天堂》等多部小说,近年来出版了《山河袈裟》《致江东父老》等散文集,受到湖北文学评论界的关注和好评。湖北省文联蔡家园在其文学评论著作《怎样讲述中国故事》(北岳文艺出版社2020年9月版)中认为,李修文的《山河袈裟》这部散文集聚焦"人民与美","记录了转型期中国社会的复杂形态、人性挣扎和命运的多变",认为李修文的散文语言充分风格化,典雅、干净而隽永,富有穿透力与重量感,张扬了现代汉语之美。陈澜认为,李修文的散文创作,以谦和、慈悲的同理心深入生活,调动自身的真情实感,同时在语言层面和表现形式上进行创新,将情感的真实与艺术手法的多元相结合,最终呈现出的作品,兼具强烈的感染力、突出的创新力和独特的审美张力,可读、可思、可感、可于文体交错的关节上拓展出全新的生长空间。"《致江东父老》不仅仅是作家奉献给读者的阅读盛宴,也是作家为拓展散文创作边界而做出的成功实践。"(《用谦和与慈悲的力量拓展散文创作的边界——评李修文〈致江东父老〉》,《长江文艺评论》2020年第5期)刘天琪认为,李修文在其两部散文集中,试图从相遇视角出发,转变"人民"与"我"的主体关系,于世俗生活的言说中实现二者的融合,从而建构新的"人民"书写。李修文从"青春写作"到"人民"书写的转型,"不仅带有他个人对待自我实现以及处世观念的真切思索,更打上了70后作家群体面对历史转型期现实问题的琢磨与考量的思想印记,亦不失为中国文学在新世纪的深层次探索路向"(《从"自我"到"人民"——论李修文的创作主体性兼及"70后"作家的集体转型》,《江汉论坛》2020年第11期)。

刘醒龙近年来出版了小说《黄冈秘卷》、散文集《上上长江》等作品,这些作品受到读者的好评和评论界的关注。刘保昌认为,刘醒龙执着于"表现小地方的大历史",通过对黄冈地域文化经验的不断探索与书写,成就了"文学意义上的刘醒龙"。刘醒龙的小说"不仅以真实细腻的生活细节、生动感人的艺术形象、无限贴近民间大地的书写造成声势浩大的'现实主义冲击波',而且以小镇为中心的地域文化呈现接续上了悠久的楚文化精神传统,开拓了广阔的艺术空间,建构了一个惊才绝艳的审美世界"(《从大别山到圣天门口:刘醒龙的黄冈书写》,《写作》2020年第6期)。此外,武汉大学文学院博士后刘早也发表文章《在谱志立传中追寻文学真相——刘醒龙近期创作评述》(《当代作家评论》2020年第5期),认为"刘醒龙在向世界展示一种可能——即如何从乡土和传统中汲取养分,佐以时代和进步的力量,以浪漫的手法反哺现实,以传承的理念回馈当代文明",刘早认为刘醒龙对中国乡土自然的书写,显现出根植于中国传统文化的强大生命力。

刘诗伟的长篇小说《南方的秘密》甫一出版,便受到国内评论界的强烈关注,各类报纸、杂志共发表评论文章三十多篇,后来江汉大学武汉语言文化研究中心组织召开了《南方的秘密》作品研讨会,并结集出版了《江汉叙事与社会隐喻——刘诗伟长篇小说〈南方的秘密〉研究文集》。李雪梅发表文章,专门论述了刘诗伟长篇小说的形式美学问题,认为讲述中国故事作为当下的文学热潮,不仅在题材内容上总结中国经验,凝聚中国人的情感,同时也在形式上建构相应的小说美学,尤其是面对当下中国的庞杂现实,亟须寻找合适的方法处理切近而复杂的当下经验。李雪梅认为,"刘诗伟的小说在多重对话中开掘人物的心灵时空,透过表象抵达历史和现实的深层"(《讲述当下中国故事的方法——从刘诗伟长篇小说形式美学谈起》,《中国文艺评论》2020年第10期),将有意义的内容和有意味的形式融合在一起,为观察和理解当下中国提供了重要视角,也进一步拓展和丰富了当下的现实主义写作。

湖北评论界一般把那些描写武汉这座城市的人和事,具有浓厚武汉地方特色的小说称为"汉味小说",湖北第二师范学院李汉桥和华中科技大学张雯君于2020年发表文章,对汉味小说中的市民生存伦理进行了论述。他们认为,20世纪80年代汉味小说中有许多关于城市生存状态的特殊书写,"其中一些作品善于从家庭主题切入城市市民生活状态的描绘,并且作品中透露出一种黑色荒诞主义的风格"(《"汉味小说"中的市民生存伦理思考》,《湖北第二师范学院学报》2020年第3期)。他们以《风景》《出门寻死》和《落日》为研究对象,从这几部代表作中提炼出汉味小说中市民的生存伦理:生存竞争法则、个人利益至上和人性异化现象,并且揭示了生存伦理背后存在的利己主义思想,以此来研究汉味小说中城市生存的另类极端状态。

此外,湖北本地诗歌创作也是湖北评论家们研究的重点,张执浩是近年来湖北诗坛创作较为突出的诗人,其诗集《高原上的野花》获得鲁迅文学奖,其诗作也受到评论界的关注,华中师范大学文学院王璐写有《张执浩诗歌的对称形式与诗意构建》,华中师范大学文学院研究生彭仙的硕士学位论文是《张执浩诗歌艺术研究》,武汉大学文学院龙子珮写有《"非常时期"的守"常"之道——读张执浩、黍不语、熊曼的诗》等。

当然,除湖北本地作家、诗人外,全国一些有影响力的作家、诗人的作品,也受到了湖北评论家们的关注,并产生了一些优秀的评论文章,如樊星的《漫谈莫言笔下的农民形象》、叶立文的《中国故事的三种讲法——兼谈贺享雍的"乡村志"系列小说》、李遇春的《"海洋"与迟子建的长篇小说文体美学》、周新民和方越的《关仁山小说中农村"新人"形象流变论》、汪树东的《超越残疾与苦难——论史铁生的反现代性书写》、杨晓帆和谭复的《从现实哀歌到时代寓言——论〈天堂蒜薹之歌〉的版本变迁与民间面向》、荣光启的《今时代何为诗人、诗意?——读田湘〈练习册〉所感》、刘川鄂的《启蒙文学的旗帜与唯美文学的标高——鲁迅、张爱玲比较论》等,都从不同角度对中国当代文坛有影响力的作家和诗人进行了深入的评析。

四、海外与民间:对民族的关注

2020年,湖北的评论家们还表现出对民族文学的关注。这个民族文学可从两个层面来理解,一是从全球视野来看,它是指中华民族文学,特别是指海外华文文学;二是从国内视野来看,它是指国内各地少数民族文学。湖北评论界对这两个不同视角的民族文学都持有浓厚的兴趣。

首先来看全球视野下的中华民族文学及海外华文文学。中南民族大学文学与新闻传播学院龚举善教授在《河北学刊》发表文章《空间正义视域下中华民族文学史观的价值向度》(2020年第2期),认为中华民族文学史观的空间正义,既是重大理论问题,也是紧迫的现实课题。"中华民族文学史的述史观念不能只考量线性时间维度,也不宜仅仅徘徊于族属和地理空间层面的表象性强调,还须正视并重视新的述史可能性。"他认为,空间正义视域下中华多民族文学史新的述史可能主要指向三大向度:一是叙事视野公平,二是媒介形态公正,三是文本空间公允。在海外华文文学研究上,中南财经政法大学新闻与文化传播学院胡德才教授发表了《楚文化与聂华苓的文学创作》(《江汉论坛》2020年第10期),认为作为楚人后裔,聂华苓的文学创作与楚文化有着千丝万缕的联系。聂华苓笔下的苓子和桑青(桃红)是华文文学世界里的"楚人"后裔,是"不服周"的"楚魂"再现。"聂华苓对20世纪华人漂泊者的书写是对楚文学放逐母题的传承与拓展。"中南财经政法大学新闻与文化传播学院罗晓静教授发表了《自由与超脱的进境——严歌苓小说创作比较谈》(《当代作家评论》

2020年第1期），以严歌苓分别在国内和国外创作的中国题材小说为主要观照对象，探究其国内国外小说创作的差异及形成原因，认为"严歌苓出国后小说创作最重要的变化是自由与超脱"。此外，华中科技大学人文学院博士后陈桃霞发表了《中国文学的南洋书写：一个值得重视的研究课题》（《河北学刊》2020年第3期），认为在中国走向世界的进程中，南洋向来是一个不被注意的场域，但它却与20世纪的国人发生了难以计数的交集。"南洋书写记述了中国知识分子走向世界的历程，揭示了他们与南洋交集中所具有的历史命运和民族心理，呈现出多种样态的文学价值。"她认为，欲了解20世纪中国作家域外写作的全貌，不能仅仅局限于西洋书写和东洋书写，未引起国人高度重视的南洋书写恰恰是中国文学域外书写中一个十分重要的方面。

　　湖北省的西南部是恩施土家族苗族自治州，近年来民族文学繁荣发展，先后产生了长篇散文《那条叫清江的河》、报告文学《父亲原本是英雄》等优秀作品，因此，对民族文学的评论也是湖北评论界的重要一页。恩施作家徐晓华的散文《那条叫清江的河》获得了第十二届全国少数民族文学创作"骏马奖"后，中南民族大学文学与新闻传播学院杨彬教授发表了文章《以子女的情怀书写土家族的母亲河——评第十二届"骏马奖"获奖散文〈那条叫清江的河〉》（《长江文艺评论》2020年第5期），认为这是一部包含着历史、文化、家国情怀、民族特色的长篇文化散文，是作者写给土家族母亲河——清江的深情歌唱。她认为作者徐晓华"以儿子的情怀描写清江，将土家儿女与清江的关系描写得深刻而丰厚。作品展示了清江的壮怀激烈和历史悠久，描写了生活在清江边的土家儿女向死而生、长歌当哭的生死观，天人合一、举重若轻的天地观，尊重自然、人和天地万物和谐相处的生态观"。三峡大学文学与传媒学院刘月新教授发表文章评论王玲儿的《龙船调——关于一首歌的非虚构记忆》，认为《龙船调——关于一首歌的非虚构记忆》具有丰厚的文化内涵与浓郁的诗性气质。王玲儿历时近十年，运用文化人类学方法，以一位女性作家特有的敏感和细腻，经过艰苦扎实的田野调查、耐心细致的资料梳理与呕心沥血的艺术构思，从众多的资料碎片中还原了《龙船调》这一首歌的前世今生。刘月新认为，"作品以这首民歌的发育、成长与变化为线索，将其置于民族、文化、历史与现实相叠合的多重语境中，对文化与民族、文化与民间、文化与人、传统文化与现代社会、中国文化与世界文化等问题进行了深度思考，表达了忧思深广的人文情怀"（《文学人类学视野下的地方文化书写——论王玲儿〈龙船调——关于一首歌的非虚构记忆〉》，《长江文艺评论》2020年第1期）。中南民族大学文学与新闻传播学院何联华在《武汉文史资料》2020年第10期发表文章《我曾为民族文学鼓与呼》，回忆编写民族文学新教材、宣扬民族文学、讴歌民族文学新腾飞等往事。

　　此外，还有华中师范大学文学院张玉能教授和宜春学院文学与新闻传播学院黄定华的《文学价值论与新时代中国特色社会主义美学和文论》(《长江文艺评论》2020年第4期),从理论上对新时代中国特色社会主义美学和文论体系中的"真善美统一论"等进行了阐述。还有黄冈师范学院文学院汤天勇副教授、武汉大学文学院李保森等对非虚构写作进行了阐释。

总之,2020年,湖北文学评论界在现实、传统、地方、民族等维度上,都给予了强烈的关注,取得了较好的成绩,但是,2020年的湖北文学评论仍存在一些不足,忽视了当代文学发展的某些重要领域,或者说关注不够。例如,网络文学发展如火如荼,湖北网络文学的发展在全国文坛也产生了重要影响,但湖北文学评论界对网络文学的评论较少。此外,湖北文学评论界对科幻文学的关注不够,对科技与文学的关系分析也不多,对当代文坛的新锐作家的分析和评论也较少。另外,湖北评论家们对具体作家作品的分析较多,理论建构却不够,没有形成在当代文坛产生一定影响的理论建树,这些都需要在以后的工作中加以改进和完善。

五、优秀文学评论作品选

《生命之证》:全景式地展现战疫进程[①]

◇ 周新民

在众多反映新冠肺炎疫情的文学作品中,由刘诗伟、蔡家园共同创作的《生命之证》(《中国作家(纪实版)》2020年第10期),不仅客观记录了2020年寒春之际中国人民抗击疫情的过程,也表现了作者对于人和自然、人和社会种种关系的深入思考。

真实性是这部报告文学最为突出的特征。《生命之证》的素材由两位作者亲临一线采写而来。作品从科学的角度观察和分析了突如其来的新冠肺炎疫情,重新唤醒了真实性和科学之间的关系,客观地呈现了疫情来临时的社会心理。这种基于科学观察与分析的视角,构成《生命之证》对于疫情分析的基石。对于疫情期间出现的种种社会心理状态,两位作者深刻地认识到,是由于"缺乏医学、流行病学、人类学、经济学、相关历史知识与社会管理学等方面的思想资源,无法与疫情现实对话"。随着对疫情认识的进一步加深,两位作者对整个抗疫行动进行了清晰的描述。

秉承科学观察与科学分析的理念,《生命之证》表现了全社会对疫情的认识逐步加深的历史过程,同时也表现了抗击疫情的措施、方式日渐步入合理和科学的历史过程。我们对病毒的认知和对疫情的防控,受到认知能力、检测能力、上报路径、研

[①] 原载《光明日报》2020年12月30日。

判方式等因素的影响。它其实体现了人类社会面对自然时的一个正常反应。从这一点来看,抗疫文学不再是简单的灾难文学,其实是生态文学的一个重要分支,它体现了对人和自然之间关系的思考。有些描写疫情的作品,一味地强调一些大部分民众不愿意看到的社会现象,却忽视了这些现象产生的原因是由于科学认知限制。在认识出现偏差的情况下,一些抗疫文学就会把目光聚焦在对"灾难"的宣泄和叙述上。这样来处理疫情叙事,显然是有失偏颇的。《生命之证》的可贵之处就在于,它回归科学理性,对疫情做出科学评判和叙述。

全景式也是《生命之证》的一个重要关键词。作品对疫情至今的整个过程展开了详细描述,让人对新冠肺炎疫情的发展过程有了全方位的认识。在人与病毒搏斗的过程中,充分体现了人类社会与病毒做斗争的波澜壮阔的历史情境。家庭、社区、医院、政府机构等社会组织单元,都充分调动起来了。为了浓墨重彩地描述抗击疫情的社会画卷,《生命之证》将笔触对准抗击疫情的各类人物群像:在一线奋战的武汉医务人员,逆向而行的医疗队员,社区工作人员、志愿者和患者等。作品对各类抗击疫情的人物的采访,细致呈现了抗疫的复杂性与艰巨性,描绘了武汉战疫的全景图像。

全景式反映社会生活本是中国当代文学重要传统,尤其在反映社会生活真实面貌和社会本质上,有着特别的价值。但是,自从当代文学"向内转"和追求"纯文学"之后,全景式反映社会生活的传统被"放逐"。而叙事形式、个体精神、内心世界、欲望、身体等成为文学叙事关注的重点。全景式叙事被"放逐"之后,当代文学也丧失了反映社会真相和社会发展规律的功能。所幸新世纪以来,一些小说家在表现中国农村社会变革尤其是精准扶贫上,开始恢复了全景式叙事的基本功能。《生命之证》采取全景式反映社会生活的方式,为展现中国人民抗击疫情的历史过程和历史画卷,进行了有益的探索。

生命共同体的建构是《生命之证》的最终旨归。这是一部反映生态危机的报告文学。正是人和自然之间关系的失衡,原本生存于自然界的冠状病毒得以以人为宿主,并具备强大的传播能力。《生命之证》描写了新冠病毒的传播能力,对新冠病毒造成的生命危机,包括因此而造成的医疗挤兑状况,有比较充分的叙述与描写。当然,《生命之证》描写种种危机的目的蕴含着深刻的反思:要给自然以必要的道德关怀,否则,人类就要为此付出惨重代价。

生命共同体理论也是人民中心论的重要体现。书写人民至上、生命至上的抗疫措施,也是《生命之证》的重要内容。作品从多个角度描写了在人民至上、生命至上理念指导下,全国一盘棋星夜奔赴武汉的情景:军队火速支援武汉,全国各地迅速组织医疗队驰援武汉,一线医生护士舍生忘死,社区工作者和志愿者废寝忘食。

《生命之证》还书写了全球共同抗疫的情况。疫情出现以来,海外华人和国际友人第一时间为武汉人民捐赠防护物资。而在武汉疫情控制住后,武汉也指导国外疫情依然严重的国家和地区正确抗击疫情。虽然对于疫情的理解和防护措施的理解有文化的差异,但是,生命至上的理念,已经超越了国家、种族、制度和文化的区隔,把世界各国人民联系在一起。《生命之证》对于国际友人的访谈,充分表明了在当今全球化时代,各国人民在抗击疫情的斗争之中,建立起了生命共同体。

疫情发生后,基于对疫情的叙述,作家对于人和自然的关系、对于生命都有一个全新的认识。《生命之证》的抗疫叙述给我们带来了诸多思考。中国当代文学如何再次回归到有力地阐释中国当下社会发展的道路上来,是一个值得深思的课题。

李修文:回归大地的虔诚书写[①]

◇ 蔡家园

日前,第七届鲁迅文学奖揭晓,李修文的《山河袈裟》荣获散文奖。这部作品的获奖实属意料之中。自去年出版以来,它不仅受到评论界的普遍好评,而且受到读者的广泛赞誉,可谓"叫好又叫座"。这部作品的获奖,对当代散文创作乃至当代文学的发展,具有路标性意义。

李修文成名甚早。早在70后作家群集体亮相文坛之初,他就以鲜明的"叛逆"风格而引人注目。他创作过不少中短篇小说,大都带有先锋文学的痕迹。一类是对传统文学经典进行解构、颠覆和拼贴,像《大闹天宫》《王贵与李香香》《心都碎了》《解放》《西门王朝》等。这些作品以戏谑的语言颠覆历史人物和文学人物的固有形象,着力表现其恶劣的道德、变态的行为以及世俗化的一面,在对传统伦理价值的激烈破坏中表达对于历史的强烈质疑,呈现出鲜明的狂欢化和游戏性特征。一类描写现实生活,如《地下工作者》《洗了睡吧》《小东门的春天》等。主人公多是一些莫名其妙、行为怪异的疯子或精神病人,处在自虐或梦游的状态,生活场景怪诞可疑,充满不确定性。小说在"循环""空缺"等非逻辑叙述中传递出阴郁、荒诞、残酷和暴力的气息,充满了虚无感。而他的长篇小说《滴泪痣》和《捆绑上天堂》则以"爱与死亡"为主题,细腻地书写了人的两难生存境遇,将爱的圣洁、浓烈和唯美刻画到极致,在重塑古典爱情理想的同时,传达出生命的绝望感和虚无感。这两部长篇成功地糅合了精英写作与时尚写作的元素,在美学风格上呈现出混搭性,受到读者追捧。李修文的小说深受日本文学的影响,追求一种精致、感伤、孤独而颓废的美,具有强烈的艺术感染力,但在整体上仍然没有脱离"青春写作"模式。

---

① 选自蔡家园:《怎样讲述中国故事》,北岳文艺出版社,2020年9月版。

进入21世纪之后,一度喧嚣的70后作家群出现分化,整体上显得沉寂,李修文也将主要精力转向电视剧创作。2014年,他编剧的电视连续剧《十送红军》在央视播出,凭借对革命和人性的全新阐释以及新颖的叙事手法赢得了广泛好评。此间,他开始大量写作散文,进入文学创作的调整期。

到了2017年初,李修文推出了《山河袈裟》。这部散文集聚焦"人民与美",记录了转型期中国社会的复杂形态、人性挣扎和命运的多变。他一改过去小说创作中的"青春写作"模式,以阿甘本所说的"同时代人"的眼光审视历史、社会和人生,裸裎灵魂,融入生活,深入人民,完成了精神上的涅槃和灵魂上的死而复生。用他在创作谈中的话说:"是的,人民,我一边写作,一边在寻找和赞美这个久违的词。就是这个词,让我重新做人,长出了新的筋骨和关节……"他对世间万事万物怀有高度的敏感,虔诚地去体验和发现普通人的传奇,以巨大的怜悯之情去关怀他们的存在,去发掘人生困境中的诗意。他着力张扬底层小人物的"深情""重义",对"人民"表现出一种近乎宗教般的虔诚和崇拜。他在更加宽广的维度上思考生死、爱欲、名利,既有道家的生命超脱,又有儒家的入世情怀……像《羞于说话之时》《枪挑紫金冠》《每次醒来,你都不在》《长安陌上无穷树》等篇章,其用力之猛、命意之深、遣情之浓、造语之新,产生了一种极致而鲜明的美学效果。而且,他的散文语言充分风格化,典雅、干净而隽永,富有穿透力与重量感,张扬了现代汉语之美。

鲁迅文学奖是文学界最重要的奖项之一,《山河袈裟》的获奖不仅是对李修文个人创作成就的表彰,更是对文学正道的肯定和张扬。李修文以真诚、明亮的写作,为被庸俗化了的"人民与美"正名,也为苍白、琐碎而平庸的散文创作开辟了新境界。他不仅寻找到了自己的"正信"和"袈裟",而且恢复了文学应有的尊严与力量。正是因为他和石一枫、李云雷等人的存在,70后写作拥有了更为开阔、深邃的面向。在流行美学强力规训的氛围之下,这一代人不再显得那样驯服和单调!

以子女的情怀书写土家族的母亲河①
——评十二届"骏马奖"获奖散文《那条叫清江的河》

◇ 杨 彬

徐晓华的《那条叫清江的河》获得第十二届全国少数民族文学创作"骏马奖"。这是一部包含着历史、文化、家国情怀、民族特色的长篇文化散文,是作者写给土家族母亲河——清江的深情歌唱。作者以儿子的情怀描写清江,将土家儿女与清江的关系描写得深刻而丰厚。作品展示了清江的壮怀激烈和历史悠久,描写了生活在清

---

① 原载《长江文艺评论》2020年第5期。

江边的土家儿女向死而生、长歌当哭的生死观，天人合一、举重若轻的天地观，尊重自然、人和天地万物和谐相处的生态观。作者浓墨重彩塑造清江边的父老乡亲,他们承载着土家文化,在遥远的鄂西山村心系祖国,和汉、苗各族人民和谐共处。清江岸边的土家风情风俗在人物塑造中得以展示,作品不仅有外在风情描写,而且通过人物、事件揭示出浸润在土家儿女基因里的文化内核。"以子女的情怀书写土家族的母亲河,在对历史、风物、父老乡亲的深长注视中,体认着中华民族的家国江山"。这是骏马奖的颁奖词,其准确地概括了这部散文作品的创作特色。

一、生命成长的清江基因

《那条叫清江的河》是一篇结构完整、主题集中、前后统一的长篇文化散文。散文从作者出生写起,以作者从小到大在清江边成长的经历作为线索,一直写到作者成年,清江因为开发,作者的家乡连同祖坟淹没在清江水中为止。清江河伴随作者成长,作者在清江岸边的土家族氛围中长大,清江和土家文化成为作者生命的基因,铭刻在作者心里。作者用文字记录和描写这种生命基因,成为这部长篇散文的创作动力。

作者从出生时母亲没有奶、父亲在清江河里撒网打鱼熬成乳汁喂养"我"开始写起,清江河便成了作者的乳娘,清江河水成了喂养作者的第一口乳汁。清江成了作者多重意义的母亲。从此,作者以自己的成长为经,以清江岸边的父老乡亲、风土人情、天地万物观念为纬,开始立体地描写那条叫清江的河。作者开始用童年的视觉看待清江,描写作者沐浴着清江水的成长过程。清江以它博大的胸怀养育作者,以清江丰厚的鱼类,以清江岸边满坡的粮食和野果喂养作者,以父亲、母亲、秦老师、五爷爷、胡先生、麻子铁匠、何渡子、杜大善人、排客老黄等具有清江博大胸怀、包含土家族人生观的父老乡亲的教育感染,在土家族浓郁的淳朴、善良、敬畏自然、和山水万物和谐相处的处事观念的抚育下,作者便在清江的山水间逐渐长大。

接着作者按照自己的成长过程,开始描写自己生命历程中的人和事,在作者成长过程中,在父亲母亲的教导下,在父老乡亲的浸染下,在清江河水涨水消的涛声里,在清江山水的自然的滋养中,"我"慢慢地认识了清江的多重特性,慢慢地学会了清江边土家人的处事原则:那是燕儿筑巢的喜悦,那是水车转动的智慧,那是打鱼不过三网的原则,那是淳朴而痴情的爱恋,那是清江发洪水的壮烈,那是清江船夫的勇敢,那是杜大善人舍己救人的精神,那是土苗汉人民和谐相处的图景,那是身在山区心怀祖国的情怀,那是舍小家顾国家的胸怀。"我"在这些厚重的山水文化滋养中逐渐长大,成长为一个清江河水一样深邃、清江边山岭一样坚实的土家族汉子。

当作者成为一个成熟的清江土家汉子之后,清江因为梯级开发筑坝发电,作者世世代代生活的家乡将要被淹没,"我"成为了乡移民工作领导小组的成员。在"我"

忐忑地去给乡亲们做移民搬迁的工作时，却被清江边的父辈们深刻、朴素的家国观念深刻地教育了。父辈们从国家、小家的关系，从清江的宽窄和弯拐的哲学，从生活的艰难到美好的历程，抒发了清江边土家人的大度、豪迈、识大体、爱国家的美好情怀。清江边的父老乡亲推倒房屋，将屋檐下的燕子窝安置到岩壁上，将祖坟用水泥封严实，虽然不舍但义无反顾地搬到清江河边的山顶上，村庄淹没了，但清江河依旧在乡亲们的眼前流淌。作者感慨道："我不知道下游那个叫水布垭的大坝是拦截并储存了我心头的思念，还是把过往的一切都深藏在水中。但清江河依归在这雄壮巍峨的大山里，在我家门前，流向亿万斯年认定的远方。"母亲河的乳汁、土家人的传统、土家人生命的基因依旧在清江河储存，在作者的心里酝酿发酵，化作那条土家人的母亲之河、生命之河，变成了长篇散文《那条叫清江的河》。

二、土家儿女的博大情怀

《那条叫清江的河》的主要内容，是描写清江边的人，描写具有清江一样品德的土家人，描写他们的家国观、生态观、生死观。但是作者不是静下来讲述道理，而是在一个个鲜活的人物塑造中，在一个个生动的故事讲述中，在生命成长的感悟中，来表达作者的思想主题，来描写清江岸边土家儿女的博大情怀。

清江河岸边土家人的家国观主要通过《麦香》和《远去的河》两部分进行表达。五爷爷在村里河边建成了水车面厂，在抗日战争时期，不仅将最好的面捐给建设鄂西机场的人们，还动员村里的青壮年去恩施城里建设机场，朱木匠和五爷爷成了抗日模范。而在《远去的河》中，清江边的人们为大家舍小家，虽然不舍故土，但都毅然决然地搬离家乡，从不为难搬迁的工作人员。这些住在天高皇帝远的山沟里、世世代代在清江边生活的人们懂得有国才有家的道理，他们用朴实的信念和行动诠释了土家人的家国情怀。

土家人的生态观可以说贯穿整篇散文。清江边的土家人和燕子的关系如同亲人，每年燕子归来土家人都欣喜万分，每人的屋檐下都专门放一块突出的瓦块给燕子做窝，当人们要搬迁时，愚幺哥将村子里所有的燕窝搬到鹰嘴岩的岩洞里，鹰嘴岩变成了燕子岩；清江边的土家人打鱼的规矩是"每回不过三处，每处下网不过三次，一个月打鱼不过三天"，这规矩充满了生态和谐的理念。小鱼泉出鱼只能妇孺去捡，木籽打出的皮油和清江鱼的乳汁同样抚育清江边的土家人。因此即使艰难岁月，清江边的土家人也能活得有滋有味。清江边的动物都能和人们和谐相处，甚至在危急的时候，动物能救人性命，在"我"还在襁褓中的时候，铁鹞子从大王蛇嘴里救了"我"的命；黄牯牛宁可自己摔断双腿，也要保住小主人的生命。清江边的人们在和自然的相处中，养成了悲天悯人、善良朴实、万物平等的生态观。

作者通过描写一批承载着土家文化和生命基因的人物来描写土家人的整体特

征,那些贯穿在"我"生命中的父老乡亲,被作者写得鲜活生动、立体完整。父亲、五爷爷、胡先生是清江河边的知识分子,他们用天人合一、爱国爱家、仁慈悲悯的观念处事,也用这些观念教育下一代。父亲口齿伶俐、文采飞扬,五爷爷满腹经纶、胸怀天下,胡先生医术高强,是土家族神医,他们各自有自己的生活故事。父亲原本是教师,因成分问题回家打鱼种田,家大口阔、艰难度日,但从不失做人的尊严;五爷爷原来是留学日本的留学生,恋人是日本人,抗日战争爆发后回国,从此和恋人不见面,一辈子没结婚,孤身一辈子;胡先生和何渡子老婆碧桃有了儿子庆意,导致一系列悲欢离合。但是他们在大是大非问题上从来清楚明白,在为人处世方面总是大气耿直。土家人的爱情生活被作者描写得温馨美好,情动心魄,从而展示出土家人独特的爱情观。父亲因为好口才好人才和高山上的母亲相恋成家,母亲和父亲相濡以沫,在艰难的日子里养活一大群儿女;麻子铁匠因为一手好二胡技艺从东北带回一个美丽的媳妇,每天给媳妇拉二胡,媳妇难产去世后,从此不再摸二胡;廖家老姑娘的老公因为给愚幺哥修房子出事故死去,愚幺哥从此默默为廖家老姑娘做着一切;于大叔的恋人为他采笠叶掉下悬崖,于大叔终身不娶,一辈子编斗笠,将满腔柔情编进斗笠里。而土家人的勇敢和豪迈,在放排人老黄和老报身上展现得淋漓尽致。在《浪里走》中,"我"和老黄老报一起在清江激流里冲浪,在清江险峻的峡谷里闯滩,与冲天的洪水搏斗,土家清江闯滩人的勇敢坚强、不畏生死、乐观豪迈的品质跃然纸上,让读者真切感受到了清江及其土家人的壮怀激烈和绝世浪漫。

《那条叫清江的河》重点描写了清江边土家儿女和汉、苗、侗等民族交融和谐的图景。山上的搬家子(汉族)和河边的蛮子(土家族)从来都是相携相助、和谐共处,土家族的铁匠娶了东北的汉族媳妇,生死不离;汉族的贺大善人在清江边为土家人献出了生命;放排汉土家人老黄和汉族人老报在清江上战巨浪、共生死。即使是土家族祖坟,也融合了汉族文化的内涵,作者感慨道,土家族的祖坟"墓碑上的蝙蝠、梅花鹿、寿桃的雕饰,也趋于汉文化对福禄寿的取义……汉族的文化基因,在土家山寨生根发芽、融合互通"。作品在人物塑造、故事设置和风俗描写中体现了清江边土苗汉各族人民你来我往、频繁互动的历史进程;展示土苗汉你中有我、我中有你的多民族格局;歌颂土苗汉各族人民共同培育中华民族伟大精神,共同创造中华民族优秀文化,共同书写中华民族的悠久历史的伟大成就,这部作品做到用散文的方式促进各民族的交往交流交融,筑牢中华民族共同体意识的根基。

/ 三、及物及人的立体书写 /

《那条叫清江的河》是一篇整体布局、结构完整、前后呼应的长篇文化风情散文。散文一共十六部分,每部分可以独立成章,合起来则是一个相互关联的整体。每一部分都用"我"的视角观察和描写清江边的父老乡亲、风土人情以及清江河的品性和清江岸边万物的风骨。从"我"出生开始写起,通过作者成长过程中的视觉去看那条叫清江的河,一方面描写自己的成长经历,另一方面描写在自己成长过程中遇到的人和事,这些人和事构成了这篇散文的主体,从而纵横交叉、立体丰富地描写清江河,描写土家人。

　　作者构思该篇散文时具有整体思维,"我"的成长视觉贯穿全文,如一根红线贯穿始终,"我"从出生到成年,那些在"我"生命中的人和事就成为这条线上的丰富内容。而且作者有意识地将很多人物分置到不同的章节中,从而如衣扣缀接着全文的纲领。除了"我"以外,父亲母亲也是贯穿全文的重要人物,从第一章"我"的出生到最后一章清江河淹没家乡,村民们搬迁,"我"父亲母亲都自始至终贯穿其中。除此以外,作者有意识地安排了几个人物在前面和后面章节的不同时间和空间中出现。前面作者对一些人物给出悬念,后面这些人物最终出现,解答读者心中的疑问。比如在第七章《闯滩人》中,写水老鸦为帮老黄捡斧头落水死去,埋在了清江边的坡上,只知道水老鸦是外乡人,从没见过家人来上坟,总是老黄每年给水老鸦上坟培土。到了十四章《出山路》中,"我"到武汉上公安学校,在校园里结识了一位总是打听清江、打听清江放排人的大婶,原来此人竟然是水老鸦的遗孀,可见本书结构设计的巧妙。尤其是有关庆意的描写,更具特点。庆意是何渡子和碧桃的儿子,其真实身世则是胡先生的儿子,胡先生将毕生医学本领传给他,但不同意庆意和女儿秀鸣的婚事。在第八章《开船了》中,庆意无法面对这么复杂的局面离家出走,何渡子年年盼望儿子回家却年年失望。在第十四章《出山路》中,"我"假期到深圳打工,竟然意外碰到了庆意,庆意已经成为一个土家医馆的医生。在第十五章《归来》中,胡先生去世时,庆意终于归来,并以儿子的孝礼完成了儿子的回归,也完成了一个清江土家人的回归。庆意决定为家乡捐建一所学校,并见到了小学老师秦老师,秦老师在第一章中担心孩子们玩水出事的描写也在此得到前后呼应。

　　在每一章的具体写作中,作者采取及物及人的描写方法,即先从清江的万物写起,比如先描写清江的水、鱼、船、房屋、燕子、榨坊、面坊、牡牛、竹子、雪雀子、碾房、排等,然后再描写清江的父老乡亲、风土人情、生活故事。这种方法使得每章的内容丰富而不单调,既能将清江的地理位置、山水状态、植物动物介绍得清楚明白,又能从山水风物中描写世态人文。清江的山水风物孕育了这里的土家人,土家人宽广悠长的情怀又滋养了这里的山水,二者相得益彰,共生共荣。《我的乳娘》中,"我"出生后父亲就下河了,在星光灿烂中打一网鱼、舀一罐清江水熬了一罐乳汁喂"我",从此清江变成了"我"的乳娘,《敲敲打打》本是描写麻子铁匠和东北媳妇的爱情故事,但作者先写清江土家人过河必须打船,打船的行家是朱木匠,朱木匠打船又需要铁箍,于是找麻子铁匠打铁钉铁箍,然后再描写麻子铁匠的媳妇和他的二胡故事。而《炊烟里》中,作者先介绍村里的石板屋,起屋需要筑墙,于是便引出打墙杵的愚幺哥,从愚幺哥筑墙的水平高超,写到愚幺哥的师父是燕子筑巢,于是开始浓墨重彩地描写土家人和燕子的关系。新屋落成后,清江边的土家人要在屋后种一兜竹子,竹子长大后便有萤火虫在屋前屋后飞,那是土家孩子的美丽童话。作者写在这里忍不住诗情大发:"农家院子里宁静的夜晚,百十杆起伏的翠竹,一群美丽的萤火虫,就是村庄不朽的童话……土地是最庄重的文本,河水是最美丽的书画……"有了竹子便有竹器,于是作者开始描写于篾匠,描写于篾匠和吴家姑娘凄美的爱情故事。村庄里,炊烟中,有山有水、有船有屋、有人有故事,于是《那条叫清江的河》便活起来、动起来、立起来,成为高水平的获得"骏马奖"的优秀散文。

作者谋篇布局时,采用线性描写手法,将要写的对象一个一个写出来,好像是一条连着一条的链条。他首先对每个要描写的对象做一番详细介绍,有时好像是孤立的描写,于全篇关系不大,有时将某一个物事说得太多,好像有点远离主题,但至篇成,你会发现,作家挥刀运斧,全局了然,每一句话、每一段落都大有深意,那些牵出来的链条,因为内容和主题需要,因为谋篇布局的意识,有的描写会被逆转,有时线索好像断了线,实则作者安排了悬念和隐线,最终情节和人物成为圆圈,从而全面皆活。到最后读者会发现,这些描写都是作者刻意为之,作品中那些好像是闲笔的地方,原来都大有深意。这种写法有点像汪曾祺小说的写法,线性结构中展示深意。汪曾祺小说具有散文化特色,而《那条叫清江的河》则是有小说化特色的散文。

《那条叫清江的河》对清江和清江边父老乡亲、风土人情、植物动物进行了全方位、全景式的描写,结构上经纬纵横交叉,历史、现实的线性维度和空间地理的横向维度共同构成全景式的清江文学图谱;情感上崇敬与诗意并存,人物风物相生相依,歌颂家乡父老乡亲的勤劳智慧和对清江山水的诗情画意描写相结合,构成了立体式的清江土家文化的情感表达。作者调动他的所有记忆、所见所闻和沉淀在心灵深处的情感,化作对清江的全景式书写。

《百里洲纪事》的文学与现实①

◇ 张 贞

近年来,非虚构写作以鲜活的时代气息和强烈的历史使命感重新唤起并加深了人们对"文学与现实"关系的思考,从这一文学视域来看,朱朝敏的《百里洲纪事》把脱贫攻坚的国家政策、底层人民的真实生活和作家个人的生命体验糅合在一起,在反映时代文化心理和探寻精神救赎方面进行了深入挖掘,建构了丰富的现实主义审

---

① 原载《长江丛刊》2020 年第 31 期。

美意蕴。四位评论家从不同侧面帮我们剖析了这一意蕴的具体表现，与此同时，洋溢在字里行间的思理之妙和珠玉般的遣词造句，也使四篇评论呈现出鲜明的批评文体意识。

叶李的《承担共同命运的写作——朱朝敏〈百里洲纪事〉读札》从疼痛切入作者的灵魂书写，揭示了文本"朝向心灵深处探求""追索存在的本真"的内向化审美追求、融合小说与散文的跨界写作文体特征和兼具现实诉求与艺术升华的价值意义，认为《百里洲纪事》在某种意义上打破了固化的底层想象，使叙述底层、叙述乡民和普通劳动者的文学具有了"为人民"的艺术感召力。

李雪梅的《故乡、时代与人民——评朱朝敏的〈百里洲纪事：一线脱贫攻坚实录〉》将目光聚焦在文学的乡村叙事上，从地方性体验对乡村整体性的呼应、个性化写作对时代召唤的回应、人民性立场对历史进步信念的传递三个方面解析了《百里洲纪事》的乡村叙事模式和个人美学印记，带领读者一起进入文本所书写的乡村生活的隐秘地带，去见证时代和良知。

刘波在《贫困、尊严与精神审视——由朱朝敏〈百里洲纪事〉想到的几个问题》一文中对扶贫文学和地域性书写进行了深入观照，认为《百里洲纪事》通过"精神之难"呈现出中国底层农民在面对命运时的选择、困惑和出路，并从文学层面提出了"从物质扶贫到心理和精神扶贫"这一时代命题。

刘天琪的《深情凝望"百里洲"——评朱朝敏〈百里洲纪事：一线脱贫攻坚实录〉》以"情"字为主线，剖析了《百里洲纪事》内含的政治激情、家乡亲情和文学深情，同时也对"作家以何种文学经验书写现实"进行了思考。

在解读具体文本的基础上，几位批评家都关注到了当代现实主义文学创作如何处理"现实生活、精神真实和艺术升华"三者之间关系的问题，这对我们当前的文学创作和文学批评都有一定启发。

故乡、时代与人民[①]

——评朱朝敏的《百里洲纪事：一线脱贫攻坚实录》

◇ 李雪梅

乡村是文学书写的重要对象，近年来集中出现了一批聚焦精准扶贫的作品，极大地丰富了乡村文学的内涵。但是，如何突破既有的乡村叙事模式，真正深入到乡村内部肌理，发现乡村的疼痛与新生，如何避免囿于观念的空泛冗杂，在更深广的时空中开掘乡村现实，是对作家的严峻考验。朱朝敏的《百里洲纪事：一线脱贫攻坚实

[①] 原载《长江丛刊》2020年第31期。

录》讲述了湖北枝江百里洲的十二个扶贫故事,探究乡村和农民命运的变迁,具有鲜明的个人美学印记,是新时代乡村叙事的重要收获。

一、以地方性体验耦合乡村整体的"呼愁"

百里洲是朱朝敏的故乡,也是她文学的原乡,滋养着她名为"孤岛"的文学地理版图。这个长江中央最大的沙洲岛,四面环水,至今仍需借助轮渡才能与外界联系,若不是以百里洲为明确目的地,是连路过它的机会都没有的。因此,一般人只知道百里洲盛产棉花,它的砂梨香甜可口,曾经是枝江少有的富庶之地,但后来受制于交通和资源,未能跟上时代的步伐。但来自百里洲的朱朝敏却告诉我们,孤岛百里洲具有天生的文学气质。《百里洲纪事》的扉页上写着:"此际,/大地在,流水在,天空在,孤岛在,/我在,你在。"这些文字来自朱朝敏的自序,在分行排列后产生了神奇的效应。朱朝敏与孤岛在天地之间相互守望,一幅由天、地、人简笔勾勒出的孤岛图,悠远辽阔;一种用文字铸就的故乡情,恒久绵长。由此开启溯源故乡的亲近之旅,祛除了一般扶贫文学惯用的外来者视角,朱朝敏在切己的地方性体验中深入到乡村细部,在与故乡的切切共情中,以真诚的写作成就了众多扶贫文学中的"这一个"。

朱朝敏在后记里特意指出:"参加精准扶贫的我并不是作为一个居住在城市的公务员去'下乡驻村',而是回到村庄。归乡之旅,一条溯回的道路,逆着时光的河流,回到本源,回到初始的地方。"她以回归的方式与文学曲径通幽,只要人类的家园感存在,这种回归冲动就是一个诉说不尽的文学主题。《塔灯》里,朱朝敏忆起童年时跟随大人在地里忙碌,夜幕降临,"我们在棉花田中间的路上奔跑,相互呼喊。我们必须呼喊'我在这里',否则,那高大的超过我们弱小身体的密集的棉花田会伸出秘密的大手,掳走我们、吞没我们"。"我在这里"的呼喊声回旋在棉花地,既是童年时代的自我指认,帮助朱朝敏在黑暗中找到回家的路,也是如今返乡书写时的自我认同,帮助她再次与故乡赤诚相见。十二个故事里,"我"都是在场的,故事里的每一个人都辗转在"我"的家庭或工作关系里,这种"在场"并非是加强真实感的策略,而是确立情感立场的重要通道。

当然,"在场"并非完全融入,朱朝敏坦言:"近距离只是标榜'我'在场而已,并不能说明我完全融入了那个独特的场系。"现时的乡村远不是儿时的模样,隔膜在所难免。于是,在朝向过去的情感认同和立足当下的现实隔膜之间,形成了一种微妙的距离感,正是这种距离感,让她没有流连在乡愁的幻象里,而是在屡屡被再次进入的故乡掀起情感风暴的同时,也敏锐地发现了乡村的问题症结。乡村振兴是一个庞大的综合性改造和治理过程,在经济指标上脱贫达标相对容易,但人本身的改造和提升相对困难得多,尤其是那些常常为人所忽视的心理隐疾,成为农民获得幸福生活长久的阻碍。在与故乡亲密接触的过程中,朱朝敏意识到,已有的金钱和物质帮扶并不能从根本上改善他们的生命状态,因此,她把自己定位为忠实的拍摄者、记录者、聆听者和接受恩典的受惠者,如实记录农民心灵深处的疼痛和对生命尊严的渴望,发现乡村在历史变革中的困惑与奋进。

/ 二、以个性化写作回应时代的召唤 /

  当作家以在场的姿态进入乡村的扶贫现场时,如何跳出繁复庞杂的表象,冲破僵化的思维定势,在更深邃的时空里建构新时代乡村叙事的坐标,是每一个写作者需要面对的新课题。一线扶贫工作提供了大量崭新的文学素材,这是时代与生活的馈赠,但太切近的现实也充满了陷阱。扶贫工作有严格的组织程序和工作流程,有明确的工作任务和考核目标,具体工作是如此琐碎,如果没有独特的眼光和艺术感悟力,是很难讲出好故事的,因为与时代同频共振并不意味着千篇一律的写作,因此,在充分把握时代精神的前提下坚持个性化美学追求就显得尤其重要。朱朝敏近年的写作一直关注普通人的心理暗疾,《百里洲纪事》在展现巨大扶贫成果的同时,重点聚焦乡村的精神现场和心理现场,正是她写作美学的自然延续。个性化追求与时代召唤的无缝对接,让百里洲在众多扶贫故事中脱颖而出,成为最具个性色彩的精神现场和心理现场。

  用心灵发现心灵,朱朝敏触摸到那些沉默的灵魂深处,体悟到那些被贫困众生相掩盖的精神困境。《请你说话》里黄大国用十九年牢狱生涯为母亲之死赎罪,现在又艰难抚育养女被侵害后产下的小女孩。面对所有的污名化指控,黄大国的回应只有沉默。同样沉默的还有《从前的暴风雪》里被命运抛弃的杨春天,《棉花之殇》里自杀的田青山老人。这个沉默地带浸透着深入骨髓的孤独感,因此这里的"请你说话"并非一个单纯的表达问题,更是一个如何让他们看到希望打开心扉的问题。《塔灯》的结尾,引用了费尔南多·佩索阿的诗句:"远处的灯塔/忽然发出如此强大的光,/夜晚和缺席如此迅速地被恢复,/在此夜,在此甲板上——它们搅起的痛苦!/为了那些被抛在身后的人的最后的悲伤,/想念的虚构……"故乡那些鳏寡孤独、留守儿童、精神病患和天灾人祸的受害者,那些身陷困境的人们,需要的正是"远处的灯塔",让那"强大的光"支撑生命的信念。扶贫先扶志,就是要帮它们找到这座"灯塔"。文学是人学,扶贫也是关乎人的时代伟业,文学与时代就这样在人的救赎与自我救赎中相遇。

  在重大的时代变革中,对现实保持足够的敏感,及时回应时代的召唤,是作家的历史使命。但是,如何穿透繁杂的现实,在零碎的细节中把握时代的整体性特征,如何从深度和广度上理解时代的精神内涵,在历史的总体性视野中确立时代在历史中的位置,对作家而言是相当有难度的,但也是使自己免于成为一个肤浅的乡村记录者必要的思想准备。精准扶贫是一项改变乡村和农民命运的伟大创举,也是一道任务极其艰巨的时代难题,减贫工作具有艰巨性、复杂性和长期性的特点,任何简单化的乐观想象都会远离乡村现实,贫困不是一天产生的,脱贫也不可能一蹴而就。《百里洲纪事》的十二个故事均以正文加后记的形式呈现,后记是正文的延续,也是对扶贫成果的又一次检视,乡村和农民生活状态明显改善,但依然问题丛生的乡村现实更不容回避,尤其是精神脱贫的难度不容忽视。事实上,唯其难,才更见出扶贫方略的必要性和重要性,这正是文学对时代的深刻回应。

/ 三、以人民性立场传递历史进步的信念 /

这里的人民,不是一个抽象的集合名词,他们是停留在旧时光里的杨勇,是坚持挖掘真相的覃老太,是命运的弃儿杨春天,是心中供奉着石羊的杨凤英,是坚韧的李桂香和沉默的黄大国,是遭受侵害的乡村幼女和独自奔向死地的乡村老人,也是"我"和"我"先生、周先海、曾庆喜、李文峰、辉哥、老王这些扶贫干部,正如朱朝敏所说:"我们互为依靠、互为扶持、互为见证时,我们的整体'人民'一词,才有机会被呈现出浩瀚的态势。"

在第一人称"我"的讲述中,故乡的人们对生命尊严和人间大道的坚守,让"我"一次次为之震撼。尤其是覃老太、杨春天、杨凤英、李桂香这些女性形象,她们的精神小庙是如此强大,完全颠覆了人们心目中刻板的农妇形象。《我们想要虞美人》里年近八旬的覃老太拒绝政府的任何帮扶,却始终坚持为被侵犯的小金蓉讨回公道,"一个坏人也不放过",这是个人诉求,更是对社会公平正义底线的固守,这股精气神让她在哪怕再不堪的岁月里都高傲地活着。更让人难以想象的是,覃老太从自己的家庭悲剧中看到了乡村治理水资源和土壤的迫切性,呼应国际反农药运动"我们想要虞美人",拿出祖传酿酒秘方,吸引社会名流参与乡村环境治理活动。这个看起来不合作的倔老太内蕴的力量和胸怀远远超出了人们固有的想象。《沉默的羊子》里杨凤英深受包办近亲婚姻之害,早年丧夫,儿子患病,但神奇的是,哪怕再苦再累,哪怕被流言蜚语误伤,她眼睛里一直闪耀着"清亮的光芒",原来她心中供奉着村口的那对石羊,朴素的信仰里包含着感恩的民间大义。《后遗症》里从小患有小儿麻痹症的李桂香,常年卧床不起,却在丈夫遭遇车祸成为植物人以后,突然站立起来,反过来帮助丈夫做康复训练,不能不说是个奇迹。劳动者的力量和弱者的尊严永远不容低估或亵渎,她们于苦难中依然坚守的人性光辉和博大情怀,她们屡遭命运不公却依然顽强的生命意志,正是历史进步不竭的动力源泉。

帮扶者和被帮扶者携手一起改变着乡村大地的面貌,是精准扶贫战略下外在帮扶和内生力量融合的强大效应。《养蛙记》里的扶贫干部老王为了帮助老赵父子脱贫,经受种种委屈仍初心不改,《请你说话》里周先海主动申请做黄大国的帮扶人,沉默是他们共同的语言,《后遗症》里称李桂香"比亲姐还亲"的辉哥,《棉花之殇》里以儿子身份为孤寡老人守灵送终的付德全,这些扶贫干部无一不是普通人,他们不是政策的机械执行者,他们也面临工作与生活的重重难题,而一旦投身于扶贫事业,便不可能退缩,因为乡村是一个巨大的磁场,民心就是吸引力。朱朝敏和她先生都是这个磁场里的参与者,她切身体会到,"帮扶者和贫困户结成帮扶对子,就在他们拉手的一刻,两者便融合成一个动词:脱贫"。

2003 年,赵瑜、胡世全的《革命百里洲》书写百里洲半个多世纪的革命历程,17 年后,朱朝敏的《百里洲纪事》书写新时代百里洲的脱贫故事,何尝不是这片沙洲上的另一场革命?朱朝敏在情感与行动的融合中抵达乡村的隐秘地带,她不仅看到了时代的辉煌,也触摸到了更为深邃的隐流,这是一个时代的见证,更是一个写作者的良知。

深情凝望"百里洲"①
——评朱朝敏《百里洲纪事:一线脱贫攻坚实录》
◇ 刘天琪

善写虚构小说的朱朝敏写了一部纪实文学。拿到《百里洲纪事》,我脑中自然地浮现了一个问题:她为什么要放弃正好的小说写作势头,转攻纪实文学?要知道光 2019 年她就在《小说月报》《湖南文学》《芙蓉》等刊物上发表或被转载了多篇"好看又耐看"的小说,按照这个势头,她的小说再获奖并不难。然而,2020 年,她选择了挑战自己的写作路径,拿出了一部"真情实意"的纪实文学《百里洲纪事》。而当我看完这部作品,我得出了一个答案,"情"字使然。

固然,纪实文学、非虚构是写作的热门,热到几乎每位作家都跃跃欲试,活跃在"文学圈儿"的朱朝敏未必没有这层"敏感"。但我亦相信,没有真情实感,不是"缘情"而发,纪实文学会流于表面化与程式化,无法写活人物,无法打动读者,更无法"入心"。朱朝敏写《百里洲纪事》是动"情"了,这份"情"呈现在三个方面。

一是鲜明的政治激情。《百里洲纪事》是一部一线脱贫攻坚实录,2020 年是脱贫攻坚战的决胜之年,而脱贫攻坚、精准扶贫则是近年来乡村生活绕不开的主题,这种绕不开并不是一种自上而下的政治强力,而是国家政策真正落实、深入到乡村人民的日常生活中,成为百姓精神、物质生活的组成部分。这些日常生活组成部分,都被作为扶贫干部深入基层的朱朝敏觉察。在扶贫过程中,她感受到包括自己在内的扶贫干部"实打实,心换心"的工作态度和热情。比如,扶贫干部、公安干警周先海曾是黄大国弑母案的经办员,扶贫过程中主动与出狱的黄大国结对,不怕背上"骂名"多

---

① 原载《长江丛刊》2020 年第 31 期。

方设法帮助这个命运波折的家庭。扶贫干部王礼家为了给帮扶对象赵响宝父子壮胆,宁愿背负"公务人员搞第二职业"的风险,投钱投入精力与赵家父子合伙养蛙,不拿收益只为让其脱贫致富。可以说,精准扶贫虽是自上而下的政治决策,却也回应了老百姓的物质与精神需求和对富裕生活的向往,而这些有担当、负责任的扶贫干部正是"在上"的政府政策与"在下"的百姓企盼之间的"现实纽带"。显然,物质上不断向好的脱贫数据,携带着精神上获得的成就感,感染了扶贫干部朱朝敏,使其写作呈现出鲜明的、自发的政治激情。

朱朝敏亦是作为一位作家走村入户的。在书中,她特别提到"作家如何回应时代"的责任和问题。而这个问题古今中外作家都曾做过深入思考。歌德认为,艺术家的思想受制于他所处的时代,他所做的一切都在时代允许的范围内,如何把握时代至为关键。在十七年时期,郭小川、贺敬之等作家更是用创作将文学与时代、政治相连,并开创了政治抒情诗的传统。而在《百里洲纪事》中,作者勇于承担当代作家的使命与责任,不耽于做生活的旁观者,而是扶贫事业的记录者、书写者,热情回应了时代的主题与难题。更难能可贵的是,作者对国家政策与文学的关系做了深入探讨,并提出了两者的契合点:"物质贫乏的表象下,是人性人心问题,是人情世故问题。习近平总书记说,人心是最大的政治……由此,精准扶贫的国策和文学意味的叙述恰恰在这里发生了重合。"朱朝敏以人性人心为切入点和主线,记录下扶贫干部致力于村民物质、精神双脱贫的努力,其十二个脱贫攻坚故事不仅具有"文学性",更体现了作者"以人心写国策,以国策促人心"的鲜明政治意识与激情。

二是浓烈的家乡亲情。如果说政治激情给《百里洲纪事》带来刚的气势,那么家乡亲情则给作品带来了柔的意蕴。"参加精准扶贫的我并不是作为一个居住在城市的公务员去'下乡驻村',而是回到村庄。归乡之旅,一条溯回时光的河流,回到本源,回到初始的地方。这样回归的方式,恰恰与文学曲径通幽了。"百里洲是长江中下游泥沙淤积而成的一个洲岛,也是朱朝敏的家乡,可以想见,她一遍遍走访家乡的村落时,乡情和亲情便会涌上心头,即使在书写一个严肃话题时,浓烈的家乡亲情也不经意地流露在笔头。这一点突出表现在作者对百里洲地域风土、人性人情的如数家珍中。"坝洲一带,在平整的孤岛属于地势较高的地方,沙质土壤更为明显,夏季盛产小麦,秋季盛产高粱、荞麦,均是酿酒的上好原料,出酒率高。""孤岛人性子烈,尤其是女人,男人做的事情她们也做,男人会的她们没有不会的。不稀奇。指不准,那大大咧咧的女人,准备抽的烟还正是辛辣的旱烟呢。"这些风物人情看上去似乎是无关紧要的闲笔,却在不经意间展现了作者对家乡地域性特征的熟悉,也在饱含深情的描写中体现了扶贫工作的因地制宜、细致入微。

浓烈的家乡亲情还体现在作者将自己主动融入乡村,视自己为家乡的一员上。

在《百里洲纪事》的十二个扶贫故事中，与作者沾亲带故的就有五位扶贫对象，中间的血缘亲情朱朝敏都不吝笔墨地一一交代。写乡村故事，做乡村的扶贫工作，必然绕不开宗族伦理关系，一方面乡情亲情是作者写作的情感来源，另一方面，对乡情亲情的尊重，也是作家在走出乡村后，又融入、回归乡村的一种朴素方式。因此，作家的采访便更像是和乡亲见面、唠嗑、聊天，而这种"不隔"的采访与写作，亦写出了乡村宗族伦理、人情世故的复杂与扶贫工作的艰巨。更有升华意义的是，朱朝敏基于亲情并超越亲情，写出了我们与"贫困者"的内在联系，"助人者即自助。那些身处生活低谷的人，不过是早先领受命运的困厄再给我们这些幸运者提供生存之道。如此，我拿笔记录时，记下的绝不是他人的故事，而是自己的命运。……这哪是属于他们的课题，这是大家的，是所有人无法摆脱的共同命运"。作为作家，朱朝敏难得的共情能力，不仅让其写作呈现了浓烈的家乡亲情，更体现了其对人类苦难、贫困等生存困境的终极关怀。

　　三是诗化的文学抒情。纪实文学必须是文学，文学性是一部优秀纪实作品成功的重要因素。朱朝敏除了善写小说还写过不少散文，而在这部作品中，她充分发挥了其散文叙述的优长，使得作品具有诗化了的文学抒情元素。这些文学性的诗化抒情元素，一方面来自"有意味"的标题、诗化的楔子以及故事中对诗歌的自然引用。虽是纪实文学，作者并没有给故事取一些"新闻性"的标题，反而每个故事标题都具有较强的"审美性"，比如，"我们想要虞美人""从前的暴风雪"，而这种"言尽意不休"的具有审美感的标题，足以抵消纪实文学过于严肃的文体惯性。同时，诗化的楔子、正文中对诗歌的引用，不仅具有文采且易于朗诵。达尼·拉费里埃、罗伯特·勃莱诗歌的引用也使得文本生趣盎然，具有抒情感染力。

　　另一方面，更深层的，作为纪实文学的《百里洲纪事》在真实再现社会生活时，并未模式化地停留在客观冷静的描述上，而是为凸显人物心灵世界和精神需求，在书写时充满了激情和诗意。作者朱朝敏看到了心理、精神因素在脱贫中的重要性，并以此作为《百里洲叙事》的叙述切入点，期望在物质之外展现人（尤其是农村弱势群体）的心理世界，呼吁扶贫干部在帮助村民物质脱贫的同时，亦重建其心理尊严。作者善于将细小的、最普通的人和事，自然精确地放在情感的框架里，因而即使是贫困户以前的苦难生活也并不显得过分冰冷，反而因为情感的加持而充满希望与温度。内容上对人物心灵的关注与诗化的形式产生的呼应关系，使得这部扶贫纪事作品在阅读效果上天然地具有引领和鼓舞人心的力量，这种力量不仅足以激荡朱朝敏，更能感染读者。而诗化的抒情意味亦让这部作品获得了完美的文学性，并使作者的政治激情和家乡亲情得到淋漓尽致地展现。

　　朱朝敏十分注重文学性，但并不滥用文学性；她善写虚构小说，但能坚守非虚构的原则。以什么样的文学经验书写扶贫,是对作家处理现实题材能力的检验,亦是文学回应时代的一种考验,《百里洲纪事》打破了"纪实"与"抒情"的界限,打通了"国策"与"文学"的壁垒,冲破了"客观"与"主观"的藩篱,其以"情"动人的书写方式为纪实文学提供了一个新的经验。

后记
Postscript

　　2020年年底的时候，湖北省作家协会和《长江丛刊》杂志社的领导来到江汉大学，交给我们一个任务，就是总结2020年的湖北文学发展状况，分体裁撰写湖北文学创作述评。接到这个任务，我们深感光荣，同时也觉得这个任务很艰巨。近年来，湖北文学创作呈现出一片繁荣的态势，佳作不断，人才辈出，而要对其进行全面总结，难度非常大。好在我校武汉语言文化研究中心是湖北省高校人文社会科学重点研究基地，多年来一直关注湖北省的作家作品研究，锻炼和培养了一批从事湖北作家作品研究的人才。于是，我们立即在江汉大学组织团队，并邀请三峡大学文学与传媒学院刘波教授加入，同时在《长江丛刊》杂志社的微信公众号上发布了《2020年湖北作家作品综述资料征集启事》，得到了省内众多作家、诗人和评论家的积极响应和支持。最后，我们分工合作，肖敏负责长篇小说综述的撰写和作品节选，徐迅负责中短篇小说综述的撰写和作品节选，陈澜负责散文综述的撰写和作品节选，张贞负责报告文学（非虚构）综述的撰写和作品节选，刘波负责诗歌综述的撰写，庄桂成负责文学评论综述的撰写和作品节选，研究生李田、赵亚琪也参与了部分作品节选和资料整理工作。在综述撰写和作品节选过程中，虽然我们已经尽力，但因为学识、资料等各方面原因，难免有"遗珠"之憾。此外，本书的出版得到了湖北省作家协会、《长江丛刊》杂志社和江汉大学人文学院、江汉大学武汉语言文化研究中心的资助和支持，在此一并表示感谢。

　　为了便于读者学习优秀作品，本书选用了一些公开发表于期刊、报纸、杂志的文章，特此声明，我们尊重这些文章的所有者的权利，凡是本书中涉及的著作权等权益，均属于原作品著作权人等。在此，本书创作团队衷心感谢所有原作品的著作权人及所属期刊社、报社、杂志社对湖北文学发展研究的大力支持，在此向这些文章的版权所有者表示诚挚的谢意！由于客观原因，我们无法联系到您。如您能与我们取得联系，我们将在第一时间更正任何错误或疏漏。